RAPPORTO
MATTUTINO

SUE BROWN

Triskell-Dreamspinner

Special Print Edition

Pubblicato da
Triskell Edizioni - Dreamspinner Press - Special Print Edition

Rapporto mattutino
Copyright © 2011 by Sue Brown
Traduzione di Barbara Cinelli

Illustrazione di copertina di Reese Dante   http://www.reesedante.com

Stampato negli Stati Uniti d'America
Prima Edizione
Gennaio, 2011

Edizione eBook italiano: 978-1-61372-933-5
Edizione Paperback italiano 978-88-9312-242-9

Per Ciaran, Maria e Kally.

Grazie per avermi tenuto la mano, per il duro lavoro e per aver fatto il tifo per me.
Senza di voi, i miei cowboy non avrebbero mai visto la fine.

CAPITOLO
UNO

Lo sbadiglio lo colse di sorpresa. Luke stiracchiò le braccia e ruotò le spalle, cercando di rilassare i muscoli della schiena, irrigiditi dalle tre ore di lavoro al computer. Se stava già sbadigliando alle nove del mattino, era il momento di fermarsi. Socchiuse gli occhi e osservò lo schermo. I fogli di calcolo erano fatti e i conti erano quasi aggiornati. Ancora una mezz'ora e avrebbe finito.

Guardò con desiderio il panorama fuori dalla finestra. Erano i primi mesi dell'anno e le mattine erano sempre piacevolmente fresche e pungenti. Da qualche parte, là fuori, il suo capo ranch stava cavalcando verso casa per fargli la sua relazione mattutina, godendosi il sole prima che il calore della giornata ne portasse via la piacevolezza.

Luke mise il broncio, guardando torvo il proprio computer, nonostante non ci fosse nessuno a vederlo. Voleva essere là fuori su Lulu, a inspirare boccate d'aria fresca, a sentire il dolce profumo dell'erba invece di rimanere lì davanti a un computer. Era un cowboy, maledizione, non un dannato burocrate.

«Se non stai attento, la tua faccia resterà bloccata così per sempre.»

«Sarò incatenato a questa sedia per sempre,» commentò acidamente, girandosi a guardare il suo capo ranch che gli sorrideva attraverso la finestra aperta. Come sempre, i capelli scuri gli ricadevano in avanti e gli coprivano gli occhi e Luke resistette alla tentazione di avvicinarsi per spingerli via per vedere così i suoi grandi occhi blu come l'oceano e il loro scintillio malizioso.

«Non hai ancora finito?» Simon usò un tono comprensivo, sapendo bene quanto il suo compagno odiasse restare rinchiuso in casa con quei libri contabili.

Luke si grattò la nuca. «Ancora mezz'ora, penso. Mi mancano solo i conti correnti.» Fece una smorfia. «Il recinto era ancora in piedi?»

Simon annuì. «Non per molto, comunque. Che ne dici se facciamo il nostro incontro mattutino e poi io preparo la colazione mentre tu finisci qui? Dobbiamo andare in città a fare rifornimento prima che Lil arrivi con il bestiame nuovo.»

«Sembra un ottimo piano. Ci vediamo in ufficio?»

«Cinque minuti per passare le cose a Chuck e arrivo,» gli promise il capo ranch.

Controllando la finestra per verificare che Simon non stesse più guardando, Luke fece una linguaccia al computer. Il suo umore era notevolmente migliorato e l'uomo sorrise mentre saliva in *ufficio*. Ora era il momento della sua ricompensa.

CONOSCEVA Simon da dieci anni e per più della metà di quel periodo avevano condotto il ranch insieme. Tecnicamente il ranch era ancora di suo padre, ma entrambi sapevano che era solo questione di tempo prima che lo vendesse a loro. Il fratello maggiore di Luke non aveva alcun interesse nel ranch e sua sorella era al college. Nessuno di loro aveva obiezioni da fare sul fatto che Luke subentrasse nella gestione. E poi i loro genitori vivevano alla periferia del ranch, più vicini alla città.

Simon era stato suo coinquilino al college. C'erano voluti circa cinque minuti perché entrambi capissero di avere incontrato un amico vero. Invece c'era voluto un po' di più a Luke per far chiarezza riguardo alla propria sessualità. Un conto era diventare amici all'istante con un ragazzo... ma lui veniva da un paese molto legato alla Bibbia e non era stupido... tranne quando era ubriaco.

Si era scoperto poi che anche Simon aveva un segreto. C'era voluto un mese, troppa birra da due soldi, un cazzone omofobo e Luke che si comportava da stupido, per scoprire quale fosse. Simon aveva dovuto fisicamente trascinare l'amico fuori dal bar prima che venissero entrambi arrestati per aggressione e che aggiungessero alle accuse di Simon quella di assunzione di alcolici sotto l'età consentita.

Luke era una testa calda quando era ubriaco e in quel momento era così furioso che sarebbe tornato indietro per completare ciò che aveva iniziato. Già allora era forte e nerboruto, un patrimonio che aveva acquisito vivendo al ranch. Simon era sottile come un filo d'erba se paragonato a com'era ora, ma aveva il vantaggio dell'altezza e l'aveva sfruttato, intrappolando Luke contro il muro e bloccandogli i polsi contro i mattoni grezzi finché quest'ultimo non si fu calmato. Sempre cercando di liberarsi dalla sua presa, Luke l'aveva riempito d'insulti perché non gli permetteva di andare a finire di picchiare l'uomo che li aveva chiamati finocchi mentre bevevano tranquillamente in un angolo.

Simon l'aveva fatto tacere prima che Luke potesse aggiungere qualcosa di cui entrambi si sarebbero poi pentiti. L'aveva fatto nell'unico modo in cui poteva farlo, spingendo Luke ancora di più contro il muro e leccandogli - *leccandogli* - le labbra.

«Chiudi quella cavolo di bocca,» aveva sospirato mentre si chinava per baciarlo.

Luke aveva sentito il sapore di bibita e alette di pollo mentre Simon gli catturava la bocca nel bacio più dolce che avesse mai sperimentato. Luke aveva quattro anni più di Simon. Aveva rimandato la sua iscrizione al college perché suo padre si era ammalato e, quando finalmente aveva cominciato a frequentarlo, si era sentito come un vecchio se paragonato ai ragazzini appena usciti dal liceo. Con Simon però era stato diverso: quel suo nuovo amico era sembrato più grande, temprato dalla vita nonostante avesse avuto solo diciotto anni. Luke non era estraneo ai baci, ma niente l'aveva preparato alla consapevolezza che, nel momento in cui quel bacio fosse terminato, quel ragazzo sarebbe stato colui con il quale avrebbe voluto passare il resto della vita. Lo shock l'aveva zittito in maniera più efficace del bacio stesso.

Alla fine di quella serata aveva scoperto che Simon aveva provato le stesse cose e, quando Luke era tornato al ranch Lost Cow, terminato il college, era stato inevitabile che il ragazzo lo seguisse. Sua mamma e suo papà avevano affrontato l'arrivo di Simon nello stesso modo in cui avevano affrontato l'annuncio di Luke di essere gay: li avevano baciati, abbracciati e avevano detto loro di tenere un basso profilo ed essere cauti. E, per la maggior parte del tempo, era quello che avevano fatto. I lavoratori del ranch sapevano di loro due, ovviamente. Sapevano tutto. Quelli che avevano un problema ad accettare la cosa se ne andavano alla svelta, gli altri restavano e tenevano la bocca chiusa.

Erano passati dieci anni e Luke ancora non riusciva a credere alla fortuna di aver trovato qualcuno con cui condividere ogni risveglio e ogni notte della sua vita. Simon aveva lavorato fino a diventare capo ranch e ora i due condividevano le responsabilità della gestione.

Avevano rapidamente capito che Luke era meno irritabile quando svolgeva il lavoro d'ufficio la mattina presto, in modo da avere il resto del giorno per fare il cowboy, all'aria aperta, con i suoi uomini. Questo era il motivo per cui il loro incontro mattutino avveniva dopo il lavoro d'ufficio, come ricompensa per essere stato un così bravo ragazzo. Niente lavoro d'ufficio significava niente incontro mattutino e, dannazione, Luke riusciva a essere intrattabile senza il suo rapporto mattutino.

Luke entrò in *ufficio* e aprì l'acqua della doccia. Scivolò fuori dai vestiti e s'infilò sotto il getto caldo con un sospiro di sollievo. Lasciò che l'acqua gli scorresse sul viso e sul corpo mentre si rilassava e un basso gemito di puro piacere gli sfuggì dalle labbra.

«Hmmm, sembra che tu abbia cominciato senza di me, capo.»

Luke sorrise. «Al momento non sto facendo proprio niente. Stavo pensando che era ora che il mio capo ranch mi facesse la sua relazione mattutina.»

Un corpo caldo e solido gli scivolò alle spalle, premendosi contro il suo. «Presente a rapporto, signore.»

Questo era il momento della giornata preferito da Luke: il suo cowboy prediletto che gli dava le notizie importanti mentre lasciava scivolare una mano sui suoi addominali piatti fino a circondargli il sesso duro. Simon gli morse la pelle soffice alla base del collo e lo masturbò con decisione.

Luke indugiò nella sensazione di quel morso e rabbrividì quando Simon succhiò la carne tenera. «Niente che ci sia bisogno, *cazzo*, di menzionare?» boccheggiò mentre il polpastrello del pollice di Simon spingeva all'interno dell'apertura sul glande.

«No.»

«Bene, fallo ancora.»

«Cosa? Questo?» Simon morse con forza la scapola di Luke. In risposta all'annuire frenetico del suo uomo, lo morse ancora e ancora, marchiandolo possessivamente sulla schiena. Luke si contorse contro di lui, ignorando il getto d'acqua sul viso mentre si spingeva all'indietro contro i denti di Simon.

«Il recinto è ancora su nella parte più lontana?» ansimò Luke mentre Simon gli mordeva con forza la pelle sensibile sopra l'anca.

«Sì, ma ha bisogno di essere sostituito. Non durerà un altro inverno.»

«Ordineremo in città i pali e il resto. Toccami,» implorò. Il bastardo era in ginocchio, ma ignorava il suo uccello duro come la roccia che quasi saltava per reclamare attenzione.

Simon alzò lo sguardo su di lui, con l'acqua che gli appiattiva i capelli sul viso. I suoi occhi erano scuri e ardenti, sembrava affamato, e Luke lo voleva *subito*. «Costerebbe di meno ordinare online. Implorami!»

«L'ho appena fatto,» specificò Luke. «Sai che preferisco supportare le imprese locali.» Colse lo sguardo determinato di Simon. *Oh, cazzo*. Se ne sarebbe andato se non l'avesse fatto. «La prego, me lo succhi subito, signore, prima che io perda la mia cazzo di testa.»

«Dannatamente prepotente per un passivo.» Simon si protese in avanti e leccò la punta del sesso di Luke, inseguendone il sapore prima che venisse lavato via dall'acqua.

«Sono passivo *con te*. Non dimenticarlo.» Luke afferrò la testa di Simon, cercando di dirigerla doveva voleva che fosse la sua bocca, ma il suo compagno non lo accontentò.

Simon si rimise in piedi, ignorando il gemito di protesta di Luke. «Stai sprecando i tuoi soldi.»

Luke fu fatto girare e spinto contro le mattonelle. Erano fredde, nonostante l'acqua calda picchiasse contro di esse. Si contorse, cercando una posizione comoda per il suo pene.

«Fermo!» gli ordinò Simon.

Luke restò perfettamente immobile, sapendo che era meglio così. Era probabile che Simon se ne sarebbe andato se non avesse obbedito. Sentì la mano del suo amante scivolargli fra le natiche per poi cominciare a sondarlo, a tormentarlo mentre lo preparava, assicurandosi di sfiorare la sua prostata più o meno a ogni passaggio.

«Ti odio,» sibilò Luke.

«Nah, non è vero,» gli mormorò Simon all'orecchio,

con voce pigra e divertita.

«Sì, invece. Hai intenzione di scoparmi o usarmi solo per fare esercizio alle dita?» Guardò oltre la propria spalla e colse l'espressione del suo compagno. «*Cazzo!*»

«Come desideri.»

Un attimo dopo Luke gridò e si trovò il viso premuto contro le mattonelle, impalato sull'asta dura che era il sesso di Simon.

«Strilli come una ragazzina,» grugnì l'uomo mentre si muoveva con forza. Luke restituì il grugnito. Le mattonelle fredde gli scavavano nelle ossa mentre veniva spinto e sbattuto ancora e ancora.

«Con quante ragazze sei stato?» cercò di chiedere Luke, anche se formulare una frase coerente quando ti scopano fino a farti perdere il lume della ragione non è facile. Considerando il tempo che avevano passato insieme, avrebbe dovuto conoscere bene la risposta.

«Alcune, molto tempo fa.» Simon sembrava quasi senza fiato.

«Se ti becco con una donna, ti stacco le palle,» lo minacciò Luke. Non era una minaccia vana e Simon lo sapeva. Il suo partner aveva un carattere del diavolo e gli aveva reso la vita difficile più di una volta solo perché aveva guardato un altro uomo. La loro relazione era totalmente esclusiva: niente domande e nessuno spazio per altri.

«Parli troppo.»

«Allora scopami, non stuzzicarmi.»

«Zitto.» Simon si ritrasse finché non fu quasi uscito del tutto, restando solo con la punta del proprio sesso catturata dall'anello di muscoli. Luke mugolò per quella improvvisa sensazione di mancanza.

«Non un altro suono.»

Luke aprì la bocca per ribattere ma la richiuse rapidamente.

«Bravo ragazzo.» Simon sembrava fare le fusa e

questo fece rabbrividire il suo amante.

Prese le mani di Luke e le fece appoggiare con i palmi contro le mattonelle, coprendole con le proprie, più grandi. Spinse Luke ancora di più contro la parete della doccia. La guancia dell'altro uomo era schiacciata contro il muro e ne percepiva ogni striatura, ogni imperfezione. Simon chinò il capo in modo che le sue labbra sfiorassero l'orecchio di Luke.

«Non azzardarti a venire fino a quando non te lo dico io, capito?»

Luke annuì, non avendo ancora il permesso di parlare, ma l'attesa lo stava quasi uccidendo.

«Ti amo,» sussurrò Simon, come faceva ogni mattina quando zittiva Luke. Il fatto di non poter rispondere faceva impazzire il suo compagno ed era questo il motivo per cui, ovviamente, il bastardo lo faceva.

Tutto ciò che gli era permesso fare era cercare di stare in piedi mentre Simon lo spingeva verso un orgasmo esplosivo, impossibilitato a trovare un appiglio, a emettere un qualsiasi suono, impossibilitato a venire finché non gli fosse stato dato il permesso.

Perché, certo, Luke poteva anche essere il capo del ranch Lost Cow, ma in *ufficio* Simon era colui che comandava. Luke amava fottutamente il rapporto mattutino.

Mentre si vestivano – maniche corte ora che la giornata si stava riscaldando – Simon emise un suono improvviso. Luke alzò lo sguardo mentre si metteva un calzino.

«Qualcosa non va?»

Simon s'infilò una T-shirt nera, mostrando così i suoi guizzanti muscoli abbronzati. Era come guardare un porno, pensò Luke osservando il suo uomo vestirsi. Un porno solo per lui.

«Ho preso una chiamata di Ma' prima di salire. Ha chiesto se possiamo passare da lei prima di andare in città. Ha detto che è urgente.» Tutti al ranch chiamavano *Ma'* la madre di Luke, anche suo padre.

Luke lanciò un'occhiata all'orologio. «Tra il tempo che tu ci metterai a preparare la colazione e io a finire i conti, si faranno le undici. Dobbiamo essere di ritorno per le due perché arriva il bestiame. La chiamerò mentre torniamo e le dirò che andremo a farle visita stasera.»

«Sembrava abbastanza stressata.»

Luke aggrottò le sopracciglia. «Mi chiedo il perché. Te l'ha detto?»

«A dire il vero non proprio. È qualcosa che ha a che fare con il nuovo pastore.»

Luke gli sorrise mentre si alzava in piedi. Il vecchio pastore, che era stato con loro sin da quando Luke era un bambino, era appena andato in pensione e quello nuovo aveva iniziato la settimana precedente.

Normalmente i due ragazzi andavano a messa la domenica assieme ai genitori di Luke, ma il giorno prima erano stati svegli per metà nottata a riparare pezzi di recinto che erano caduti a causa di una tempesta improvvisa e avevano boicottato il servizio in favore di un paio di ore di sonno insieme.

«Probabilmente avrà sconvolto Ma' con il suo sermone, visto che è nuovo e si deve ancora ambientare. Andrà tutto bene.» Luke fece una smorfia, ripensando ai conti ai quali doveva tornare. «Colazione?» chiese con tono speranzoso.

«Certo.» Simon si chinò su di lui e gli diede un bacio che Luke ricambiò con ardore.

Qualche istante di *distrazione* dopo, senza fiato, scesero al piano di sotto per sbrigare il resto delle faccende che li attendevano quel giorno e il pensiero della mamma di Luke scivolò via dalle loro menti.

CAPITOLO
DUE

ERANO passate da parecchio le undici quando lasciarono il ranch. Chuck, il vice di Simon, era entrato mentre facevano colazione per chieder loro consiglio riguardo a Del, un altro dei cavalli. Luke si occupava dei cavalli e gestiva i problemi minori, evitando così di chiamare il veterinario ogni volta.

Luke guardò Simon mentre si avvicinavano a Parson. Il suo uomo era abbandonato all'indietro sul sedile, le gambe divaricate e un rigonfiamento nei jeans che riportò Luke indietro di qualche ora. I suoi occhi erano chiusi e così colse l'occasione per osservarlo da vicino. Linee sottili contornavano i suoi occhi e aveva bisogno di radersi. Forse se ne sarebbe occupato Luke stesso, dopo. Era così intimo: la sensazione di un rasoio che grattava contro la barba, collo e gola esposti per l'unica persona di cui si fidavano per un'impresa simile, la pelle sensibile lenita con baci delicati. Era come offrire se stessi, sensualmente e lentamente.

«Tieni gli occhi sulla strada, capo.»

Luke fece un sorrisino, ma obbedì e tornò a guardare la strada. «Stavo solo ammirando il panorama.»

Simon sbuffò. «Niente che tu non abbia visto prima d'ora.»

«L'unica vista che vale la pena di guardare,» ribatté Luke con voce roca.

Il suo compagno aprì gli occhi e sorrise. «Dovresti vedere cosa vedo io ogni giorno.»

Il respiro di Luke gli si fermò in gola. Cazzo, adorava

quest'uomo.

«Sei riuscito a risolvere con Del?» chiese Simon.

Sforzandosi di distogliere lo sguardo da lui e di smettere di ammirargli le braccia, Luke ripensò al cavallo. «Sta bene. Chuck era solo un po' preoccupato. Però stavo pensando che hai ragione.» Simon lo guardò con aria interrogativa. «È ora che prendiamo un altro cavallo.» Il discorso era saltato fuori durante uno dei loro incontri mattutini. Simon aveva fatto presente che Lulu stava invecchiando. Luke aveva fatto resistenza all'idea, visto che aveva quella cavalla sin da quando aveva dieci anni, ma aveva dovuto ammettere che stava diventando davvero troppo vecchia per il lavoro che doveva fare.

«Non sono certo che Macken ci venderà ancora qualcosa.» Macken era il commerciante di cavalli locale e uno di quelli che aveva reso ben chiaro di non voler fare affari con loro.

«Forse se tu smettessi di chiamare i cavalli con nomi come Lucifero, Liberazione e Levitico, ne sarebbe più felice. Come lo chiamerai il prossimo? Sodoma?» suggerì aridamente Simon. Fece una pausa. «No, vero?»

«Nah, non mi viene il nome abbreviato. Sod non ci sta bene.»

«Ci hai provato, allora.»

«Sì. Ma' si è arrabbiata.» Luke fece un sorriso malizioso.

Simon alzò gli occhi al cielo e chiese: «L'hai chiamata?»

«Dannazione, mi sono dimenticato. Non importa. Lo farò quando saremo sulla strada del ritorno.»

«Non dimenticarti. Ha detto che era urgente.»

«Non lo farò, mamma.»

Luke gli fece la linguaccia mentre parcheggiava di fronte a Benson's Feed.

«Continuo a dirti che un giorno o l'altro ti si bloccherà la faccia così.» Ed effettivamente glielo diceva spesso, almeno una volta al giorno, cosa che però non fermava Luke.

«Mi ameresti comunque. Ora andiamo e vediamo di risolvere la questione del recinto.»

Non si baciarono, visto che erano in città, e si strinsero solo la mano prima di uscire dall'auto. A volte il doversi comportare con circospezione uccideva Luke, ma non era questo il luogo per dichiarare pubblicamente il suo amore per Simon, anche se la maggior parte della gente si era fatta un'idea su loro due.

«Ci vediamo fra mezz'ora. Prenderò qualcosa in gastronomia,» gli disse Simon prima di avviarsi lungo la strada.

Luke lo guardò allontanarsi, giusto per avere la scusa per ammirargli il culo, poi si voltò ed entrò nel negozio, salutando sorridente un altro dei clienti. Non era sicuro del suo nome, ma sapeva che era uno dei lavoratori di Stevenson. L'uomo lo sorprese con un grugnito prima di allontanarsi. Luke lo fissò e poi scrollò le spalle. Si era sempre comportato in modo amichevole tutte le volte che si erano incontrati.

Si avvicinò al bancone e aspettò il proprio turno. Toccava a Marion stare alla cassa quel giorno. Amministrava il negozio con il marito, Dave. Erano amici dei genitori di Luke e lui era andato a scuola con i loro figli. C'era stato anche un momento in cui i suoi genitori avevano avuto la fantasiosa idea che Luke potesse sposare la figlia di Dave e Marion, Jeannie. Questo, ovviamente, era stato prima che Luke dichiarasse di giocare per l'altra squadra e trovasse l'unica persona che potesse scombussolare il suo mondo.

Il cliente prima di lui completò l'ordine e se ne andò. Luke sorrise a Marion.

«Buongiorno, Marion. Come stai oggi?»

«Bene,» rispose lei bruscamente. «Cosa vuoi?»

«Il solito ordine, per favore.» Luke si accigliò

leggermente. Marion Benson di solito era molto sorridente e gentile. Ci teneva a fare il lavoro di cassa perché gestiva meglio alcuni clienti difficili. I cowboy di Parson non erano rinomati per le loro buone maniere.

«C'è qualcosa che non va, Marion?»

«No.»

Luke fu preso alla sprovvista dalla sua maleducazione e pensò che ne avrebbe parlato con sua madre quella sera. Il Lost Cow faceva lo stesso ordine ogni mese, quindi non ci volle molto per finire. Marion non sembrava volergli parlare come invece accadeva di solito, così Luke le indirizzò un cenno di saluto e si avviò per uscire dal negozio.

Quando raggiunse la porta, Dave lo fermò. Aveva delle gocce di sudore che luccicavano su un sopracciglio e per qualche motivo non riusciva a guardare Luke negli occhi.

«Apprezzerei se in futuro mandassi Chuck a fare gli acquisti.»

Luke lo fissò, incapace di credere alle proprie orecchie. «Dave? C'è qualcosa che non va?»

Dave sembrava particolarmente interessato a guardare un punto sul pavimento in cemento. «Sarebbe meglio per tutti se non venissi qui per un po'. Può pensarci Chuck oppure puoi chiamare e lui può venire a ritirarlo. Dopotutto l'ordine è lo stesso ogni mese.»

«Stai dicendo che sei felice di prenderti i miei soldi, ma non vuoi avere a che fare con me direttamente. È così?» chiese Luke, bruscamente. Vedeva che l'uomo che si ritrovava davanti si sentiva a disagio.

Dave guardò Marion, che gli fece un breve cenno con il capo. «È il modo migliore. Io e Marion... non possiamo essere visti fare affari con te o Simon al momento.»

Luke deglutì con forza e il suo stomaco si rivoltò. *Ma che diavolo?* «Mi conosci da tutta la vita, Dave. *Ora* hai un problema? Ti abbiamo offeso in qualche modo?»

«Ti prego, Luke, tu manda Chuck.» C'era uno sguardo supplichevole nei suoi occhi, ma la collera era ormai salita e Luke non era dell'umore per essere generoso. Era andato a servirsi in quel posto per anni. Suo papà aveva fatto affari con loro sin da quando i Benson avevano rilevato l'attività. Sapevano che lui era gay e non ne avevano mai fatto un problema.

«Non penso. Consegnerai l'ordine che ho appena pagato?»

Dave annuì.

«D'ora in poi ci rivolgeremo altrove. Non farai più affari con noi.»

Perdere gli ordini del Lost Cow era un duro colpo per gli affari del negozio e Dave sbiancò. «Luke, ti prego, non c'è bisogno di farlo. Cerchiamo solo di tenere un profilo basso finché le cose non si sistemano.»

Ignorando la supplica e senza capire esattamente che cosa Dave stesse cercando di dirgli, Luke uscì, furioso e sconvolto allo stesso tempo. Restò fermo nel piazzale, non molto sicuro di cosa dover fare per prima cosa. Poi vide Simon avanzare verso di lui, con il viso rosso. O era arrabbiato o imbarazzato. Luke aveva una mezza idea di quale delle due possibilità fosse.

«Non vogliono servirmi. Quel bastardo non vuole servirmi!» Simon era così arrabbiato che riusciva a malapena a mettere insieme le parole.

«Tom Smith?»

L'altro annuì. «Mi ha fatto aspettare e poi ha detto che non avrebbe servito gente del mio genere. *Mio genere!*» Stava sputacchiando. Luke gli posò una mano sul braccio, per calmarlo, ma lui la spinse via rabbiosamente. «Ho giocato a calcio con quell'uomo. L'ho aiutato quando la sua bambina era malata, cazzo. Io...»

«Lo so, Si, lo so, okay? I Benson hanno fatto lo stesso con me.» Afferrò il braccio del suo compagno, tenendolo fermo. Di solito era *lui* quello che perdeva la calma e Simon era la voce della ragione.

«Anche loro?» Quando Luke annuì, Simon aggiunse: «Che diavolo sta succedendo? La città è impazzita durante il weekend.»

«Che io sia dannato se lo so, *babe*.»

«Fottuti finocchi. Dovreste essere abbattuti prima che infettiate la gente onesta!»

Alzarono lo sguardo quando sentirono quelle frasi al vetriolo. Alcuni uomini in una Chevrolet avevano sputato quelle parole mentre passavano loro accanto. Luke li conosceva. Lavoravano nella fattoria vicina alla loro.

«Cosa sta succedendo, Luke?» Simon li fissò con uno sguardo smarrito sul viso. Luke avrebbe voluto poter baciare via quell'espressione.

Mentre stava per aprire la bocca per suggerire di andarsene da quel cazzo di buco infernale precedentemente conosciuto come città natale, il suo cellulare squillò. Prima che potesse dire una parola, sua madre stava parlando.

«Luke, sei tu?»

«Sì, Ma', sono qui.»

«Ho detto a Simon che avevo bisogno di vedervi prima che andaste in città. Dovevate farmi visita questa mattina.» Sua madre sembrava agitata.

«Mi spiace, Ma'. Ci siamo distratti.» Ignorò il sospiro di consapevolezza di sua madre. «Che succede? Quando siamo diventati il Nemico Pubblico Numero Uno?»

Simon si stava avviando verso il furgoncino e Luke aprì le portiere con il telecomando. Senza guardarsi indietro, il suo uomo salì, sbattendo dietro di sé la portiera.

«È il nuovo pastore. Sta infiammando gli animi della gente. Non è come Jim. Quest'uomo è tutto fuoco e zolfo. Ha passato un'ora a dirci che il diavolo è tra di noi e che dovrebbe essere allontanato. Ha preso di mira te e Simon. Non ha detto i vostri nomi, ma tutti sapevano di chi stava parlando.»

«Ma siamo parte della sua congregazione. Io lo sono sin da quando ero un ragazzino. Lo sa questo, vero?» Il cuore di Luke gli sprofondò nel petto mentre ascoltava le parole di sua mamma. Era passato molto tempo da quando aveva dovuto affrontare questo tipo di omofobia.

«Non più, figliolo. Dice che è il volere di Dio sbaragliare i deviati. Continuava a ripetere dei versetti biblici.»

Luke si tirò i capelli, una cosa che faceva quando era stressato. Consapevole che Simon si era girato a guardarlo, abbassò il braccio. «Sì, Ma', li conosco.» Le persone cosiddette *timorate di Dio* gli avevano già citato ogni versetto della Bibbia e altri ancora. Persino il pastore Jim ci aveva provato ai suoi tempi.

«Senti, dobbiamo andare. Lil arriva alle due, a meno che non cambi idea.»

«Hanno già iniziato?» Pamela sembrava affranta.

«Va tutto bene. Niente che non possiamo superare. È naturale per la gente seguire i loro predicatori.»

Sperava di aver ragione perché sembrava che quest'uomo fosse un po' più di un normale bigotto. Aveva autorità e influenza. Dio, bastava solo vedere cosa aveva ottenuto con un solo sermone. Avrebbe potuto mettere il Lost Cow in una brutta posizione se avesse persuaso tutti a smettere di fare affari con loro.

«Sono tuoi amici, Luke.»

«Non più a quanto pare. I Benson e Tom Smith ci hanno già detto di andarcene dalla città.»

Ci fu una mezza imprecazione. Sua mamma non bestemmiava mai e questo fece capire a Luke più di ogni altra cosa quanto fosse tesa. Infine Pamela aggiunse: «Vengo lì. Hai detto alle due? Io e papà pranziamo e arriviamo. Hai bisogno di cibo?»

«No, Ma', abbiamo fatto spese ieri. Seriamente, non c'è bisogno che tu venga.»

Era l'ultima cosa di cui aveva bisogno. Un compagno arrabbiato e una madre sconvolta. Perfetto. Luke sospirò. Il giorno era iniziato così bene.

«Lil è un'amica.» *Anche Dave e Marion.* «Se ci sono problemi, lo voglio sapere.»

Simon lo stava ancora guardando, tamburellando impazientemente con le dita sulla portiera. «Ci vediamo dopo, allora.»

«Ci saremo,» rispose sua madre, determinata.

Luke chiuse il cellulare e si avvicinò all'auto. Scivolò dietro il volante e guardò il suo uomo. «Stai bene?» Domanda stupida.

«Sì.» Simon, però, non incrociò il suo sguardo.

Luke si sporse verso di lui e gli prese il mento. «Ti amo.» Chi cazzo se ne fregava se per quegli ottusi cazzoni di quella città era un problema.

Simon si lasciò andare nelle sue mani. «Ti amo anch'io, stupido.»

«Era Ma'.» Simon annuì. «Abbiamo un grosso problema.» Riuscì a ridere quando Simon roteò teatralmente gli occhi.

Avviò il motore e tornarono verso il Lost Cow. Durante il tragitto, Luke descrisse la conversazione che aveva avuto con sua madre. Simon non disse nulla, si limitò solamente a guardare fuori dal finestrino. Ma con la coda dell'occhio, Luke riusciva a scorgere la sua espressione desolata. Dopo che ebbe finito di parlare, attese che l'altro dicesse qualcosa. Passarono alcuni minuti.

«Sì?» chiese Luke, incerto. «Di' qualcosa.»

Sempre con la coda dell'occhio, colse Simon che scrollava le spalle. «Che cazzo c'è da dire?»

Luke fu preso alla sprovvista. Si aspettava... non sapeva esattamente cosa... ma non questo. «Sai cosa potrebbe significare per noi, per il ranch, se la città dovesse rivoltarsi contro di noi. Potremmo dover abbandonare il ranch. Potrebbero esserci anche attacchi contro di noi. Tutto ciò per cui abbiamo lavorato potrebbe andare in malora.»

«Sì, lo capisco. Credimi. Lo so.» L'amarezza era evidente in ogni parola di Simon e Luke ebbe la sensazione che ci fosse un significato nascosto di cui non era conoscenza. E la cosa lo spaventò perché non sapeva cosa potesse essere. Dopo dieci anni pensava di sapere tutto ciò che c'era da sapere sul suo compagno.

«Beh, restiamo e combattiamo oppure scappiamo?» chiese Simon.

C'era una sola risposta. Luke poteva essere chiamato in molti modi, ma non codardo. «Mi hai mai visto scappare per evitare uno scontro?» chiese.

Simon sorrise. Una versione più debole del suo solito sorriso, ma comunque era qualcosa. «No, direi di no. E lotta sia, allora.»

CAPITOLO
TRE

L'ATMOSFERA confortevole e civettuola che aveva caratterizzato il viaggio d'andata in città era ormai scomparsa mentre tornavano a Lost Cow e Luke non era certo di cosa dire per ricrearla. Simon sedeva in un silenzio accigliato, guardando fuori dal finestrino e ignorando i tentativi del suo uomo di fare quattro chiacchiere. Luke voleva parlare, voleva chiedere a Simon cosa stesse succedendo dietro quell'esteriorità così chiusa, ma qualcosa lo faceva esitare.

Luke era la testa calda nella loro relazione, mentre Simon era quello più alla mano, quello che aveva un sorriso per tutti, ma quella mancanza di reazione a un fatto così chiaramente omofobo non era da lui. Simon non era un gay che sventolava le bandiere con l'arcobaleno, ma non teneva nemmeno nascosto ciò che era e di certo un bigottismo così palese lo infastidiva così come infastidiva Luke.

Passarono l'insegna a ferro di cavallo del Lost Cow. Era stata la bisnonna di Luke a dare il nome al ranch. Il suo bisnonno, di solito, svicolava per andare al bar locale e diceva alla moglie che «andava a cercare la mucca che si era persa[1]» talmente spesso che lei aveva sempre rimarcato come fosse un miracolo che fossero rimasti loro degli animali.

---

[1]

Lost Cow in inglese [N.d.T.]

Non appena arrivarono nel cortile, Luke vide un piccolo gruppo di persone che li aspettava, sua mamma e suo papà stavano da una parte con i lavoratori e Lil vicino al carro del bestiame. Sentì lo stomaco chiudersi mentre tirava il freno a mano. Lil poteva mandare in rovina il ranch se si fosse rifiutata di fare affari con loro. Con la sua razza equina avevano migliorato di molto la qualità dei Black Angus e quasi raddoppiato il numero dei capi; inoltre stavano anche discutendo su come avviare un nuovo programma di allevamento. Avevano elaborato con lei un piano di finanziamento, ma se avesse richiesto di essere pagata in anticipo, non avrebbero potuto farlo, non senza causare una seria perdita al ranch.

Luke non aveva idea di cosa aspettarsi, ma l'espressione sul viso di sua madre non gli diede molta speranza. Era di certo pronta a dare battaglia. Scesero dal camioncino, Luke una frazione di secondo dopo Simon. Guardò il suo uomo e vide che il suo viso aveva ancora un'espressione neutra. Spostò l'attenzione su Lil - gli altri potevano aspettare un attimo - ma sembrava che la donna avesse adottato l'espressione di Simon e non lasciava trapelare niente.

Lil fece un cenno verso i lavoratori. «Vogliono parlarvi. Aspetterò.»

Luke guardò i ragazzi che spostavano il peso da un piede all'altro sotto lo sguardo di sua madre. Pamela era conosciuta come una donna particolarmente battagliera e nessuno di loro voleva mettersi dalla parte sbagliata e contro Ma' Murray.

Quando Luke catturò il suo sguardo, Chuck fece un passo avanti con il cappello in mano. «Ci dispiace, capo,» iniziò, per poi fermarsi e lanciare un'occhiata a Greg Murray, che era ancora tecnicamente 'il Capo'. Greg fece un cenno e Chuck continuò. «Abbiamo sentito, insomma, le voci, ma non ci abbiamo dato peso. Se ci fossimo resi conto di quello che stava succedendo...» Non aveva senso.

Il nuovo pastore era arrivato solo da un paio di settimane e aveva fatto un solo sermone stando a quanto avevano detto a Luke.

Chuck evitò il suo sguardo, ma aggiunse: «Veniva qui da un mese o due per incontrare alcuni della congregazione. Voleva conoscere la gente, diceva. E ha detto cose... un po' dure.»

Pamela grugnì. Ovviamente non era a conoscenza di questi incontri.

Luke aprì la bocca per rispondere, ma Simon lo interruppe.

«Sapevate che qualcuno stava fomentando questa *mer-* questo *odio* contro di noi e nessuno ha detto niente?»

I suoi occhi erano freddi mentre passava in rassegna gli uomini, che si mossero ancor più a disagio. Diamine, la sua espressione congelò Luke fino alle ossa.

Pete, uno degli uomini più anziani, fece un passo avanti. Lavorava al ranch fin da quando era un ragazzo e vedere il suo volto familiare portò un tocco di calma in quel momento di crisi. «Scusateci, ma pensavamo che la cosa sarebbe morta lì, com'era successo in passato. Non pensavamo che la gente di città prestasse attenzione al nuovo pastore.» Gli uomini attorno a lui annuirono, concordando.

L'espressione di Simon non si era addolcita di molto. «Ci avete detto delle altre voci. Perché non questa?»

Se possibile, i cinque uomini si agitarono ancora di più e Luke si rese conto che stavano affrontando il tutto davanti ad un estraneo. Mise una mano sulla spalla di Simon.

«Sì, stiamo facendo aspettare Lil. Di questo possiamo parlarne dopo.»

Lil fece un passo avanti. Era una donna di origini native americane, bassa, con i capelli lunghi e grigi raccolti in una treccia che le scendeva sulla schiena. Suo marito era morto tre anni prima e tutti si erano aspettati che vendesse l'attività e si trasferisse per stare più vicino alla sua famiglia. Invece aveva allargato il suo mercato aiutando gli allevamenti vicini al suo. Luke non aveva idea di come potesse reagire a tutta quell'omofobia. Il fatto che l'associassero a loro poteva crearle problemi, dopotutto.

«Ho sentito le voci,» disse lei senza mezzi termini. «Stupidi uomini ignoranti con troppo tempo per le mani.» Esitò e poi aggiunse: «Mio nipote è un *winkte*.»

Solo Simon annuì, tutti gli altri sembravano confusi. «È un termine Lakota che significa terzo sesso,» spiegò.

«Come *berdache*?» chiese Luke. Aveva sentito che i Nativi Americani avevano anche una parola che significava 'due spiriti'.

«Significa più di quello,» lo corresse Lil, «ma, a ogni modo, non avrete problemi con me, qualsiasi cosa la gente dica.»

«Questo potrebbe nuocere ai tuoi affari,» la mise in guardia Simon. «Ci hai pensato?»

«Avete problemi con me perché sono una donna?» chiese lei, con le mani piantate saldamente sui fianchi.

«Uh, no. Perché dovremmo?» Simon apparve confuso quanto Luke.

«Alcuni dei vecchi ragazzi non vollero fare affari con me dopo che il mio uomo morì. Mi dissero che non ero abbastanza brava da gestire un ranch così grande perché non avevo l'uccello.» La sua bocca si storse. «Il fatto è che voi siete stati tra i primi ad aiutarmi e altri vi hanno seguito. Non v'ignorerò solo perché vi amate.»

«Le vecchie abitudini sono dure a morire,» disse Greg dolcemente, «e queste non sono proprio le zone più liberali. Amici come Lil sono importanti, soprattutto quando i tempi si fanno difficili.»

«Sì, sei importante per noi,» concordò Luke e si fece avanti per offrirle la mano. Lei lo sorprese con un abbraccio rude, per poi fare lo stesso con Simon.

Luke guardò il viso del proprio partner mentre lui si

ritraeva. Aveva perso l'espressione vuota, ma al suo posto c'era qualcos'altro, una sofferenza che Luke non riusciva a capire, ma l'avrebbe fatto. Nessuno poteva far male al suo uomo, non se voleva che il suo corpo si mantenesse intatto in ogni sua parte.

Pamela ora sembrava molto più rilassata e molto meno una leonessa che proteggeva i suoi cuccioli. «Lil, sei di fretta? Perché penso sia l'ora del tè.»

Luke gemette di frustrazione, attirandosi un'occhiataccia da sua madre, ma sorrise interiormente. Non era cambiato poi molto, quindi. Il tè del pomeriggio era una tradizione in casa Murray e niente, nemmeno le fiamme dell'inferno o il diluvio universale, avrebbe potuto cambiarla. Sua madre era solita sostenere che fosse l'unico modo per passare un po' di tempo con suo marito senza la presenza dei lavoratori.

Lil scosse il capo. «Ti ringrazio molto, Pamela, ma devo tornare a casa presto. Se riesco a finire le cose con i tuoi ragazzi, poi posso partire.» Guardò i due uomini.

«Ma', metti su il bollitore e arriviamo.» Luke sorrise a sua madre e lei si voltò per entrare in casa. «Ragazzi,» disse rivolgendosi agli uomini che stavano ancora aspettando con un'espressione preoccupata sul viso, «riunione alle cinque in punto nel dormitorio. Ora dobbiamo scaricare il bestiame.»

Questi annuirono e si dispersero, Pete e Chuck parlando a voce bassa mentre si dirigevano verso il camioncino.

Greg fece un breve sorriso a suo figlio. «Vuoi che rimanga, figliolo?»

Luke scosse il capo. «Ce la facciamo, Pa', ma vuoi vedere lo stock nuovo?»

Gli occhi di suo padre s'illuminarono e confermarono il sospetto di Luke: per Greg essere in pensione era più duro di quanto non volesse ammettere. Pamela era stata entusiasta all'idea che finalmente suo marito avesse acconsentito a passare le redini a Luke e Simon e, fino ad allora, l'uomo aveva solo elogiato i risultati di suo figlio, ma doveva essere dura per lui trovarsi messo da parte dopo trent'anni passati in carica.

Mentre iniziavano a scaricare il bestiame, Luke si chiese se suo padre lo colpevolizzasse per la situazione attuale con il pastore. Si rese conto di non sapere nemmeno il nome del predicatore che aveva millantato quelle stronzate. *Conosci il tuo nemico*, pensò Luke e rabbrividì.

Simon notò quel brivido mentre scendeva dal camion e guardò il suo uomo. «Stai bene?» chiese brevemente.

«Sto bene,» mormorò Luke, non volendo che suo papà lo notasse. Simon annuì e continuò a scendere dalla rampa.

Luke lo osservò. Il viso di Simon aveva perso la rabbia di poco prima ed era tornato all'espressione vuota che lo preoccupava. Fanculo, questo era il suo uomo e lui amava Simon davvero molto, ma il suo figo, calmo, fottutamente sexy compagno era sparito ed era stato rimpiazzato da… questo. Marciò fino a lui e lo afferrò per il colletto, attirandolo a sé.

Dopo il primo sguardo confuso, Simon sollevò un sopracciglio. «Capo? C'è qualcosa che posso fare per te?» Capitava che si baciassero o toccassero quando erano in giro per il ranch, solo che non l'avevano mai fatto di proposito, soprattutto non davanti a gente estranea.

«No.» Luke fece scivolare una mano attorno al suo colletto e lo attirò a sé fino a quando le loro labbra quasi si toccarono. Riusciva a percepire la tensione nel corpo di Simon e, cazzo, era fuori posto. «Ho quello che voglio proprio qui.» Mentre azzerava le distanze tra le loro labbra, sussurrò: «Chi sei, straniero, e dov'è il mio uomo?»

Simon gli sbuffò in bocca. «Forse non dovremmo farlo ora.»

Luke ringhiò di rabbia e frustrazione. «Ti amo, questa è casa nostra e se voglio baciarti lo faccio, okay? Se a qualcuno non piace, può andare a fare in culo.»

Da dietro qualcuno gridò: «Non è che non ti abbiamo mai visto prima pomiciare con lui, Si. Continua pure.»

Simon s'irrigidì e Luke era già pronto a mordere chiunque avesse parlato, quando lo sentì rilassarsi di nuovo sotto le sue mani e la tensione fluire da lui come l'acqua nei torrenti dopo le piogge.

«Mi spiace, Luke… sono stato un po' uno stronzo,» disse Simon a bassa voce e finalmente baciò il suo compagno. Un bacio che diceva 'bentornato a casa – ti amo – non ti lascerò mai più'. Luke lo tenne stretto a sé e sprofondò il viso contro il suo collo. Aveva un odore familiare e caldo, di sapone, sudore e uomo.

«Nessuno di voi due ragazzi ha intenzione di lavorare oggi?»

Si voltarono a guardare Lil e Greg, ma la mano di Luke non lasciò la schiena di Simon.

«Scusa, Pa'.»

Il bestiame fu finalmente scaricato e furono presi gli accordi per applicarvi il marchio *Lost Cow* il prima possibile. La possibilità che i recinti venissero tagliati e il bestiame rubato era una minaccia che non potevano ignorare. Simon si scrollò di dosso ciò che lo aveva turbato fino a quel momento e si prese carico dei lavoratori. Luke finì di sistemare i documenti con Lil, la ringraziò prima che se andasse rendendosi conto che tra di loro, ora, c'era una comprensione più profonda. Sapevano entrambi che ci sarebbero potute essere delle rappresaglie dato che i loro rapporti sarebbero continuati.

Greg stava da parte e parlava a bassa voce con Chuck quando Luke li raggiunse. «Hai organizzato i turni di guardia per il recinto?»

«Non ancora,» rispose Luke, cupo. «Non sapevamo

25

che ci fosse questo tipo di pericolo fino a un paio d'ore fa.»

Chuck lo guardò e nel suo sguardo c'era un miscuglio di senso di colpa e imbarazzo. «Vuoi che me ne occupi io, capo?»

Luke annuì e Chuck si allontanò, chiamando Tommy e Jack perché si unissero a lui. Greg li guardò e poi si voltò nuovamente verso suo figlio.

«Non essere troppo duro con loro. Non è una cosa facile dire al tuo capo cosa sta succedendo.»

Sentendo un principio di mal di testa infiltrarsi sotto gli occhi, Luke guardò Simon dirigere l'operazione per portare il nuovo bestiame al pascolo vicino al ranch. Sapeva che suo padre aveva ragione, ma il suo nervosismo non era solo per il pastore e per il fango che stava gettando su di loro. Ora doveva preoccuparsi di qualcosa molto più personale e, francamente, la cosa lo preoccupava molto di più.

CAPITOLO
QUATTRO

IL DORMITORIO era silenzioso quando Luke entrò in cucina alle cinque in punto. Come sempre, bussò delicatamente e attese un attimo prima di aprire la porta. Suo papà l'aveva educato a considerare quella costruzione la casa dei lavoratori e la loro privacy doveva essere rispettata.

Fece capolino oltre la porta. Erano tutti lì ad aspettarlo tranne Simon. Chuck era seduto con Pete e Tommy al tavolo della cucina con delle tazze di caffè, piene per metà, davanti a loro. I tre uomini erano residenti abituali del dormitorio, mentre Sammy e Jack, che stavano saccheggiando dal frigorifero le bottiglie di succo di frutta, vivevano alla periferia della città.

«Nessuno sa dove sia Simon?» chiese Luke, bruscamente. Era infastidito dal fatto che il suo capo ranch non fosse lì in orario.

«Sta arrivando. Levi era un po' giù di corda, voleva dargli un'occhiata,» rispose Jack da sopra una spalla, ma la sua attenzione era ancora tutta concentrata sul prendere il succo di frutta senza far cadere tutte le bottiglie di birra.

Luke aggrottò le sopracciglia. «Forse dovrei andare a controllare.»

«Nah, sarà qui a momenti. Ecco, prendi un po' di succo e siediti, capo.»

Jack gli passò la bottiglia di succo di mela e gli indicò un posto libero al tavolo. Sapeva che non era il caso di offrire a Luke della birra a quell'ora del giorno.

Simon, infatti, apparve un paio di minuti dopo,

accaldato, sudato e con una striscia di sporco sul naso. «Scusa, capo,» disse, «Levi zoppicava da una gamba.»

«Sta bene?»

«Solo un sasso. Ora sta bene. Ce n'è una per me?» chiese gesticolando verso le bottiglie di succo.

«Certo che sì.»

Tommy ne prese un'altra dal frigorifero e Simon si appoggiò al lavello, bevendola quasi tutta in un unico sorso. Luke si ritrovò a fissare affascinato il movimento della sua gola mentre deglutiva e ci volle un basso colpo di tosse per riportare la sua attenzione all'argomento del giorno. Chuck roteò gli occhi per l'evidente distrazione del suo capo.

Le punte delle orecchie di Luke divennero rosa acceso e lui tossicchiò per dissimulare. Gli fece comunque piacere notare che quel piccolo scambio non era passato inosservato a Simon che ora aveva un lieve sorriso sul volto.

«Giusto…»

Tutti i suoi dipendenti lo guardarono, in attesa.

«Oggi è stato un giorno del cazzo, soprattutto perché io e Simon non avevamo idea di cosa stesse succedendo. Voi ragazzi avete incontrato il nuovo pastore…» Attese. Tutti annuirono, ma nessuno disse niente. «Ditemi cosa sta succedendo.»

Chuck prese un lungo sorso di caffè e poi appoggiò la tazza sulla ruvida superficie di pino del tavolo. Tutti gli altri lo guardarono, aspettando che lui, come uomo più anziano, iniziasse a parlare.

«Si è presentato durante lo Studio della Bibbia un paio di mesi fa. Ha detto che voleva presentarsi e farci conoscere sua moglie. Sembravano una coppia gentile, calorosa e amichevole.»

Gli altri annuirono, concordando, e Sammy aggiunse: «Ha parlato con noi e pregato per un po'. Proprio com'era abituato a fare il pastore Jim quando ci faceva visita.»

Molti dei lavoratori andavano al gruppo di studio sulla Bibbia in città. Luke e Simon non ci andavano di proposito, perché pensavano che gli uomini avessero bisogno di un posto dove poter stare lontani dal ranch.

«Quindi cos'è successo? Cos'ha detto per far venire anche ai nostri amici la bava alla bocca?»

Chuck si accigliò mentre ci ripensava. «È stata sua moglie a cominciare...»

Simon lo interruppe. «Come si chiamano?»

«Tony Jackson e sua moglie Mary,» gli rispose Chuck. «È andata alla riunione del Gruppo delle Signore. Una di loro le ha detto di voi due e apparentemente la temperatura è scesa di circa venti gradi.»

«Mia moglie era lì,» aggiunse Jack. Lavorava al ranch da tanti anni, ma viveva vicino alla città con sua moglie, in una delle zone di più recente costruzione. Sua moglie Liz era infermiera all'ospedale locale e frequentava il gruppo quando i turni glielo consentivano. «La moglie del pastore era sorpresa che una città timorata di Dio come Parson ammettesse che dei finocchi portassero avanti delle attività.»

«Cosa?!»

Jack trasalì all'urlo di Luke. «Poi ha fatto dei commenti circa il fatto di aver picchiato dei ragazzini per togliere dalle loro teste idee senza senso di questo tipo, nella loro precedente chiesa. Liz ha pensato che si trattasse di un'esagerazione per rendere chiaro il suo punto di vista e nessuna è stata abbastanza coraggiosa da farglielo notare.»

«Gesù,» imprecò Simon, «perché queste persone non si arrendono? Cosa diavolo pensano di fare?»

«Poi cos'è successo?» chiese Luke, ignorando l'interruzione di Simon.

«Il pastore Tony, al successivo gruppo di studio sulla Bibbia, ha predicato i valori cristiani e ha insistito su come

Satana si stesse infiltrando nelle nostre comunità e di come ci avrebbe dannato tutti se ci fossimo associati ai peccatori,» rispose Chuck, «e Mary ha detto lo stesso al Gruppo delle Signore. Erano là con loro, a ogni riunione.»

«I due luoghi dove non saremmo mai andati, il gruppo di studio sulla Bibbia e con le Signore,» disse Luke a Simon. Nemmeno sua madre andava a quel gruppo, preferendo frequentare un corso di pittura. Privatamente, la sua descrizione di ciò che era uscito dalle bocche di quelle buone donne cristiane che s'incontravano ogni settimana era semplicemente spaventoso. Si voltò verso Chuck. «Allora perché non l'avete detto? E perché tutti ci stanno tagliando fuori ora? Siamo andati in chiesa ultimamente.»

«Ne abbiamo parlato, tutti noi.»

«Tutti voi?»

«I lavoratori e gli altri. Dopo le riunioni. Abbiamo solo pensato che non vi conoscessero e che, quando sarebbe successo, tutto si sarebbe sistemato. Era imbarazzante anche solo annuire, ma speravamo che tutto si calmasse.»

Luke si grattò la testa. Sentì la polvere e la terra che si erano impigliate nei capelli. «Allora perché le persone che conosciamo da tutta la vita improvvisamente ci trattano peggio di una merda sotto uno stivale?»

Chuck lanciò agli altri uno sguardo impotente e Pete fece spallucce, per fargli capire che doveva dirlo.

«Nel primo sermone, il pastore ha detto a tutti che non sarebbero più stati i benvenuti in chiesa, a meno che non avessero iniziato a evitare quelli contaminati dal peccato. Dovevamo scacciare i demoni nel deserto per impedire che l'infezione si spargesse.» La voce si spense mentre pronunciava l'ultima frase.

La testa di Luke scattò verso l'alto e vide Simon che fissava apertamente Chuck. «Ha detto questo? Mia madre era lì seduta e lui ha detto questo? Gliel'hai lasciato dire e poi non l'hai detto a noi?»

Chuck fece un cenno esitante con il capo, ma fu Pete a rispondere. «Abbiamo lavorato al recinto ieri, figliolo, ti ricordi? Ma' Murray ce l'ha detto appena prima che arrivaste.»

«Capo, non avevamo idea che ne avrebbe fatto una cosa personale,» disse Tommy. Era più giovane degli altri e lavorava al ranch da soli cinque anni. Era uno dei pochi uomini assunti personalmente da Luke ed era anche lui gay, un fatto non conosciuto dalla maggior parte degli altri. Tommy non si sentiva a proprio agio all'idea che si sapesse della sua sessualità e aveva chiesto a Luke di tenerlo per sé. Luke aveva acconsentito e non l'aveva detto nemmeno a Simon, e la cosa lo infastidiva più di quanto gli piacesse ammettere.

«Queste persone ci hanno insultato per settimane e pensavate che non fosse personale?» La voce di Luke si stava alzando per la rabbia e Tommy si ritrasse quando il suo capo picchiò un pugno sul tavolo, facendo saltare tutte le tazze. «Gesù Cristo, siete tutti stupidi, cazzo? Sono in città da soli due mesi e improvvisamente la gente non vuole più fare affari con noi e i nostri amici non ci parlano più. E voi pensate che non sia un cazzo di problema personale?» Lanciò occhiatacce a tutti e la sua espressione furiosa era la stessa che c'era sul viso di Simon.

«Luke, ascolta, figliolo—» iniziò Pete, ma Luke gli si rivoltò contro.

«No! *Tu* ascolta. Questa è casa *mia*, il *mio* ranch e la *mia* città, e nessun fottuto predicatore insulterà me e i miei familiari. Pensavo che avessimo degli amici qui. Pensavo…» Fece una pausa, fissando i lavoratori con amarezza. «Pensavo che io e Simon avessimo il vostro rispetto. E anche la vostra amicizia.» Le sue labbra si contrassero. «Ovviamente mi sbagliavo.»

Tutti gli uomini lo fissavano in silenzio. Pete era rosso e la bocca di Chuck si muoveva, ma non ne usciva nessun suono.

Luke guardò il proprio amante, che aveva un'espressione indecifrabile sul viso. Dio, voleva solo che Simon sorridesse, che gli facesse lo stesso meraviglioso, lungo e pigro sorriso di quella mattina. Normalmente Simon avrebbe insistito per farlo calmare e fargli ascoltare gli uomini. Tutti loro lo stavano guardando, aspettando il suo tono tranquillizzante. Non questa volta. Simon gli fece un lieve cenno di assenso.

«Vado a controllare il bestiame,» disse Luke, all'improvviso.

Simon annuì. «Vengo con te.» Si spostò vicino al compagno e le loro dita si strofinarono per un istante. Nonostante la rabbia dovuta alla situazione, Luke sorrise dentro di sé. Qualsiasi cosa fosse quello che disturbava Simon, non aveva niente a che fare con *loro* ed era tutto ciò che contava.

«Avete bisogno di noi?» chiese Chuck, esitando.

Era così, ma Luke aveva bisogno di passare del tempo lontano da tutti. Solo lui e Simon nell'aria fresca della sera di primavera, a fare quello che facevano meglio: stare insieme.

Scosse il capo. «Io e Simon faremo il giro del recinto. Voi tre potete fare il turno di notte. Jack e Sammy possono fare quello di domani mattina presto. Troveremo poi il modo di organizzare altre ronde. Voglio spostare la mandria al pascolo estivo nelle prossime due settimane.»

Chuck sembrò voler aggiungere qualcos'altro, ma si limitò ad annuire e a rispondere: «Certo, capo.» Si alzò e si rivolse ai lavoranti. «Ora mangiamo.»

Sammy e Jack buttarono le loro bottiglie di succo di frutta nel cestino della spazzatura e si avviarono verso la porta. «Torniamo alle sei,» disse Sammy e poi uscirono, chiudendosi la porta alle spalle.

Luke buttò la bottiglia nello stesso cestino e seguì gli uomini fuori, senza aspettare di vedere se il suo uomo fosse dietro di lui. Non aveva bisogno di guardare.

Attraversarono il cortile verso la selleria e Luke allungò la mano per prendere quella più grande di Simon. Aveva bisogno del suo tocco rassicurante, anche solo per un momento. Simon abbassò lo sguardo verso le loro mani unite, come se fosse sorpreso e poi attirò Luke più vicino, lasciando andare la presa per passargli un braccio attorno alle spalle. Luke si strinse di più a lui e si voltò per baciargli la mascella ispida.

La sera era ancora calda e Luke si ritrovò a non vedere l'ora di cavalcare mentre saliva in sella a Lucifer, che lui chiamava affettuosamente Lulu. L'accarezzò e lei scosse la testa, voltandosi per prendergli dolcemente la tasca con le labbra, nella speranza di trovarci qualche dolcetto.

«Golosona.» Rimproverandola dolcemente, Luke finì di metterle la cavezza. Si ritrovò a sorridere a Simon mentre erano in groppa ai cavalli. Il suo partner sollevò un sopracciglio, non sicuro del senso della battuta e del sorriso. A dire il vero, nemmeno Luke lo era, ma almeno il suo compagno era lì con lui.

Mentre iniziavano a cavalcare lungo il sentiero, Simon disse: «Pensi che attaccheranno il ranch?»

Luke ci pensò per un po'. Non chiese a chi si riferisse. «Me l'aspetto. Qualcosa succederà. Se non deliberatamente, allora quando saranno ubriachi il venerdì sera. Dobbiamo continuare a fare le ronde, almeno per un po'.»

«Sarà dura per gli uomini,» osservò Simon. «Pete non è più molto giovane. Non conosciamo nessuno che possa aiutarci?»

«Con un così breve preavviso?» Quando Simon annuì, Luke scrollò le spalle. «La maggior parte dei lavoratori non verrà fino alla raccolta del fieno. Potrei chiedere in città. Oh no, non posso farlo perché nessuno vuole lavorare per un paio di aberranti sodomiti.»

Vide Simon sussultare e Luke maledisse se stesso,

ma poi Simon spostò Del più vicino a Lulu e, sporgendosi, diede a Luke un bacio leggero. «Non sanno cosa si perdono.»

Luke intrecciò le dita nei capelli del suo uomo e lo attirò a sé per un bacio più profondo. Fortunatamente entrambi i cavalli erano abituati a camminare vicini e per un breve lasso di tempo cooperarono. Poi Del sbuffò e Simon si staccò con la bocca arrossata e quell'immagine arrivò dritta al sesso di Luke.

Prima di tutto, però, doveva scoprire cosa aveva Simon. Luke si ritrasse, ignorando l'improvvisa strettezza dei suoi jeans e lanciò uno sguardo al suo compagno.

«Pronto a parlare con me, cowboy?»

Simon non si prese nemmeno la briga di negare che ci fosse un problema. Non c'era possibilità che Luke lasciasse perdere, così, invece, gli sorrise un po' tristemente e disse: «Possiamo cavalcare per un po', solo noi due? Vorrei solo che fossimo noi stessi, ora. Parleremo a casa.»

Luke annuì lentamente. «Okay, aspetterò, ma una volta a casa, la tua testa è mia.»

«Divertente.» Simon sorrise, anche se un po' di sbieco. «Di solito t'interessa il mio uccello.»

«Anche quello,» concordò Luke.

CAPITOLO
CINQUE

LUKE si sfilò i vestiti e scivolò nel letto. Era nudo. L'unica cosa che indossavano a letto era l'uno il corpo dell'altro. Simon era già sotto le lenzuola e gli dava la schiena quando Luke si sdraiò. La luce della luna disegnava le sue spalle e la sua schiena ampia e muscolosa e fece venire voglia a Luke di girare il suo uomo e fare l'amore con lui, lentamente e teneramente, come piaceva a loro.

Solo che non era quello di cui c'era bisogno in quel momento. Simon gli stava nascondendo qualcosa, qualcosa di doloroso, e per la prima volta in dieci anni, Luke non aveva idea di cosa stesse succedendo. La cosa lo spaventava profondamente. Non sapeva come gestirla, ma sapeva una cosa: amava il suo uomo e non sarebbe stato un coglione da due soldi a dividerli.

Si rannicchiò vicino a lui e gli posò un bacio sul collo. Simon rabbrividì e Luke attese, sapendo che c'era qualcosa che doveva essere detto, ma era Simon che doveva sentirsi pronto a parlare. Il ranch non era mai completamente silenzioso: i rumori occasionali degli animali rompevano il silenzio, ma all'interno della stanza c'era solo il suono quieto del loro respiro. Quando finalmente Simon parlò, Luke quasi sobbalzò al suono della sua voce, graffiante e rauca come se la sua gola fosse chiusa e infiammata.

«Avevo sedici anni quando ho ammesso di essere gay.»

Luke voleva fare un'osservazione e sottolineare il fatto che Simon era sempre stato un po' lento, ma sapeva che non era il momento giusto.

«Ero il quarterback, popolare con le ragazze e anche intelligente. Prendevo sempre il massimo dei voti. Ero davvero il ragazzo d'oro.» Il tono autodenigratorio irritò i nervi ormai logori di Luke.

Ci fu una pausa, così lunga che Luke si chiese se per caso il suo compagno stesse aspettando che lui dicesse qualcosa.

«Il fratello del mio miglior amico era gay, anche se teneva la cosa segreta, molto. Una notte ci siamo ubriacati e lui ci ha fatto vedere un porno.»

«Porno gay?» chiese Luke, rendendosi conto di quanto fosse stupida la domanda non appena lasciò le sue labbra.

Normalmente, Simon avrebbe fatto un commento, ma questa volta rispose semplicemente: «Sì,» e per alcuni minuti tornò a essere silenzioso tra le sue braccia.

«Eric si annoiò e si addormentò, ma suo fratello mi guardava, osservava la mia reazione alla vista di quella scopata come se sapesse...»

«Ti sei eccitato?» Un'altra domanda stupida.

«Non riuscivo a distogliere lo sguardo. Avevo guardato del porno prima, ma la cosa non mi aveva mai messo così in difficoltà. Erano solo due ragazzi che se lo succhiavano e si scopavano, ma mi diventò così duro che sapevo di aver bisogno di *qualcosa*, solo che non sapevo cosa fosse.»

«Ti ha toccato?»

«Me l'ha succhiato nel loro bagno. Non il mio primo pompino ma di certo il migliore... fino a quando non ti ho incontrato.»

Luke non era preoccupato - non troppo - ma strinse Simon per rassicurarlo, nonostante tutto.

«Allora cos'è successo? Ti ha fatto fare outing?»

Simon sospirò. «No. La vita è andata avanti come sempre. Ci incontravamo ogni tanto per pomiciare. Non m'interessava molto di lui, ma ero al sicuro.»

Luke capiva. Aveva avuto alcuni amici così. A volte sentirsi al sicuro era tutto ciò in cui si possa sperare.

«Ero confuso, arrabbiato, mi sentivo in dovere di nascondermi tutto il tempo, anche se ero il primo della classe e mi sbaciucchiavo con qualche ragazza nella caffetteria. Così ne parlai alla consulente scolastica, solo che mi dimenticai che era la moglie del preside.»

«Gliel'ha detto?»

Simon rabbrividì di nuovo. «Gli raccontò tutto quello che avevo detto.»

Luke si stese sulla schiena e trascinò Simon con sé, in modo da avere la sua testa sul petto e avvolgerlo tra le braccia. Voleva che si sentisse al sicuro e aprisse il suo cuore.

«Non gli piacque quello che sentì. Improvvisamente i miei voti cominciarono a scendere e, anche se non venni buttato fuori dalla squadra, mi misero in panchina. I miei genitori pensarono che fosse a causa dei voti e mi misero in castigo. Cercai di lavorare più duramente, ma niente di ciò che facevo cambiò la situazione. Passai da un'A piena a un C+, se ero fortunato. La mia squadra pensava che mi drogassi e mi trattavano di merda. Lavoravo e fallivo, ricevevo merda da tutti e niente di ciò che dicevo o facevo cambiava le cose. Alla fine, svenni una domenica sera a cena. Persi i sensi sopra le patate mentre mio papà mi gridava contro.»

Accarezzandogli la testa, Luke lo tenne stretto a sé e attese, sapendo che la storia non era ancora finita.

«Poi i miei genitori scoprirono la verità e si lamentarono con la scuola. Solo che, così facendo, dovetti fare completamente coming out. Sono stato fortunato, presumo.» Simon sembrava dubbioso. «Non avevano un problema con me perché ero gay, ma avevano un dannato problema con la scuola per il modo in cui mi stavano trattando.»

Luke gli baciò la sommità del capo. «Cos'è successo

dopo, baby?»

Di solito non si chiamavano con nomignoli tipo *baby* e *caro*. Solo *capo, boss* o, occasionalmente, *amore*. Solo che questa volta gli era sfuggito e Simon non glielo fece notare, cosa che lo spaventò ancora di più.

«Non potevano provare che il preside avesse influito su come gli insegnanti decidevano i miei voti o sulla mia situazione in squadra. E ora i ragazzi sapevano…» Simon si fermò, ma Luke si era fatto un'idea.

«Bruciarono il mio furgone.» Il tono di Simon era piatto, senza emozione, come se stesse trattenendo il dolore che aveva provato quando i suoi compagni di squadra gli si erano rivoltati contro. «Quando cominciarono con Suzie, abbiamo traslocato e mia mamma mi ha trasferito in un'altra scuola. Scuola che da quel momento è stata etichettata come simpatizzante dei gay. Non era una scuola buona come la precedente, ma era sufficiente per far risalire i voti per il college.»

«Dove mi hai conosciuto.»

«Dove ti ho conosciuto. Non sapevo se essere in estasi o arrabbiato quando mi sono reso conto che il mio coinquilino era gay. Non volevo essere gay. Volevo solo tenere un profilo basso e laurearmi.»

«Ma non sei riuscito a resistere al mio fascino,» lo stuzzicò leggermente Luke.

«Volevo solo zittirti prima che ci facessi ammazzare,» ribatté Simon.

«Anche quello, sì.»

«Mamma e papà per poco non hanno perso la testa quando ho detto loro di te. Pensavano che i problemi sarebbero ricominciati di nuovo. Penso che volessero proteggermi.» Fece un sorriso mesto a Luke. «Mamma voleva che cambiassi dormitorio e, quando dissi loro che mi ero innamorato di te, minacciarono di smettere di pagarmi il college.»

«Cosa gli ha fatto cambiare idea?»

«Tu. Erano venuti per farmi cambiare idea e tu sei entrato al ristorante e li hai travolti.»

Luke ricordava quell'incontro. Non si era reso conto del significato in quell'occasione, però. «Ti ho baciato mentre eri a tavola.»

Sentì Simon sorridere contro la sua pelle. «Mi hai baciato davanti ai miei genitori e a tutti gli altri al ristorante. Ero mortificato e dannatamente felice allo stesso tempo. Mia mamma è rimasta conquistata quando le hai detto che ero l'uomo più fantastico del mondo, ancora prima di sederti.»

«Perché non mi hai mai detto queste cose prima d'ora?» chiese Luke, genuinamente confuso. Simon era sempre stato felice di raccontare della sua famiglia e della sua infanzia, eppure non avevano mai avuto quella conversazione in dieci anni. I genitori di Simon e i suoi fratelli erano le persone più amichevoli che camminavano sulla verde terra di Dio. Non una volta aveva notato segni riguardo al fatto che Simon fosse stato vittima di un bullismo così pesante.

Simon appoggiò il mento al petto di Luke e lo guardò. «Perché, conoscendoti come ti ho conosciuto, probabilmente mi avresti trascinato da un avvocato, o avresti trovato il modo di ferirli come loro avevano ferito me. Volevo solo dimenticare e stare con te, senza domande. E poi il tempo è passato e non ha più avuto importanza.»

Luke aprì la bocca per contestare quello che aveva appena detto, ma poi la richiuse. Simon aveva ragione, dannazione. Non avrebbe mai lasciato correre. Nessuno poteva ferire il suo ragazzo e farla franca. Si chiese se non fosse troppo tardi per una qualche forma di punizione.

Simon lo guardò e gli fece un sorriso ironico. «No. Qualsiasi cosa tu stia pensando, no.»

«Ma…»

«No, Luke. Oltretutto, abbiamo cose più importanti

di cui preoccuparci.» Simon gli lanciò il suo tipico sguardo da *lascia perdere, stronzo* e Luke lasciò perdere perché sì, Simon aveva ragione, ma soprattutto perché anche qui, in una specie di estensione dell'*ufficio*, Luke obbediva sempre.

Sbuffò, ma si calmò e le sue dita s'infilarono tra i capelli di Simon. Restarono sdraiati in silenzio per un po', una brezza fresca muoveva le tende e raffreddava la loro pelle, dov'era esposta.

«Cosa succede se vince lui?»

La domanda di Simon non era inaspettata, ma Luke non sapeva cosa dire, quindi optò per un: «Non vincerà.»

«Ma se succede?»

Tirò Simon verso di sé fino a ritrovarsi faccia a faccia, con la testa sul cuscino. «Non vincerà. Ma se sarà così, e solo se sarà così, possiamo ricominciare, comprare un ranch da qualche altra parte. Papà ci aiuterà e abbiamo risparmiato una discreta quantità di denaro.»

«Scappare come ho fatto io,» ammise Simon amaramente.

«Ti sei trasferito per poter andare al college piuttosto che rimanere e vedere i tuoi sogni rovinati da un branco di bigotti ottusi. Non sei scappato.»

«Ma...»

«No!» Era il turno di Luke di zittire Simon. «Non stiamo scappando e lui non vincerà.»

«Ma...»

«Ora te lo succhierò fino a che sarai completamente inerme e poi dormirai fino a quando non ti sveglierò scopandoti.»

«Ma...»

Luke si arrese. Spinse Simon sul letto e si allungò su di lui, succhiandoglielo, assaporando il suo uccello grosso e duro.

«Cazzo!»

Molto meglio. Luke si staccò con uno schiocco sonoro e guardò in alto verso il suo amante. «Ora chiudi quella cazzo di bocca,» ordinò con la voce roca e impregnata di sesso.

Simon si zittì, gli occhi sgranati che guardavano Luke. Di solito era lui a essere in carica qui e ci fu un momento in cui Luke si chiese se il suo uomo si sarebbe rifiutato di cedere il controllo, invece lo vide annuire e poi i suoi fianchi scattarono violentemente verso l'alto. «Ora… ti prego,» implorò e le sue lunghe gambe si divaricarono per dargli un accesso migliore.

Luke lo baciò con forza sulla bocca. «Cazzo, ti amo,» disse roco.

«Ti amo anch'io. Succhiamelo, bastardo,» ansimò Simon, con il sudore che gli imperlava la fronte.

«Ogni tuo desiderio è un ordine.» Luke gli fece un sorrisetto malizioso e diede una lunga leccata al suo pene, stando ben attento a spingere la lingua nell'apertura sul glande quando ci arrivò. Traeva una grande soddisfazione nell'ascoltare il sibilo nel respiro di Simon e nel vedere le sue mani stringere le lenzuola.

Si spostò in modo da sistemarsi tra le gambe del suo compagno, si chinò per riuscire a leccargli i testicoli, succhiandone prima uno e poi l'altro, scivolando sempre più in basso verso la sua apertura. Gli allargò le gambe in modo che fossero ancora più divaricate, percependo la pelle lievemente pelosa all'interno delle sue cosce, calda e vulnerabile sotto le sue mani.

«Ti prego, Luke, ti prego,» lo implorò Simon, le dita che si muovevano senza sosta sui capelli di Luke.

«Lo faccio, ho solo bisogno di toccarti, di sentirti.»

Luke bagnò la sua apertura, la leccò fino a quando non fu morbida e dilatata. Simon faceva dei mugolii d'incoraggiamento, tenendo le gambe aperte e spingendogli il sedere in faccia. Luke gli teneva i fianchi, in modo che Simon restasse fermo. Tornò a leccare verso l'alto i testicoli soffici, succhiandoli leggermente e poi si spostò più su, mordicchiando l'asta di Simon fino a quando si ritrovò a succhiarne la punta. L'uccello del suo uomo era enorme e gli riempiva la bocca. Luke lo amava, adorava troppo quella sensazione. Avvolse le mani attorno all'asta turgida e cominciò anche a masturbarlo.

«Sì, di più, ti prego, succhialo, ti prego, prendimi, adesso.» Un balbettio confuso arrivava dalla cima del letto e Luke sorrise. «Bastardo!» sibilò Simon.

Non si preoccupò di rispondere e succhiò quella calda, dura, splendida asta più a fondo che poteva, sforzandosi per riuscire a prendere anche gli ultimi centimetri. Era impossibile - dopo dieci anni lo sapeva - ma continuava a provare perché un giorno...

Simon era vicino, molto vicino a venire. Luke riusciva a sentirlo: i suoi testicoli erano pieni, il balbettio era ridotto quasi a un lamento acuto e il suo cazzo si era gonfiato di più. Luke lo succhiò ancora più forte e lo sperma caldo gli riempì la bocca, gli scivolò sul mento e... Dio, Luke stava venendo senza essere stato toccato. Solo i suoni e l'odore dell'orgasmo di Simon lo avevano mandato oltre il limite e i suoi fianchi si mossero freneticamente.

«Sei venuto?» La voce ansimante di Simon penetrò nella foschia del dopo orgasmo.

«Ah-ha.» Luke guardò verso il suo compagno e si sentì trascinare verso l'alto così che Simon potesse leccargli la bocca e succhiare via il proprio seme, con lunghe e languide passate che fecero desiderare a Luke di non essere venuto così presto.

I due uomini si accomodarono sui cuscini, stretti l'uno all'altro. La brezza della notte raffreddava la loro pelle accaldata e Luke si ritrovò a scivolare nel sonno. Non si sarebbe lasciato andare completamente, però, non fino a quando non avesse sentito il respiro del suo amante farsi regolare, poi l'avrebbe seguito, non permettendo alle preoccupazioni della giornata di raggiungerli anche dove erano al sicuro, insieme.

CAPITOLO
SEI

LUKE sorseggiò il caffè bollente mentre guardava Simon lavorare al computer. Il resoconto della mattina era stato meno divertente del solito, visto che avevano dovuto lavorare davvero. Simon aveva ragione, però. Era stato più economico comprare il foraggio e la recinzione via internet, anche se il pensiero d'intraprendere quella strada per continuare a far funzionare il Lost Cow addolorava Luke. Sua mamma gli aveva mandato una e-mail per comunicargli che suo papà, per un po', si sarebbe occupato di portare loro cibo e altre cose dalla città. A Luke sembrava di essere agli arresti domiciliari e digrignò i denti per la frustrazione.

Studiò attentamente Simon che digitava. Il suo uomo sembrava stanco ma in qualche modo più sollevato dopo l'inaspettata confessione della notte precedente. Simon sollevò gli occhi, consapevole dello sguardo di Luke e sorrise, un sorriso che divenne peccaminoso e osceno. Luke arrossì. Sapeva esattamente a cosa stava pensando il suo compagno.

«Smettila,» mormorò, cercando di impedire al proprio volto di arrossarsi ancora di più. Non lo aiutò il modo in cui Simon si passò lentamente la lingua sulle labbra.

«Non era quello che dicevi stamattina,» commentò il suo uomo con l'espressione finto innocente. «Questa mattina eri tutto 'spingimi dentro la lingua, succhiamelo, girami e scopami.' Un passivo prepotente.»

Simon l'aveva svegliato infilandogli la lingua nel

sedere e poi aveva continuato, scopandolo fino a fargli quasi perdere i sensi. Beh, nessuno dei due aveva intenzione di tralasciare un'opportunità per riaffermare il loro amore... e per scopare con il partner in modo così vigoroso.

«Chiudi la bocca e fai le tue ricerche, cowboy. Dobbiamo togliere del letame dalle stalle.»

Simon gli fece un saluto in stile militare. «Sì, capo.» Poi riportò l'attenzione verso lo schermo e Luke bevve la sua tazza di caffè, che si stava raffreddando.

Fissando apertamente l'altro, Luke osservò il modo in cui si mordicchiava il labbro inferiore mentre lavorava e come si scostava i ciuffi di capelli dal viso.

«Sai, potresti far qualcosa di utile, come togliere il letame dalle stalle, invece di fissarmi,» mormorò Simon, anche se non alzò lo sguardo dallo schermo.

«Potrei, ma preferisco guardare te.»

«Quei cavalli non si spaleranno via la merda da soli.»

Luke fece un profondo sospiro e si alzò, sussultando quando le sue giunture scricchiolarono mentre si stiracchiava.

Simon lo derise con affetto. «Ti ho cavalcato troppo duramente stamattina? Devo ricordarmi che stai diventando vecchio.»

«Vaffanculo,» grugnì Luke mentre lasciava la stanza.

Simon aveva ragione su tutto, accidenti a lui.

Luke gettò il caffè restante nel lavello della cucina e si avviò verso la veranda. I suoi stivali erano vicini alla porta, ricoperti di polvere e altra sporcizia che il suo compagno si rifiutava di vedere sparsa per casa. Li mise sottosopra per assicurarsi che nessuna bestiola vi si fosse infilata durante la notte e se li infilò sopra i calzini.

Il cortile era silenzioso. Non era insolito. I lavoratori del ranch sapevano che era meglio non disturbare Luke quando lavorava al computer e tutti sapevano in che modo il capo ranch era solito fargli il resoconto mattutino.

Comunque, quella mattina, Simon non era uscito a ispezionare il bestiame né per fare rapporto a Chuck e Pete. Luke sbuffò quando si rese conto che si stavano evitando. L'incontro della notte precedente li aveva lasciati tutti scossi.

Al ranch allevavano anche delle galline per rifornire le fattorie e le case vicine, un'abitudine iniziata da sua madre. Solitamente uno dei dipendenti raccoglieva le uova e faceva un giro di consegne ogni mattina. Luke minacciava di tirare il collo alle galline ogni mattina, ma chiocciò mentre si avvicinava loro, anche se le bestiole erano troppo impegnate a beccare il mangime e ignorarono il suo saluto.

I cavalli furono più entusiasti quando entrò nella stalla. Era in ritardo con il foraggio. Lulu espresse il suo rammarico colpendolo con il muso mentre Luke apriva la porta della sua stalla, ma questi riuscì a distrarla facilmente con una mela, che le porse in segno di scuse. Una volta che i cavalli furono nel recinto, ripulì le stalle. Mentre lavorava, Luke si trovò a concentrarsi non sul problema con il nuovo pastore, ma su Simon e sugli attacchi omofobi che aveva subito a scuola.

La sua mente tornò al ragazzo che aveva incontrato dieci anni prima, il primo giorno di college. Luke aveva rimandato di quattro anni l'iscrizione perché suo padre era stato malato e aveva avuto bisogno di qualcuno che si occupasse del ranch. A Luke non era dispiaciuto poi molto perché amava il Lost Cow con ogni fibra del suo corpo. Liam e Lisa erano affezionati a quel posto, era la casa della loro infanzia, ma era chiaro che sarebbe stato Luke la persona che avrebbe ereditato il ranch. Era lui che ci lavorava dal giorno in cui era stato in grado di cavalcare.

Era stata Pamela a spingerlo nel grande mondo, insistendo che andasse al college per avere un assaggio di vita *normale*. Lui avrebbe voluto prendere una laurea in agricoltura, rendersi utile, ma lei aveva voluto che perseguisse qualcosa che non avesse a che fare con il ranch e così Luke si ritrovò a laurearsi in Storia, visto il suo amore per quella politica durante il liceo.

Settembre 2000

IL COLLEGE fu uno shock, abituato com'era agli spazi aperti e ampi del ranch. Tanti palazzi, molta gente e così tanti dannati *ragazzini*. Luke arrivò il primo giorno con il suo camioncino e per poco non fece inversione di marcia alla vista di tutti quei diciottenni con i loro visi freschi e le voci squillanti. Considerati i suoi ventidue anni, lo avevano già annoiato. Era troppo vecchio per stare lì. Ma aveva promesso a sua mamma che ci sarebbe rimasto per almeno un semestre e lei gli avrebbe fatto la pelle se fosse tornato a casa un minuto prima.

Trovò il palazzo giusto e attese pazientemente in coda che la responsabile gli comunicasse dove sarebbe stata la sua stanza. Katie era una ragazza bionda, piccola, con un viso dolce e gli occhi più freddi e calcolatori che Luke avesse mai visto, se non contava il serpente che girava nel pollaio. Non si fidò di lei a prima vista. La ragazza però sembrò non notare questa sua sfiducia e flirtò con lui apertamente mentre passava in rassegna i dettagli.

«Condividi la stanza con,» Katie controllò la lista, «Simon Bryan. È già qui. È enorme. Buon divertimento per la scelta dei letti.»

Luke sollevò un sopracciglio. Okay, non era la conversazione che si era aspettato di avere a un'ora dal suo arrivo. «Enorme?»

«Vedrai,» rispose lei enigmaticamente. «Comunque, Luke, se hai bisogno di qualsiasi cosa, vieni pure da me in qualsiasi momento, sette giorni su sette, ventiquattro ore su ventiquattro.»

Luke, chissà perché, dubitava che gli altri avessero ricevuto la stessa offerta. Annuì e si ritrasse nonostante lei gli stesse ancora parlando su una certa festa delle matricole.

Dio, adolescenti ubriachi per la prima volta lontani da casa. Avrebbe odiato ogni secondo. D'altra parte però, significava anche birra a buon mercato e possibili flirt, magari sarebbe riuscito anche a rimorchiare. Forse non poteva permettersi di essere così esigente.

La stanza era al secondo piano. Luke guardò il foglio: numero 218. Restò fuori dalla porta per un minuto, sentendosi in una posizione di svantaggio. Doveva bussare? Diamine, no, era anche la sua stanza. Se questo Bryan stava facendo qualcosa che non doveva, beh, si sarebbe trovato incaprettato prima che potesse scusarsi. Aprì la porta e andò a sbattere contro un muro che qualcuno aveva messo proprio dopo di essa.

«*Oof!*» Un grugnito ovattato provenne da entrambi i ragazzi mentre cercavano di ricomporsi. Luke diede per la prima volta un'occhiata alla montagna umana che era il suo coinquilino. Okay, montagna umana poteva essere un po' esagerato. Simon era ancora snello a diciotto anni, il suo viso e il suo corpo non erano ancora temprati dalle lunghe giornate in sella e dal duro lavoro ma, anche così, era splendido. Arti lunghi e pelle abbronzata, enormi iridi nocciola, capelli scuri e scomposti che continuavano a finirgli negli occhi. Enorme.

Luke non riuscì a distogliere lo sguardo. Sapeva che lo stava fissando, ma, dannazione, quel ragazzo era la cosa più bella con la quale non avesse avuto la fortuna di scopare ed era completamente, totalmente, off-limits. La vita faceva schifo.

«Amico, stai bene?» chiese Simon, ansioso.

Luke annuì, conscio di avere ancora gli occhi fissi su di lui.

«Ottimo.» Simon gli fece un ampio sorriso e gli tese la mano.

Luke guardò le dimensioni della mano. *Dio, ti prego, ti prego, ti prego, fai che sia proporzionato.*

Il sorriso vacillò un po' e Luke si rese conto che si

stava comportando come un completo idiota. Tese rapidamente la mano e strinse quella del suo coinquilino.

«Simon Bryan. Frequento Inglese e recitazione.»

«Luke Murray. Storia americana.»

Finite le presentazioni, Simon indicò i letti. «Scegli il tuo. Sono entrambi fatti per dei nani.» Erano fortunati: le stanze erano grandi abbastanza da contenere due letti singoli, ma entrambi i ragazzi superavano il metro e ottanta e i letti potevano essere appena adeguati per Luke. Con il suo metro ed enormità, a Simon sarebbero penzolati i piedi fuori dal letto.

Luke mise la borsa su uno dei materassi e si sedette con un grugnito. Avrebbe recuperato più tardi il resto delle sue cose. Per ora tutto ciò che voleva era una birra fredda e un po' di sonno. Sperava vivamente che Simon non fosse un animale da feste.

«Lungo viaggio?» gli chiese il ragazzo mentre si toglieva gli stivali.

«Texas,» rispose brevemente Luke. Sapeva di suonare un po' provinciale. Poteva anche essere preso in giro per quello.

«Grazie a Dio!» esclamò Simon, lasciando che l'accento texano si sentisse per la prima volta. Stupito, Luke lo guardò e l'altro annuì. «Oklahoma. Sono bravo a nasconderlo, se devo. Avevo paura di chi mi avrebbero messo in stanza.»

«Devono aver deciso di mettere i provinciali tutti assieme.» Luke rise mentre si toglieva a sua volta gli stivali. «Ti dispiace se mi riposo un po'? Sono stato sulla strada per un paio di giorni e voglio solo non fare niente per un po'. Lasciare che la follia lì fuori si plachi.»

«Certo,» Simon concordò facilmente mentre estraeva un libro. «Anch'io mi sento così. Potremmo uscire a bere qualcosa dopo, se vuoi.»

«Ottima idea.» Luke si lasciò andare sul letto con un sospiro di sollievo. Finalmente era arrivato e, come prima impressione, gli piaceva Simon Bryan. Chiuse gli occhi e lo sentì muoversi mentre si sistemava anche lui sul letto. Il ragazzo non sembrò per niente stupito per la mancanza di socializzazione di Luke al primo giorno di college e, mentre si addormentava, Luke pensò che forse aveva trovato un amico.

Dei forti colpi alla porta disturbarono il suo riposo. Era vagamente consapevole che Simon stesse parlando alla porta e poi sentì un sussurrato: «Luke?»

«Eh?» Aprì un occhio.

Simon si trovava alla porta, dall'altra parte della stanza, e gli stava sorridendo con aria di scuse. «L'incontro delle matricole è tra venti minuti.»

Luke gemette ma si mise a sedere obbedientemente, lasciando scivolare le gambe giù dal letto, grattandosi la nuca. «Meglio fare i bravi con i bambini, suppongo,» borbottò e poi il suo cervello ragionò su ciò che stava dicendo. «Intendo dire…»

Simon stava annuendo senza accenno di sorriso sul volto. «Capisco che possa essere difficile per un vecchio come te. Dopotutto, quanti anni hai? Ventinove, trenta?»

«*Vecchio*, col cazzo,» ribatté Luke prima che potesse trattenersi. «Ho ventidue anni.» Poi colse il sorriso sulla faccia di Simon. «Idiota!»

«Beh, trascina giù il tuo culo da ventiduenne dal letto e andiamo all'incontro prima che diventi troppo affollato. È l'unica cosa che lo possa rendere sopportabile. Gli altri ragazzi avranno avuto parecchio tempo per bere e portarsi avanti.»

Ora Luke era confuso. Era sicurissimo che Simon fosse minorenne. «Ah. Quanti anni hai, amico?»

«Diciotto, ma con la mia altezza non mi chiedono mai la carta d'identità. E se succede, sono coperto.» Simon si picchiettò la tasca. «Oltretutto, tu non sei minorenne. Pronto ad andare?»

Luke era troppo stanco per portare avanti la

discussione e, anche se avrebbe voluto conoscere meglio il suo coinquilino, litigare era una perdita di tempo.

Due ore, un breve meeting e sei birre in un piccolo bar dopo, Luke era sulla strada per sentirsi piacevolmente sbronzo. La birra era scadente ma la compagnia era interessante e non stava parlando delle matricole con il seno che usciva loro dalle scollature.

«Ti senti meglio?» chiese Simon perspicacemente mentre guardava Luke spaparanzato sulla sedia. Lui si era preso solo delle bibite, giusto per essere sicuro.

«Cavolo, sì,» disse Luke, annuendo compiaciuto. Si sentiva molto più rilassato ora.

Simon gli sorrise e i suoi occhi nocciola scintillarono. Cazzo, Luke doveva smettere di fissarlo come un adolescente innamorato. «Non scappi a casa domani, allora?»

Luke aprì la bocca per lo stupore. «Come sapevi che io…?» La richiuse prima di dire qualcosa d'imbarazzante.

«Parli nel sonno.» Sfottendolo apertamente, Simon rise mentre Luke gli faceva un gestaccio.

«Vaffanculo.»

«Ci siamo appena conosciuti,» specificò Simon e poi rise di nuovo mentre Luke si sputacchiava addosso della birra.

Era così facile prendersi in giro così. Con la scusa di ripulirsi la camicia, Luke lanciò un'occhiata al suo coinquilino. Simon si stava guardando attorno al bar, dandogli l'occasione di studiarlo bene. Era il ragazzo più affascinante di tutto il locale. Ragazzi e ragazze lo stavano guardando da quando erano entrati, eppure lui non sembrava prestare attenzione a nessuno se non a Luke, tanto che lui desiderò di potergli chiedere se fosse gay o etero. Ma Luke era nato e cresciuto in Texas e aveva imparato, grazie a esperienze dolorose, che i ragazzi texani non prendevano bene certi tipi di domande.

Lui non chiese e Simon non glielo disse.

Le loro abitudini erano molto diverse, cosa che, se da un lato funzionava bene per i loro studi, non aiutava Luke a soddisfare la sua curiosità. Dopo quattro settimane scoprirono che gli unici momenti per vedersi erano il giovedì pomeriggio e la domenica. Per un mutuo accordo, usavano il tempo per dormire e, anche se Luke passava buona parte del tempo desiderando di essere sdraiato sotto il ragazzo nell'altro letto, beh, era l'unico a saperlo.

Nonostante le riserve di Luke, visto che si sentiva quello 'strano' in mezzo ai 'ragazzini', si fece alcuni amici con i quali stava anche pensando di creare una band. Simon rise quando Luke gli chiese se fosse interessato a unirsi a loro e gli suggerì che avrebbe fatto volentieri la *groupie*. Luke gli fece presente che forse intendeva *roadie*, ma Simon chinò semplicemente la testa e gli lanciò un'occhiata, mormorando: «No, penso di aver usato la parola giusta.»

Il senso di calore che percorse Luke lo lasciò quasi senza fiato, eppure Simon continuò a frenarsi e lui si trattenne dall'abbattere quella barriera tra di loro. Col senno di poi, fu ironico che la cosa che li fece finire insieme fu un coglione omofobo che voleva solo attaccar briga.

2010

Luke lasciò le stalle e trovò Simon con le braccia appoggiate allo steccato, intento a guardare i cavalli che pascolavano tranquillamente nel recinto, Lulu e Del vicini come sempre. Gli si avvicinò e gli fece scivolare le braccia attorno alla vita. Affondò il naso contro il suo collo, cercando l'odore del suo amante sotto al profumo fresco e di pulito del gel doccia. Sì, l'odore di pulito era buono, ma quello di Simon era molto meglio.

«Stavo pensando,» iniziò a dire Luke, fermandosi per dare un piccolo bacio alla pelle delicata sotto l'orecchio di Simon, «che potremmo prenderci una vacanza.» Sentì il suo partner tendersi sotto le sue mani, ma la sua risposta, quando arrivò, fu neutra.

«Oh.»

«Mmmm, ho proprio voglia di un vicolo vicino a un bar.» Disseminò il collo del suo compagno di piccoli baci. Sentiva che Simon si stava trattenendo dall'abbandonarsi alle sue carezze come faceva di solito.

«Oh?» Simon sembrava divertito, ma ogni muscolo era teso, immobile.

«Mmmm,» Luke gemette piano nel suo orecchio. «Voglio essere baciato fino a farmi stare zitto, poi essere portato in una piccola stanza solo nostra. Voglio che tu mi tolga i vestiti, uno a uno, baciando il mio corpo fino a farmi tremare, fino a farmelo diventare fottutamente duro, fino a farmi morire alla semplice idea di non poter averti dentro di me.»

Sentiva l'eccitazione di Simon come se fosse la sua. La sua pelle si era scaldata sotto le mani di Luke e sì, il sesso del suo uomo era definitivamente interessato.

«Bastardo!» La voce di Simon era incerta, ma era più rilassato mentre si adagiava all'indietro tra le sue braccia, traendone conforto.

Restarono così per qualche minuto, riscaldati dal sole primaverile. Alla fine Simon fece un respiro tremante e l'incantesimo si ruppe.

«Non possiamo andare.»

«No.»

Ed era così. Tornare indietro nel passato era una tentazione forte, a quando la loro unica preoccupazione era come finire l'incarico successivo o occuparsi della relazione che stava nascendo tra loro.

Ma quello era il passato e, nonostante le cazzo di stronzate che stavano accadendo, il ranch era la loro vita, la loro responsabilità, e avevano una scelta da fare. Combattere o scappare.

Simon ruotò fra le braccia di Luke e lo guardò in faccia. Il suo viso era cupo ma risoluto. Niente domande:

scappare non era un'opzione. Avrebbero fronteggiato il pastore e la città prima che li cacciassero.

«Ho bisogno di te,» gli sussurrò Simon, con voce roca.

«E io sono qui.» Le braccia di Luke si strinsero attorno al suo uomo e ne reclamò la bocca in un bacio possessivo, esigente.

«Il recinto è giù!»

Un grido li interruppe e, quando si separarono, videro Sammy e Pete che saltavano giù da uno dei furgoni.

Sammy corse verso di loro. «La recinzione è stata tagliata nella parte sud, capo. Il bestiame è fuori.»

«E così comincia,» sussurrò Simon all'orecchio del suo partner.

«L'affronteremo,» gli assicurò Luke lasciando la presa su di lui. «Abbiamo l'un l'altro.»

«E avete noi.»

Luke si voltò a guardare Sammy e Pete, ai quali si unirono Chuck e Tommy.

Chuck fece un passo avanti. «Avete anche noi,» ripeté e gli altri lavoranti annuirono.

Un ampio sorriso si dipinse sul volto di Luke mentre guardava i suoi uomini. «Bene, allora che ne dite di vedere dov'è finito il *nostro* bestiame?»

Tutti percepirono l'accento che era stato messo su quella parola e i sorrisi e i cenni del capo che ne conseguirono furono molti.

Ci fu più di un «Andiamo, capo,» e poi tutti scattarono a sellare i cavalli e salire sui furgoni per affrontare la lunga giornata che avevano davanti.

CAPITOLO
SETTE

LUKE vedeva i guizzi dei fulmini all'orizzonte. La tempesta non li aveva ancora raggiunti ma, quando l'avesse fatto, sarebbe stato pericoloso stare all'aperto. I fiumi e i torrenti si sarebbero ingrossati. Qualsiasi viaggiatore imprudente poteva venirne sorpreso. Simon era ancora fuori a cercare il bestiame perduto e Luke cominciava a preoccuparsi di cosa sarebbe potuto accadere se... e... e. E. Dio, Luke era sul punto di saltare in sella a Lulu e uscire a cercarlo, non importava quanto stupido potesse essere. Il suo uomo stava bene, continuò a ripetersi. Non importava che i cellulari fossero fuori servizio a causa della tempesta. Simon stava bene, perfettamente bene, ma se gli fosse successo qualcosa, non se lo sarebbe mai perdonato.

Luke stava scaricando i furgoni dopo aver finito di riparare il recinto. Il primo incidente aveva dato il via a una lunga serie di recinzioni tagliate, bestiame che vagava all'esterno, cancelli lasciati aperti e, il danno più grave, una mucca morta lasciata nel bacino di rifornimento d'acqua. I lavoranti erano esausti e abbattuti e Luke sapeva che non potevano continuare così ancora per molto. Ci sarebbe stato presto un incidente, un errore fatto per stanchezza e qualcuno si sarebbe fatto male seriamente. Lo sceriffo non era stato loro d'aiuto, un altro modo per dire che non avrebbe sollevato un dito per aiutare dei finocchi.

«Capo?» La voce di Tommy interruppe i suoi pensieri deprimenti.

«Eh?»

«Il camion è stato scaricato. Va bene se facciamo una

pausa finché non torna Simon?»

Luke lo guardò. Il suo cervello lavorava lentamente e gli ci volle un attimo per elaborare. Poi scosse il capo e rispose: «Certo, uscite per un po'.»

«Chiamaci quando Simon e Chuck tornano.» Tommy gli picchiò su un braccio con gratitudine e, chiamato dagli altri, lasciò Luke in mezzo al cortile.

La pioggia arrivò proprio mentre lui stava spostando il furgone nel fienile. C'era uno spazio vuoto all'interno; sua mamma aveva preso in prestito un altro camioncino visto che la sua auto era dal meccanico.

Tempo di arrivare alla casa ed era già fradicio e intirizzito. Stava per entrare quando sentì il rumore di zoccoli nel cortile e si girò in tempo per vedere due uomini scendere stancamente dai loro cavalli.

Ignorando la pioggia, la propria stanchezza e qualsiasi brandello di dignità, Luke corse giù dagli scalini del portico e nelle braccia di Simon. Preso di sorpresa, l'altro barcollò all'indietro ma strinse con forza le braccia attorno al corpo del compagno e lasciò che Luke gli abbassasse il capo per un bacio.

«Sei contento di vedermi, boss?»

«Eh. Sì,» mormorò annuendo. *Chiacchiere dopo, ora baci.*

«C'è anche per me un saluto così?» chiese Chuck divertito.

Fu buffo vedere come i due uomini si strinsero un po' di più l'uno all'altro al pensiero di baciare Chuck.

«Presumo che sia un no,» continuò questi ridacchiando mentre iniziava a portare i cavalli nel fienile.

Per un momento, Luke si concesse il lusso di affondare il viso contro il collo di Simon. Era a casa. Non importava che sapesse di sudore, l'unica cosa che contava era che si trovava lì con lui. Consapevole del fatto che Simon stesse cedendo nel suo abbraccio, fece un passo indietro. «Entra e mangia qualcosa. Lo stufato è sul gas. Mi occuperò io di Del.»

Simon annuì, appoggiandosi a lui, tanto era esausto.

Luke si sporse per un ultimo bacio e sospinse gentilmente il compagno verso casa. Seguì poi Chuck nel fienile.

L'uomo stava liberando il cavallo dal capestro e la stanchezza era evidente nella curvatura della schiena e nei movimenti maldestri. Era pieno di fango ed era fradicio.

«Va' a mangiare qualcosa,» gli ordinò Luke, prendendo il suo posto. Diede una pacca sul manto pieno di fango del cavallo, promettendogli qualcosa di buono non appena fosse stato spazzolato e pulito.

«Non ci metterei poco,» disse Chuck mentre si spostava per iniziare il trattamento di Levi. «Abbiamo il turno di notte?»

«Io e Tommy faremo la ronda più tardi, se passa la tempesta. In caso contrario, speriamo in bene. Sarebbero stupidi a uscire stanotte.»

Chuck lo guardò con l'espressione preoccupata. «Ma se ci provano di nuovo?»

Luke scrollò le spalle. «Non possiamo andare avanti così, Chuck. Siamo tutti distrutti. Ora ti farai una doccia, mangerai cibo caldo e passerai la notte nel tuo letto.»

Linee di profonda stanchezza segnavano il suo viso di cuoio, ma Chuck tentò un'ultima resistenza. «Luke, posso farcela, figliolo. Vai dal tuo uomo.»

Luke prese la cavezza dalle mani di Chuck e gli diede una spinta gentile. «Starà già dormendo a faccia in giù nello stufato. Ho lasciato una grossa pentola nella tua cucina. L'ha cucinato Ma'. Vai a mangiare, dormire e non tornare fino a domani mattina. Lo stesso vale per gli altri.»

Del sbuffò di sollievo quando gli fu tolta la bardatura e chinò la testa con gratitudine mentre Luke lo spazzolava. Chuck annuì e lasciò il fienile, sibilando contro un altro diluvio di pioggia fitta. Luke si voltò verso i cavalli, apprezzando il silenzio e la routine dopo una settimana di tumulti. La pioggia batteva forte sul tetto di legno. Luke sperò davvero che il tempo impedisse che ci fossero altri problemi quella notte. Non avrebbe mandato nessuno fuori a fare la ronda lungo il recinto con una tempesta simile.

I cavalli furono sistemati, sfamati e gratificati per aver riportato a casa gli uomini sani e salvi. Infine Luke lasciò il fienile e tornò verso casa, inzuppandosi di nuovo in pochi secondi. Mentre attraversava il cortile, strizzò gli occhi nel buio e controllò velocemente il pollaio, per assicurarsi che tutte le galline fossero nella gabbia, al sicuro dal maltempo.

Lasciò gli stivali e i calzini fuori dalla porta, vicini a quelli di Simon, ed entrò, trovando il suo uomo – come si aspettava – addormentato vicino alla ciotola di stufato. Una volta l'aveva davvero trovato con la faccia piantata nella cena. Oh, sì, aveva le fotografie che lo dimostravano.

Sorridendo teneramente a quella vista, Luke posò in bacio sui capelli del compagno. Simon non si mosse e lui gli scosse una spalla.

«Ehi, tu, vuoi andare a letto?»

Simon gemette. «Non ora, boss. Troppo stanco per alzarmi.»

«Certo che lo sei, cowboy, ma hai bisogno di farti una doccia calda. Dai, andiamo, ordini del capo.»

«Ancora cinque minuti.» Simon si accoccolò con la testa fra le proprie braccia.

«Ora, Si!»

Ignorando le proteste, Luke lo sollevò con forza e lo condusse in bagno, per quanto riuscisse a fare con un peso morto della sua stazza. Spinse Simon contro il muro e allungò una mano per evitare che la sua testa vi picchiasse contro.

«Davvero, sono troppo stanco,» borbottò Simon.

«Davvero, puzzi,» replicò Luke. «Non entrerai nel mio letto puzzando come se ti fossi rotolato nel letame.

Ora chiudi la bocca e lascia che ti spogli.»

Luke aprì i bottoni della camicia consunta, gliela fece scivolare dalle spalle e la gettò in un angolo del bagno. La maglietta grigia, fradicia, la seguì a ruota. Nonostante le circostanze, il sesso di Luke ebbe un sussulto alla vista di quel corpo muscoloso. Anche dopo tutti quegli anni, una sola occhiata lo lasciava senza fiato e lo faceva sbavare. Sbuffò piano. Un cazzo pavloviano, non c'è che dire. Meno male che Simon non aveva notato quella sua debolezza.

«Ce l'hai già duro?» mormorò il suo uomo senza aprire gli occhi.

Dannazione!

«Zitto!»

Luke gli tolse i jeans sporchi, più bruscamente di quanto non intendesse fare, ignorando la debole risatina di Simon, e lo spinse verso la doccia.

Era più semplice spogliarsi per lavarlo. Se l'avesse lasciato fare, l'avrebbe trovato addormentato in piedi con l'acqua che ormai scorreva fredda.

Simon si afflosciò contro la parete per l'estrema stanchezza. Luke si mise un po' di shampoo sulle mani e le sollevò. Proprio come il suo cavallo, il suo compagno si lasciò andare. Un tocco delle mani di Luke sullo scalpo e Simon stava spingendo contro di esse, grugnendo di gratitudine. Le dita forti di Luke gli massaggiarono i capelli, allentando la tensione, prima che il getto caldo sciacquasse via la schiuma.

Lavò Simon con una mano sola, mentre con l'altra lo teneva contro le piastrelle, spargendo il gel sopra i suoi lunghi arti, induriti dagli anni passati in sella. Luke guardò i rivoli di schiuma che scivolavano sulla sua pelle abbronzata, intrappolandosi nei riccioli scuri del petto e proseguendo verso il basso per fermarsi alla base del suo sesso a riposo. Passò il sapone sulle sue spalle larghe, sulle sue braccia forti, dove la pelle era tesa sui muscoli sodi, poi s'inginocchiò e ripulì le gambe chilometriche, lavando via lo sporco di quella dura giornata, senza mai interrompere il contatto fisico con il suo uomo.

Quando si rimise in piedi, Simon sonnecchiava di nuovo. Luke si protese e fermò il flusso d'acqua.

«Andiamo a letto,» mormorò, asciugandolo con una salvietta.

Simon restò sdraiato dove cadde. Luke si asciugò rapidamente e poi tornò verso il letto, spingendo l'altro uomo da parte e sistemandolo in modo da poter scivolare accanto a lui e fargli passare un braccio attorno al petto. Lo attirò contro di sé e Simon mormorò qualcosa d'intelligibile – un borbottio o qualcosa di tenero – e poi si addormentò di nuovo, con la sua mano che cercava quella di Luke. Con le dita intrecciate, Luke gli baciò la spalla e premette il viso nel centro della sua schiena. Si addormentò in pochi secondi, la pioggia e i tuoni non riuscirono a disturbare il suo sonno esausto.

Luke si svegliò percependo dei baci delicati sulla pelle: qualcuno gli stava leccando e succhiando gentilmente i capezzoli mentre mani calde scivolavano sulla pelle e gli afferravano il sedere per attirarlo di più contro un altro corpo caldo. Ignorando la debole protesta per essere stato svegliato, una gamba scivolò fra le sue. Luke percepì della peluria ruvida contro la pelle liscia e un uccello duro schiacciato con urgenza contro di sé.

Con riluttanza, aprì un occhio. Era ancora buio, troppo presto per essere sveglio, ma forse non troppo presto per fare l'amore. Non l'avevano fatto così per quasi tutta la settimana ed era bello e sexy e fottutamente necessario. I suoi fianchi ondeggiarono contro quelli di Simon. Una gran parte della loro relazione l'avevano passata a toccarsi, ad amarsi. Proprio... così. *Dio, sì.* In dieci anni erano stati separati per meno di una settimana in tutto. Ogni momento di quei giorni era stato lungo quanto una vita intera - quindi decisamente troppo lungo - e se questo faceva di lui una ragazza... *No*, pensò senza fiato, mentre Simon si spingeva contro il suo sesso, *definitivamente non una ragazza.*

«Buongiorno, boss.»

«Buongiorno.... Ah... stronzo!» Luke annaspò quando Simon si mosse verso il basso per succhiarglielo. «Impaziente?»

«Hai per caso qualche problema?» chiese Simon mentre si staccava dalla sua erezione con uno schiocco. «Puoi sempre lamentarti con la direzione.»

«Ho la sensazione che... la direzione sia... un po'... *cazzo*... di parte. Hai intenzione di fare qualcosa, cowboy, o devo andare a cercare soddisfazione da qualche altra parte?»

La risposta di Simon fu prendere il lubrificante e penetrarlo con un dito, lentamente e tortuosamente, ignorando le imprecazioni di Luke.

«Presumo che tu possa cercare altrove,» disse Simon con tono colloquiale, mentre lentamente, troppo fottutamente lentamente, gli allargava l'apertura. «Se anch'io posso fare lo stesso.»

«Col cazzo. Assolutamente no!» Luke s'inarcò quando i polpastrelli di quelle lunghe dita gli sfiorarono la prostata. «Tu sei mio. Lo sarai sempre e, se qualcuno ti tocca con un dito, gli strappo le palle e le do in pasto ai coyote.»

«Nessuno ti ha mai detto che t'interessano troppo le palle degli altri per essere un uomo sposato?» chiese Simon, inserendo un quarto dito dentro Luke.

Dio, si sentiva così pieno. Le mani di Simon erano enormi, lo riempivano. C'era vicino, così vicino, ma non abbastanza. Voleva... Luke si morse il labbro inferiore, mentre Simon lo guardava attentamente.

«Troppo?»

Luke scosse la testa. «Non abbastanza.» Implorò Simon di capire. Questa era una cosa grossa.

Gli occhi del suo amante si sgranarono e le sue dita si fermarono. «Vuoi che ti scopi con il pugno? Cazzo, Luke, non sono sicuro…»

«Ti prego. Ne ho davvero bisogno. Ti prego, Simon.» Luke percepì il tono lamentoso nella propria voce ma, dannazione, ne aveva talmente bisogno che stava tremando. Non era la prima volta che lo facevano, ma di solito una cosa simile era indotta dall'alcol ed era Simon che prendeva l'iniziativa. Luke non l'aveva mai chiesto in quel modo.

Simon scosse il capo. «Non ora. È troppo, troppo intenso.» La parola *baby* era implicita. «Lascia che te lo succhi e ti scopi. Ci ritorneremo, promesso.»

Luke si aggrappò a lui, disperatamente, ma Simon lo calmò baciandolo sulle labbra, promettendogli di più, mentre la sua mano continuava ad accarezzarlo piano dall'interno.

Suoni involontari uscirono dalle labbra di Luke, mentre apriva ancora di più le gambe. Simon si chinò per prenderglielo di nuovo in bocca e i suoi capelli scuri gli solleticavano la pelle sensibile all'interno delle cosce.

Non ci volle molto. Simon gli succhiò delicatamente i testicoli, poi le sue labbra si chiusero attorno alla punta del glande, un altro sfioramento alla prostata e Luke stava venendo, con i fianchi che spingevano verso l'alto, verso quella calda e umida bocca, e le dita che stringevano le lenzuola. Simon si ritrasse e un po' di seme gli arrivò sulle labbra gonfie e sul mento, ben sapendo quanto il suo compagno si eccitasse alla vista dello sperma sul suo viso.

Luke ringhiò e Simon si protese verso di lui, docilmente, in modo che il suo amante potesse assaggiare il proprio seme dal suo volto.

Luke lo ripulì con delle leccate rapide e poi si ritrovò a faccia in giù sui cuscini, culo all'aria, mentre Simon si ricopriva di lubrificante ed entrava in lui, una mano sulla sua spina dorsale e l'altra che accarezzava la pelle tesa attorno al proprio sesso.

Ogni terminazione nervosa era ipersensibile. Luke vibrava d'impazienza. Sussultò quando il suo sesso, nuovamente in via di indurimento, strofinò contro le lenzuola.

«Scopami. Ora!» ordinò, spingendo indietro il sedere in modo da impalarsi contro il membro di Simon.

Si aspettava che il suo compagno facesse un commento riguardo al fatto che Luke fosse un passivo prepotente, invece lo sentì solo ritirarsi, tendendogli l'apertura attorno alla punta del pene, in attesa, senza muoversi di un cazzo di centimetro. Luke stava per esplodere.

«Ti prego, ti prego, ti prego, Sì, capo, mio, ti prego scopami, ti prego scopami.» Gesù Cristo, si era ridotto a implorare, a implorare come una puttana. La puttana di Simon.

«Mio e solo mio.» Simon si spinse in avanti con così tanta forza che Luke si ritrovò spostato verso la testata del letto.

«Tuo e solo tuo.» Simon ripeté il movimento e Luke iniziò a gemere con più forza. Spinta, rivendicazione, gemito, schiocco.

La mano di Simon gli schiaffeggiò la natica e Luke si ritrasse mentre il dolore pungente si spargeva in tutto il corpo. Spinta, rivendicazione, gemito, schiocco. E un altro. Troppo, troppo, non abbastanza. Si rese conto che stava ripetendo quelle parole quando Simon rispose: «Lo sarà, Luke. Lasciati andare. Lasciati andare.»

Una sculacciata forte e poi Simon prese a scoparlo più intensamente, più rapidamente. Tirò Luke a sé con così tanto impeto che lampi di stelle esplosero dietro i suoi occhi e Luke gridò, a lungo e con voce roca, mentre veniva. Poi Simon uscì da lui, ignorando le sue proteste, e lo fece girare. Gli si mise sopra a cavalcioni e si spostò verso l'alto sulle ginocchia, masturbandosi fino a quando il viso del suo uomo fu rigato dal suo sperma.

Simon finì per cadere in avanti, con una mano vicino alla testa di Luke, il petto ansimante madido di sudore mentre cercava di riprendere fiato. Luke era sdraiato sotto di lui, ricoperto di seme, il sedere che gli faceva un male del diavolo e completamente distrutto. Simon lo fece scostare un po' e si sdraiò vicino a lui nel letto scomposto.

Rimasero in silenzio per qualche minuto mentre entrambi cercavano di recuperare le forze.

Infine Luke si contorse, a disagio. «Lo sperma mi si sta infilando in ogni angolo.»

«Smettila di lamentati. Ti piace.» Luke poteva percepire il sorriso nella voce di Simon.

«Ti amo. È il mio lavoro lamentarmi.»

Luke rotolò sul letto per trovarsi faccia a faccia con il suo uomo, facendo una smorfia quando le lenzuola gli si incollarono alla schiena. Simon imitò il movimento e i due si avvicinarono, senza toccarsi, ma respirando la stessa aria.

«Dobbiamo alzarci.» Luke accarezzò il braccio di Simon. La luce era molto più chiara ora nella stanza e l'orologio mostrava che era passato l'orario solito in cui avrebbero dovuto alzarsi. Almeno la tempesta sembrava essersi placata con l'alba.

Simon sospirò e si sporse per un bacio. «Non posso dire di aspettare con ansia di passare un altro giorno in sella.»

«Almeno tu non lei hai prese mentre te ne stavi a quattro zampe e non te l'hanno messo nel culo. Lo sentirò per settimane.»

«E tu che volevi avere il mio braccio su per il culo.»

Il sesso di Luke, a dire il vero, sussultò al pensiero, nonostante fosse venuto due volte in rapida successione e, ovviamente, Simon lo notò. La sua mano si appoggiò delicatamente sulla pelle contusa del fondoschiena di Luke e quest'ultimo non riuscì a non trasalire.

Simon aggrottò le sopracciglia. «Era troppo? Ci sono andato pesante con te.» Lo fece voltare per controllare il danno.

«È stato fottutamente intenso!» ribatté Luke con voce roca, guardandolo oltre la spalla. «Sai che ne avevo bisogno. Avevo bisogno di ciò che potevi darmi.»

Lo sguardo negli occhi di Simon gli rivelò che il suo amante non era convinto, ma Luke non gli diede l'opportunità di ribattere. Si mise a sedere e si passò una mano nei capelli. Poi si alzò, si stiracchiò, cercando davvero di non sussultare quando i suoi muscoli abusati gli dolsero. Tese una mano a Simon.

«Vuoi unirti a me per una doccia?»

Simon annuì. «Sì, perché no. Tanto monopolizzerai tutta l'acqua calda per lavare quel corpo meraviglioso che ti ritrovi.»

Luke si tolse dei grumi di seme dalla pancia. «Sembro un serpente che cambia pelle,» mugugnò.

Ricevette un rapido bacio sulla bocca. «Oh, tesoro, per me sei sempre meraviglioso, anche se ti stai spellando e sei tutto rosso.»

Spingendosi e ridendo, i due uomini entrarono nella doccia, proprio come avevano fatto la notte precedente. Questa volta si lavarono l'un l'altro, ma fu una questione meramente funzionale e non ci volle molto perché fossero in cucina a fare colazione.

Stavano bevendo il caffè quando apparve Chuck. Aveva un aspetto migliore della sera precedente. Un'intera notte di sonno e la cucina di Ma' avevano fatto bene a tutti.

«Sammy e Pete dicono che non ci sono danni al recinto e non hanno notato nessun altro problema,» riportò mentre Luke gli passava un po' di caffè e gli offriva un toast.

«Nessun allagamento nei pascoli inferiori?» chiese Simon mentre raccoglieva gli ultimi pezzi di uova con il toast.

«No, ma il livello dell'acqua è alto. Un'altra tempesta come questa e dovremo spostare il nuovo bestiame.»

Luke ci pensò per un minuto. «Li avremmo comunque spostati la settimana prossima. Sediamoci e pianifichiamo come fare il cambio oggi, Simon.»

Chuck sospirò. «Se dovete fare il vostro rapporto mattutino, mi prendo un caffè nelle baracche.»

«Non oggi, Chuck. Siamo un po' *indietro* con il lavoro.»

Simon sorrise quando vide Luke sussultare alla parola *indietro*. Chuck ridacchiò, non capendo la battuta, e mise la tazza nel lavello.

«Ci vediamo fra poco in cortile, ragazzi.»

Quando Luke annuì, l'uomo lasciò la cucina. Simon si alzò e mise il piatto sporco e la tazza nel lavello, poi attirò Luke in un abbraccio.

«È ora di muoversi, capo,» gli sussurrò, baciandolo sulle labbra.

Luke approfondì il bacio, facendo scivolare la lingua nella bocca del compagno mentre gli stringeva le braccia attorno alla vita.

«Hmmm,» mugolò felicemente mentre si separavano. «È quasi il modo migliore per iniziare la giornata.»

Simon lo schiaffeggiò delicatamente sul fondoschiena. «Sì? Te lo ricorderò quando avrai passato parecchie ore in sella.»

Luke gli lanciò un'occhiataccia e mosse il sedere sensibile fuori dal raggio d'azione della mano di Simon. «Non succederà. Devo andare a ritirare il furgone per Ma' a mezzogiorno, quindi starò qui in giro. Oltretutto non penso di poter cavalcare oggi,» ammise con uno sguardo imbarazzato.

L'espressione vagamente colpevole di Simon si trasformò in risata quando lo seguì fuori dalla casa. Era una giornata tersa dopo la tempesta del giorno precedente e, per la prima volta in una settimana, Luke non vedeva l'ora di lavorare. Maledetto male al culo.

CAPITOLO
OTTO

LUKE e il suo uomo avevano passato la domenica mattina a fare di nuovo *conoscenza* nel meleto. Simon gliel'aveva succhiato pigramente e poi, senza nessun avvertimento, l'aveva sollevato da terra e scopato fino a istupidirlo. Luke aveva avvolto le gambe attorno al suo amante e si era aggrappato a lui.

Si era poi messo in piedi sulle gambe tremolanti, con il viso nascosto contro il collo sudato di Simon e con lo sperma che gli colava ancora sulla pelle, sorridendo come un folle.

Uno sguardo alle facce tirate degli uomini che tornavano dalla chiesa fece capire a Luke e Simon, ancora più delle parole, che settimana deliziosa si preannunciasse loro. Prevedevano più guai di quelli causati da un coyote nel pollaio. Era passato un mese da quando era iniziato il tutto e si erano più che abituati a quello schema di comportamento.

Lasciarono liberi gli uomini per il pomeriggio, scambiandosi ferme strette di mano con loro, poi entrarono in casa per farsi una doccia e mettersi dei vestiti puliti. Quello portò ad altri palpeggiamenti e ad altro sudore e Luke borbottò mentre si lavava via lo sperma dalle gambe per la seconda volta.

Simon aprì un occhio e sorrise in modo impertinente. «Smettila di lamentarti, principessa. Lo so che ti piace.»

«Sì, è vero, ma potresti anche offrirti di ripulirmi.» Luke alzò lo sguardo e vide le scie di sapone che si erano raccolte nei peli sottili delle gambe di Simon e la bocca gli divenne arida come il sole d'estate quando notò il lampo di lussuria in quegli occhi blu scuro.

«Se insisti, capo,» Simon gli prese la spugna di mano e scivolò in ginocchio.

Di nuovo, la cosa portò ad altri palpeggiamenti e alla necessità di una nuova lavata. Forse stavano ritardando un po' troppo il momento di tornare al lavoro.

Passarono il pomeriggio a decidere come spostare il bestiame nuovo nei pascoli estivi. Avevano rimandato il trasferimento di un paio di settimane perché il tempo era stato tempestoso, ma ora il cielo era di un blu limpido e le temperature cominciavano a salire. Simon pianificò di portare Pete e Tommy con sé e passare la settimana a spostare una piccola parte della mandria nei campi più lontani. Luke e Chuck avrebbero coordinato il resto degli spostamenti.

Il padre di Luke e alcuni dei suoi amici, tutti cowboy 'pensionati', sarebbero arrivati il giorno seguente per aiutarli. Luke era davvero grato della loro offerta, ma aveva dovuto sopprimere un sorriso quando aveva notato il desiderio nei loro occhi al pensiero di un po' di giorni a cavallo senza nient'altro se non il cielo attorno a loro. Il fatto che così facendo sarebbero anche fuggiti dallo sguardo d'aquila delle loro amorevoli mogli… beh, erano uomini adulti. L'avrebbero affrontato come meglio potevano.

Era un giorno limpido, caldo e, nonostante tutto, Luke si sentiva sereno e di buon umore. Anche i cavalli sembravano felici mentre s'impennavano nel campo. Si appoggiò al recinto e attese che Simon uscisse da casa, controllando Lulu che correva con Del alle calcagna.

«Fottimi!»

«Di nuovo, cowboy?» L'alito caldo del suo compagno gli solleticò l'orecchio e delle mani gli cinsero la vita. Vi fu un lento, leggero strusciamento contro il suo fondoschiena. «Pensavo che ne avessi abbastanza.»

«Per quanto mi piaccia che mi cavalchi, a dire il vero stavo parlando della mia cara Lulu.» Luke era umano, dopotutto, anche se le possibilità che lasciasse avvicinare Simon al culo dopo le fatiche di quella mattina erano più o meno tante quante quelle che i Cowboys gli offrissero un posto da allenatore. Fischiò, un fischio basso e calmo, e la cavalla si voltò subito nell'udire il suono familiare. «È una ragazza felice oggi.»

I movimenti di Simon non si fermarono, si trasformarono solo in un'oscillazione lenta, quasi come un abbraccio. «Del non ha lasciato il suo fianco,» disse soffiando leggermente contro il lobo di Luke per poi succhiarlo.

Luke rabbrividì e spinse indietro la schiena con più intensità. Erano nascosti dalle baracche ma, mentre Simon gli leccava e succhiava il collo, si rese conto che, nei dieci anni durante i quali erano stati insieme, raramente avevano esternato pubblicamente il loro amore quando c'erano altre persone in giro.

«Dev'essere la febbre di primavera,» ansimò, spingendo il collo più a fondo contro i denti di Simon.

«Dev'essere così,» concordò Simon, attirando di più Luke contro il proprio corpo ampio. Gli sollevò la maglietta in modo da poter infilare una mano sotto a cercare la carne nuda. «Mi sento un po' febbricitante.»

«Sì... *cazzo*... lo vedo,» imprecò Luke quando quella stessa mano scivolò sulla parte anteriore dei jeans. «Non riesco a farmelo rizzare. Mi hai rotto l'uccello,» ammise, quando Simon glielo toccò.

«Ne sei sicuro?» Quel tono basso e seducente lo pervase e Luke non era nemmeno sicuro di riuscire a ricordare il proprio nome, figuriamoci se ricordava la domanda che gli era stata fatta. Se avessero commercializzato l'effetto che la voce strascicata di Simon aveva su di lui ogni volta, avrebbero messo fuori commercio il Viagra. E, dannazione, il suo uccello traditore si stava rizzando e stava chiedendo di nuovo la sua attenzione.

Simon non sembrava avere fretta, però, e Luke si lasciò andare nel suo abbraccio, godendosi la vista del ranch nella luce della tarda primavera, con la sensazione del suo uomo contro la sua schiena, mentre le dita dei suoi piedi si arricciavano man mano si avviava lentamente verso l'orgasmo.

IL TARDO pomeriggio li vide impegnati a cavalcare lungo il recinto. Entrambi sapevano che sarebbero arrivati altri problemi, ma il ranch non poteva fermare la routine in attesa di una cosa che sarebbe potuta accadere.

«Domani Sammy e Chuck verranno qui con tuo papà e Mikey,» disse Simon mentre tornavano verso il cortile. Il sole aveva cominciato a calare dietro l'orizzonte, ma faceva ancora caldo.

Il telefono di Luke vibrò contro il suo fianco. L'uomo lanciò una rapida occhiata al nome.

«Ehi, Pa'.»

«Luke, grazie a Dio!»

Luke aggrottò le sopracciglia. Non era da suo padre invocare il nome di Dio.

«Simon è con te?»

Luke guardò il suo uomo e rispose lentamente: «Sì è qui... perché?»

«Passamelo. E Luke, qualsiasi cosa succeda, tieni a bada il tuo caratteraccio.»

«Ma che...?»

«Simon. Ora.»

Luke sentiva raramente quel tono da suo padre. «Sì, signore.» Passò il cellulare a Simon senza dire un'altra parola.

Corrugando la fronte, Simon salutò il padre di Luke. «Ehi, Greg, c'è qualcosa che non va?»

E poi Luke seppe che era successo qualcosa di brutto. Guardò il viso del suo compagno farsi teso e duro, il suo respiro accelerare. Simon era sconvolto. Che cazzo stava succedendo?

«Cosa? Quanto tempo ho?» La sua voce era rauca.

Era fottutamente frustrante ascoltare una conversazione a senso unico. In più, Simon non lo stava nemmeno guardando e questo lo spaventava. Le dita di Luke erano strette sulle redini e Simon concluse la conversazione con un breve: «Glielo dirò,» prima di riagganciare.

«Dirmi cosa?» chiese Luke prima che potesse parlare.

«Tuo padre mi ha detto di dirti di tenere…»

«Se non mi dici cosa cazzo sta succedendo, non prometto niente!» Luke era a un passo da impazzire. *Seduto! Fermo!* Non era un cane del cazzo.

Simon esalò sonoramente. «Mi arrestano per aver assalito Tom Smith. Lo sceriffo sta arrivando. Tuo padre ha chiamato Mason e sta arrivando anche lui.»

«Mi stai prendendo in giro, cazzo?» La prima reazione di Luke fu ridere, ma era tutto così assurdo da non essere nemmeno divertente.

«No.»

«Beh, l'hai fatto?» Luke gli chiese, schiettamente.

La sofferenza che vide passare sul viso di Simon gli fece rimpiangere di averlo chiesto. Le parole aleggiarono tra di loro.

«No. No!» disse con calma. «Come puoi…?»

«Non lo credo,» lo rassicurò Luke rapidamente. «Davvero non lo credo, ma non voglio che tu pensi che io possa pensare che tu sia colpevole.»

Simon annuì, ma io suoi occhi avevano l'aria ferita e Luke sapeva che gli ci si sarebbero volute più delle parole per farsi perdonare per quella domanda.

Luke scivolò giù da Lulu e indicò a Simon di fare lo stesso. Dopo un attimo di esitazione, il suo compagno lo imitò e passarono un minuto a legare le redini. Luke picchiettò con affetto sulla schiena di Lulu, poi si avvicinò a Simon e gli prese il viso, attirandolo verso il basso per baciarlo, lasciando che tutto l'amore e la fiducia che provava per il suo uomo parlassero per lui. Le sue mani afferrarono i capelli di Simon e le sue labbra si aprirono mentre succhiava il labbro inferiore del suo compagno, implorando di poter entrare nella sua bocca.

Simon emise un suono simile a un singhiozzo e Luke se lo tirò ancora più vicino, con una mano sulla sua nuca e l'altra che scivolava verso il basso per stringerlo a sé. Erano uniti, avvolti l'uno all'altro a respirare la stessa aria. Simon si teneva ai bicipiti di Luke, con le mani strette così fortemente attorno alle sue braccia da lasciargli dei lividi.

«Lo sai che questa è una montagna di stronzate inventate perché pensano di essere impegnati in una qualche cazzo di missione santa,» disse Luke quando si separarono per respirare. Si era portato la testa di Simon sulla spalla. «Sanno che è meglio non fare una stronzata così a un Murray e pensano che tu sia un obiettivo più facile.»

«Pensano che così finirai per scaricare il mio culo?» chiese Simon, il suo corpo ancora teso come se temesse di sentire la risposta.

«Piuttosto pensano che ti stuferai e sarai tu a scaricare il mio.»

Simon sollevò il capo e guardò Luke. «Non so quanto potrò sopportare,» ammise lentamente. «E se lo sceriffo prende questa cosa seriamente?»

Luke non lasciò che Simon si allontanasse da lui nemmeno di un centimetro.

«Sì, abbiamo vissuto insieme senza problemi per più di cinque anni in questo ranch e lo scorso mese abbiamo subìto più attacchi che negli ultimi vent'anni. Mason avrà davanti a sé una giornata campale se lo sceriffo proverà ad accusarti. È una tattica intimidatoria, tutto qui. Vogliono distruggere il ranch e cercano di cacciarci.»

Gesù, sperava di suonare più sicuro di sé di quanto si sentisse in realtà. Se questo era il passo successivo dopo le rotture del recinto, cosa diavolo avrebbero fatto dopo?

«Tutto qui?» chiese Simon, cercando di sembrare ironico, ma risultando solo scosso.

A volte Luke doveva ricordarsi che Simon era quattro anni più giovane di lui. Quando aveva lasciato il college, aveva iniziato subito a lavorare al Lost Cow. Nonostante le difficoltà che aveva incontrato a scuola, in qualche modo era stato al sicuro dai problemi del mondo esterno. Luke era cresciuto qui, ma aveva condotto il ranch sin da quando suo padre si era ammalato. Aveva dovuto crescere dannatamente troppo in fretta. Una cosa che aveva imparato rapidamente era come le persone reagivano quando si ritrovavano un finocchio fra loro. Alcuni dei locali lo conoscevano da tutta la vita, ma quando era subentrato al Lost Cow, improvvisamente avevano deciso di non poter fare affari con dei froci. Era poco più di un ragazzino quando aveva dovuto affrontare il dolore che le persone che aveva sempre chiamato *amici* gli avevano procurato. Era cresciuto con la pelle più coriacea e un atteggiamento più duro e, se ai suoi vicini non piaceva, erano affari loro. Nel complesso, aveva funzionato. Aveva continuato a condurre bene il ranch e per molte ragioni non aveva più avuto problemi a gestire gli affari locali. Fino a quel momento.

L'idea che queste persone stessero prendendo di mira l'uomo che amava più della sua stessa vita gli faceva venire voglia di correre a prendere il fucile. Era molto più che arrabbiato. Era livido.

Luke afferrò delicatamente il mento di Simon, le dita accarezzarono la sua mascella definita e si assicurò che si stessero guardando dritti negli occhi prima di parlare.

«Lo sceriffo dovrà portarti dentro. È domenica, quindi significa che non ci saranno giudici in giro per la cauzione.»

Gli occhi di Simon si sgranarono. «Dovrò stare rinchiuso tutta notte?» Si passò una mano tremante nei suoi ciuffi di capelli. «Cavolo, non ci avevo pensato.»

«Non preoccuparti. Ti tratteranno bene e Norma si assicurerà che tu faccia una buona colazione. Come ho detto, questa è solo una stronzata per farci incazzare.»

«Sembra che tu stia parlando per esperienza personale.»

Luke colse l'accenno di divertimento nella voce di Simon. Annuì. «Io, ehm, potrei esserci stato una o due volte quando ero un ragazzo.» Non voleva dire a Simon quante volte la moglie dello sceriffo gli aveva preparato la colazione dopo che aveva dimostrato a un'altra testa di cazzo di non essere un frocetto.

Le labbra gli si contrassero e Simon disse: «Perché non mi stupisce? Una o due volte?»

«Una o due,» concordò Luke mitemente.

«Vaaaa bene.» Il bastardo riusciva a mettere nella sua lenta parlata strascicata più sillabe di quante avesse diritto.

Decidendo che fosse meglio ignorare le implicazioni di quel lato del suo carattere, attirò Simon verso il basso per un lungo bacio lento. Quando si separarono in cerca d'aria, Luke sussurrò: «Ce la faremo, cowboy. Gli faremo patire le pene dell'inferno.»

Simon rabbrividì e strinse Luke più vicino. «Mi prometti che mi scoperai fino a farmi perdere i sensi quando tornerò?»

«Scoparti?» Luke deglutì. Dio, Simon non chiedeva una cosa del genere molto spesso.

Il telefono di Luke suonò di nuovo. «Cosa?» abbaiò.

«Capo, lo sceriffo è qui.» Chuck parlava a voce bassa. «Dovete tornare ora.»

«Siamo per strada. Pa' ci ha già chiamato.»

«Quindi sapete...?» Chuck sembrò sollevato di non dover essere il portatore di cattive notizie.

«Sì, so cosa vuole. Digli che stiamo arrivando. Quindici minuti,» lo avvisò.

Luke era ancora stretto nell'abbraccio di Simon. Appoggiò la testa al suo petto ampio ascoltando il rapido battito del suo cuore attraverso la stoffa sottile della camicia. Nessuno dei due si mosse per un po', felici di trovare supporto l'uno nell'altro. Le dita di Luke tracciarono delle scie delicate sulla pelle nuda della pancia di Simon.

«E se m'incriminano?»

Luke sospirò e sollevò il capo. Occhi scuri, preoccupati e un po' umidi, lo stavano guardando. Odiava vedere il suo uomo così.

«Lo affronteremo come affrontiamo il resto delle stronzate che ci capitano, va bene?»

Simon annuì e si chinò per strofinare le labbra contro quelle di Luke. «Andiamo e facciamola finita,» disse alla fine.

Fecero voltare Lulu e Del, che stavano placidamente mangiucchiando l'erba, e cavalcarono verso il casino che li aspettava a casa.

CAPITOLO
NOVE

LUKE guardò il letto vuoto e si voltò, sentendo la nausea risalirgli nello stomaco. Non riusciva a trovare la posizione, non riusciva a stare fermo. Il suo letto era troppo vuoto e così anche la casa. Erano le due e mezza del mattino, era esausto, gli faceva male il cuore, e tutto ciò che voleva era accoccolarsi contro il suo uomo e addormentarsi avvolto dal suo profumo e dalle sue braccia.

Ma Simon non era tornato a casa. Era ancora nella prigione della città con il padre di Luke e Mason, l'avvocato del ranch. Nemmeno Chuck era tornato al Lost Cow. Luke aveva chiamato suo padre regolarmente, ma Greg non poteva dirgli più di tanto. Lo sceriffo stava facendo le cose alla lettera. Lentamente. Non c'era niente che potessero fare, eccetto che aspettare che l'iter legale facesse il suo corso.

Luke era ad un passo da andare là e iniziare una rivolta. L'unica cosa che l'aveva fermato era stato l'enfatico «No!» che gli era arrivato da Simon e da suo padre qualche ora prima.

Si lasciò cadere su una delle sedie di legno in cucina e si strofinò gli occhi irritati. Considerò brevemente l'idea di farsi del caffè, ma ne aveva già bevuto abbastanza ed era teso a sufficienza per tutte quelle preoccupazioni. Aggiungere altra tensione sarebbe stato stupido, ma dannazione, se c'era un momento per essere stupidi era quello. Si alzò e mise dei chicchi di caffè nella macchinetta.

Erano quasi le tre del mattino. Di lì a poche ore avrebbe dovuto iniziare a muovere la mandria, ma con il capo ranch e il suo vice occupati e Luke incapace di concentrarsi, presumeva che dovessero rimandare di nuovo.

No! Luke scosse la testa anche se non c'era nessuno che potesse vederlo. Non potevano ritardare il trasferimento. Il bestiame aveva bisogno di un pascolo fresco e c'erano abbastanza uomini esperti ad aiutarlo. Pete e Tommy avrebbero potuto occuparsi della piccola parte della mandria che stava già pascolando, al posto di Simon e Luke, mentre Jack e Sammy avrebbero potuto farsi aiutare dai cowboy più anziani per il resto. Non era la prima volta che lavorava fino ad essere esausto e poteva farlo ancora. Oltretutto tenersi occupato avrebbe evitato alla sua mente di viaggiare in circolo... forse.

Non aveva mai visto Simon così forte e risoluto. Il suo amante, bello e alto, che aveva un sorriso da far sciogliere i cuori più duri e che non aveva mai avuto una cattiva parola per nessuno, si era arreso allo sceriffo senza una parola. Luke avrebbe voluto buttarsi davanti a lui e aggrapparsi alle sue gambe per impedirgli di andare come la grossa, grassa ragazzina che Simon spesso l'aveva accusato di essere, solitamente quando aveva il suo uccello su per il sedere.

Luke deglutì mentre rivedeva nella mente quella domenica sera.

Avevano cavalcato in mezzo al cortile pieno di persone e furgoni e quella vista era stata sufficiente per far venire voglia a Luke di voltare Lulu e cavalcare sotto la luce del sole calante per trovare un posto dove nascondersi, trascinando Simon con sé. La sua sofferenza doveva essere visibile perché aveva notato Del avvicinarsi lateralmente e aveva sentito Simon mormorare: «Calmo,» prima che si avviassero verso i visitatori non benvenuti.

Lo sceriffo stava parlando con suo padre e Mason, mentre i due vice sceriffi tenevano d'occhio la fila di cowboy che fiancheggiavano la strada. Se Luke non fosse stato così teso l'avrebbe trovato divertente, soprattutto vedere Ma' Murray in piedi, decisa, tra i lavoratori.

Tutti avevano alzato lo sguardo al rumore di zoccoli sul selciato del cortile e l'espressione sul viso di Chuck aveva mostrato sollievo quando aveva visto i due uomini arrivare esattamente quindici minuti dopo la telefonata. Sammy e Jack si erano fatti avanti per prendere Lulu e Del mentre Luke e Simon smontavano da sella. Il piccolo gruppo di cowboy si era chiuso attorno a loro. Luke, che aveva osservato con attenzione il viso dello sceriffo per tutto il tempo, ne aveva notato la contrazione, il disprezzo silenzioso e la confusione per l'atteggiamento protettivo degli uomini del Lost Cow.

Robert Canes era sceriffo sin da quando Luke era un ragazzino. Non aveva tempo per i finocchi e l'aveva chiarito più di una volta, ma col tempo lui e Luke erano giunti a una tregua. Fino a quando i guai non erano arrivati con il pastore Jackson e sua moglie, il Lost Cow si era rivolto raramente allo sceriffo. Era sempre stato chiaro che l'uomo non li avrebbe aiutati a trovare i responsabili dei vandalismi. Bisognava vedere se avrebbe preso seriamente le accuse a carico di Simon o se le avrebbe scartate come senza senso, com'era chiaro che fossero agli occhi di chiunque altro.

Luke e Simon avevano camminato vicini, ma senza toccarsi, mentre si avviavano verso lo sceriffo, Greg e Mason. Prima che potessero dire qualsiasi cosa, l'avvocato si fece avanti e parlò direttamente a Simon.

«Simon, ti consiglio di non dire niente. Mi occuperò io delle domande.» Era un uomo grande e robusto, con i capelli bianchi e un viso tondo e sorridente. Luke aveva sempre pensato che assomigliasse a Babbo Natale, ma il suo aspetto gioviale era in contrapposizione con la personalità di un bulldog. Lui e Canes si disprezzavano a vicenda con veemenza.

Simon aveva annuito e capito. Luke l'aveva visto rilassarsi mentre lo sceriffo si era irrigidito in preda alla rabbia.

«Di cosa accusa il mio capo ranch, per l'esattezza, Canes?» aveva chiesto bruscamente Luke.

Aveva notato la bocca dello sceriffo assottigliarsi per l'evidente mancanza dell'uso del titolo onorifico. «Due testimoni si sono fatti avanti con una dichiarazione che lo accusa di aver assalito Tom Smith due giorni fa.»

«Cosa gli è successo?»

«È stato attaccato sulla strada a sud e picchiato. È in ospedale.»

La strada a sud correva vicino ai confini del Lost Cow e costeggiava esattamente la recinzione che aveva subìto i danni maggiori. Era la strada che portava in città. Cosa ci faceva lì Tom Smith in primo luogo? Le uniche persone che usavano quella strada lo facevano per andare e venire dal ranch, oppure perché vivevano nei cottage alla periferia della proprietà, come Greg e Pamela.

«Tom ha confermato questa storia?» aveva chiesto Simon a bassa voce.

Lo sceriffo aveva scosso il capo. «Non ha ancora ripreso conoscenza. Chiunque l'abbia picchiato ha fatto davvero un buon lavoro.»

Luke non aveva mancato di notare lo sguardo di disgusto che Canes aveva rivolto a Simon e la rabbia aveva iniziato a salire dentro di lui. «E i testimoni si sono semplicemente fatti avanti con questa montagna di stronzate?»

Lo sceriffo aveva avuto la grazia di mostrarsi imbarazzato, ma aveva annuito, rispondendo: «Devi venire in città per essere interrogato.»

«Mason verrà con te e io e Chuck ti seguiremo in auto,» aveva detto Greg, la sua voce tesa per la rabbia repressa.

«Perché vai anche tu?» Luke si era voltato di scatto

verso Chuck, costringendo l'uomo a fare un passo indietro.

«Sono stato con Simon quasi tutto il venerdì. Sono il suo alibi.» Il suo tono era stato rassicurante, ma le sue parole erano solo servite a infiammare ancora di più Luke.

«Simon ha un alibi per il momento dell'aggressione e lo arrestate comunque?» Era stata solo la mano di Simon sul suo braccio che gli aveva impedito di venire arrestato per aver aggredito un pubblico ufficiale che si stava comportando da coglione.

«Dobbiamo comunque fargli delle domande e il signor Burley deve rilasciare la sua dichiarazione,» aveva insistito Canes, ma il suo tono lasciava trasparire che sapeva di camminare su una linea sottile.

«Chi sono i vostri testimoni?» Pamela, con tono gelido, stava pensando la stessa cosa.

«Non posso dirvelo. Hanno paura di...» Si era fermato e Luke, con sommo stupore, aveva capito ciò che stava per dire. «...rappresaglie se i loro nomi vengono resi pubblici.»

Lo sceriffo aveva guardato Pamela. Luke si era chiesto che tipo di rappresaglie si aspettassero da sua mamma. Essere uccisi con i biscotti, forse? Poi però aveva notato che sua madre era pronta a stendere lo sceriffo se solo avesse detto un'altra parola sbagliata. Ovviamente il pensiero era passato nella mente di tutti gli altri perché Greg le aveva teso una mano e Simon aveva lasciato il fianco di Luke per muoversi verso di lei.

«Oh, per l'amor del cielo, ragazzi,» era sbottata, con impazienza, e poi si era voltata di scatto verso lo sfortunato agente. «Mi state dicendo che io e la mia famiglia, che abbiamo vissuto tranquilli per anni, ci siamo trasformati in stupidi teppisti? Pensate davvero che saremmo capaci di far del male ad altra gente?»

«Devo proteggere i miei testimoni,» aveva insistito ostinatamente lo sceriffo.

«Il signor Bryan ha un alibi,» aveva detto Mason,

esasperato, «è stato con il signor Burley tutto il pomeriggio.»

«Deve comunque venire a rilasciare una dichiarazione. È una questione seria.»

«Sono pronto ad andare.» Una voce calma aveva interrotto la discussione.

Luke si era voltato e la sua mascella si era contratta. Simon gli aveva sorriso, quel sorriso calmo che normalmente gli faceva arricciare le dita dei piedi e faceva sì che il suo uccello cercasse di fare un buco nei pantaloni. Poi aveva sentito lo stomaco rivoltarsi quando si era accorto di quanto fosse falso quel sorriso e quanto disperatamente Simon cercasse di mantenere la calma.

«Vengo anch'io,» aveva detto Luke ma era stato respinto da un «No!» da parte di suo padre e del suo amante.

La rabbia era salita di nuovo e lui aveva iniziato a discutere, ma Simon aveva scosso piano il capo.

«Luke, no. Stai qui e sposta il bestiame. Non possiamo andarcene tutti e tre e non sai cosa potrebbero fare quei bastardi se dovessimo allontanarci tutti dal ranch.»

Con la coda dell'occhio, Luke aveva notato lo sceriffo irrigidirsi. *Bene*, aveva pensato con soddisfazione.

Greg aveva annuito. «Tu sposta la mandria verso i pascoli più freschi. Io andrò con Simon, Chuck e Mason. Ti chiamerò se ci saranno novità.»

No! Aveva bisogno di stare con Simon. Luke aveva fatto un passo avanti per dire a tutti di andare al diavolo, che non c'era la remota possibilità che Simon uscisse da lì senza di lui, quando sua mamma gli aveva lanciato un'occhiata, quella che senza bisogno di parole diceva: «Stai dove sei, ragazzo!» Luke si era calmato e la sua bocca era diventata una linea sottile.

Simon aveva annuito allo sceriffo mentre i suoi due vice, dopo un'occhiata agli uomini che li circondavano, si erano avvicinati per scortarlo alle vetture.

«Portatelo in auto,» aveva ordinato Canes ai suoi uomini.

«Ti saremo vicini, figliolo.»

Lo sguardo di suo padre, d'amore e di fiducia, era quello che riservava a tutti i suoi figli. Luke si sarebbe messo a piangere ma non voleva dare la soddisfazione a quegli stronzi.

Gli uomini dello sceriffo si erano allontanati con Simon e Greg e Mason e Chuck li avevano seguiti, lasciandosi dietro un gruppo di persone che guardavano il loro capo come se si aspettassero da lui delle risposte. La testa di Luke era annebbiata e non riusciva a pensare a nient'altro che al fatto che Simon se ne fosse andato.

Pamela aveva notato lo stato in cui si trovava suo figlio e aveva preso in mano la situazione: «Ragazzi, ci sarà del cibo pronto per tutti tra un'ora, alle baracche. Fate le vostre cose, lavatevi e non arrivate tardi. Sammy e Jack, ho bisogno anche di voi.

«Liz ti sta aspettando?» chiese poi a Jack.

Lui aveva scosso il capo. «Lavora fino a tardi. Un piatto caldo fatto da te è sempre gradito, Ma'. Darò una mano a Tommy con i cavalli.» Le aveva sorriso, poi aveva guardato Luke con sguardo preoccupato e si era avviato verso il fienile, con Tommy che camminava al suo fianco.

Gli altri uomini si erano sparpagliati, lasciando Luke e Pamela da soli nel cortile. Lui non si era mosso da quel posto da quando Simon se n'era andato, perso e confuso, non sapendo cosa fare.

«Luke, tesoro?»

Aveva percepito sua mamma mettergli un braccio attorno alla vita. «Andiamo in cucina e iniziamo a preparare da mangiare per gli uomini.»

«Il ranch...»

«Gli uomini ce la faranno. Hai bisogno di bere qualcosa di caldo e poi devi aiutarmi. Dobbiamo cucinare un bel po' di roba.»

«Sì non mi voleva.» Con tono strozzato disse l'unica cosa alla quale riuscisse a pensare.

Sua madre aveva smesso di camminare e aveva chinato il capo per guardarlo direttamente negli occhi. «Luke Murray, questo è un mare di sciocchezze e lo sai. Mi vergogno che tu abbia anche solo detto una cosa simile. Quel ragazzo pensa che il sole sorga dal tuo fondoschiena. Dio solo sa perché visto che produce solo gas.»

Pieno di vergogna e con lo stomaco chiuso, Luke non era stato in grado di reggere il suo sguardo. Questo era il riconoscimento più bizzarro della sua relazione con Simon che avesse mai sentito ed era assolutamente corretto. Il suo uomo lo amava ed era stato addirittura ridicolo pensare che non lo volesse con lui.

Pamela l'aveva osservato mentre razionalizzava quei pensieri e poi si era chinata per dargli un bacio. «Hai un ranch da mandare avanti. Ora, lascerai che distruggano tutto ciò per cui tu e tuo papà avete lavorato o mostrerai di essere l'uomo che Simon ha bisogno che tu sia?»

«Mi spiace, Ma',» aveva sussurrato, con la bocca schiacciata contro i suoi capelli.

Lei lo aveva abbracciato ancora più stretto. «Ti ama e tornerà presto. Nel frattempo abbiamo un ranch da sfamare.»

QUINDI eccolo qui, con gli occhi che gli bruciavano, senza forze, seduto sui gradini di casa mentre guardava il sole sorgere, le mani chiuse attorno a una tazza di caffè non forte che era diventato troppo freddo da bere. Aveva guardato il cielo passare da nero a grigio, a rosa, ad azzurro, senza prestare attenzione al freddo nell'aria mentre se ne stava avvolto in una delle enormi camicie a quadri di Simon. Luke non riusciva a pensare ad altro che al senso di vuoto nel suo letto e nella sua casa.

Lentamente i lavoratori si raccolsero nel cortile per

l'inizio della giornata. Tre uomini più anziani giunsero con un furgone poco familiare: erano gli amici di suo papà, arrivati per aiutare a trasferire la mandria. Iniziarono a camminare verso di lui ma furono distratti da Pete che fece cenno loro di avvicinarsi. Luke non si mosse finché Pete non andò da lui.

«Siamo pronti a muoverci, capo.»

Luke gettò i resti del caffè nel terreno e si alzò.

«Tu e Tommy vi portate Mikey come pianificato?» Non era propriamente una domanda. Lui e gli uomini l'avevano discusso la sera precedente.

Pete annuì. «La mandria è separata e pronta per essere trasferita. I cavalli sono pronti. Tommy prenderà il furgone.»

«Fammi sapere quando raggiungete il fiume.»

«Lo farò. A dopo, capo.» Pete se ne andò facendo un cenno con la mano agli altri. Uno dei cowboy più anziani si separò dal gruppo e si unì a lui. Tommy era già partito.

Luke si unì a Sammy e Jack e al resto degli uomini. Molti di loro li conosceva come amici di suo padre, un paio solo di vista. Erano stati tutti informati sulla situazione attuale ed era stata data loro l'opportunità di chiamarsi fuori. Ognuno di loro aveva risposto di chiudere la bocca. Non avrebbero rinunciato alla possibilità di tornare in sella.

«Buongiorno.» Luke salutò il gruppo.

Si voltarono a guardarlo e lui trattenne un sorriso. Facce di cuoio e occhi che brillavano di eccitazione lo stavano osservando. Questi uomini erano più eccitati di una ragazza del liceo per il ballo di fine anno.

«Vi dividerete in due gruppi. Jack e Sammy ne guideranno uno a testa. Io vi coordinerò da qui per un po' e vi raggiungerò dopo.»

Non aveva bisogno di aggiungere che sarebbe rimasto lì in attesa di notizie dalla città.

Ci furono alcuni cenni con il capo e poi Jack disse: «Andiamo, boss.»

Luke li guardò partire, con un piccolo sorriso per il loro entusiasmo malcelato. Tornò verso casa e il sorriso morì sulle labbra e la sua mano si chiuse attorno al cellulare. Aveva dei conti da fare e poi avrebbe chiamato suo papà. Se non avesse ricevuto risposta, avrebbe chiamato lo sceriffo. E avrebbe continuato a chiamare. Non si sarebbe fermato fino a quando Simon non fosse tornato tra le sue braccia.

CAPITOLO
DIECI

VENTIQUATTRO ore dopo aver guardato Simon andarsene con lo sceriffo, il desiderio di Luke si realizzò. Stava riparando un'altra falla nel recinto quando ricevette la chiamata di suo papà che lo avvisava del loro ritorno.

«'Kay, torno il più in fretta possibile,» disse a suo padre prima di chiudere la comunicazione.

Si guardò attorno e notò Bud, uno dei cowboy più anziani che lo stavano aiutando con il trasferimento, che lo osservava con aria pensierosa.

«Il tuo ragazzo torna?» chiese l'uomo, mentre avvolgeva sapientemente il filo attorno ai pali.

Luke annuì. «Sì,» rispose, rimettendosi al lavoro. Sapeva di aver risposto in modo brusco, ma non faceva troppo affidamento sulla sua voce.

«Direi che posso finire qui se vuoi tornare a casa.»

«Finiamo questo pezzo insieme.» Luke avrebbe voluto mollare tutto e tornare immediatamente al ranch, ma riparare il recinto era un casino e non voleva lasciare solo Bud, non importa se tutto il suo corpo gridava per tornare a casa e controllare come stesse il suo uomo, dalla testa all'uccello.

Grazie all'esperienza di Bud, Luke fu sulla strada del ritorno nel giro di mezz'ora. Poco prima che il furgone si fermasse, era già balzato fuori e si stava avviando verso la porta, lasciando Bud a occuparsi degli attrezzi e del veicolo.

Greg e Pamela erano al tavolo della cucina con Chuck. Alzarono lo sguardo quando Luke entrò in casa.

Simon non si vedeva da nessuna parte.

Nonostante la preoccupazione dilaniante per il suo compagno, la vista del viso di suo padre fece bloccare Luke sul posto. Greg era grigio e smunto, le sue spalle erano arcuate come se sentisse dolore. Ma' Murray aveva la fronte corrugata mentre gli teneva una mano tra le sue.

«Pa', stai bene?»

«Sta bene. È solo molto stanco e ha bisogno di andare a letto,» lo rassicurò Pamela.

Greg alzò lo sguardo. «Sto bene, figliolo. Tua mamma mi porterà a casa ora che sei tornato. Simon si sta facendo la doccia. Perché non vai da lui?»

«Sì, ora vado.» Luke si voltò per farlo e poi si fermò, ruotando sui tacchi per abbracciare suo padre. «Grazie,» sussurrò con la voce strozzata dall'emozione.

L'uomo ricambiò l'abbraccio. «È anche mio figlio,» rispose semplicemente.

Luke restò aggrappato a lui per un lungo momento, poi lo lasciò andare e si voltò verso Chuck. «Come stai?»

Le rughe erano incise più profondamente del solito attorno ai suoi occhi, ma Chuck stava sorridendo. «Sono contento di essere a casa. Va bene se vado a dormire per un po'?»

Luke annuì. «Ci vediamo domani mattina presto.»

«Sarò pronto anche per stasera,» protestò Chuck.

«Domani,» insistette Luke mentre dava un bacio a sua madre prima di dirigersi verso le scale.

«Certo, capo.»

Luke sorrise mentre saliva le scale, ma il suo sorriso svanì man mano che si avvicinava al piano superiore. Non aveva idea di che umore fosse Simon e non sentiva il rumore dell'acqua scorrere nella doccia.

Il suo uomo era raggomitolato sul letto, ancora vestito con gli indumenti del giorno prima. Era abbracciato al cuscino di Luke come se ne traesse conforto. Non si mosse quando Luke si sdraiò accanto a lui e lo abbracciò, infilandogli una mano sotto il fianco e ponendogli l'altra sul ventre piatto.

Restarono sdraiati in silenzio per un lungo momento e Luke non fece molto altro se non respirare quasi in sincrono con il suo compagno.

La luce era calata nella stanza prima che Simon si decidesse a muoversi. Espirò e si mise sdraiato sulla schiena. Luke restò dov'era, con la mano sempre adagiata su di lui.

Simon si voltò a guardarlo. «Avevo bisogno di te là. Mi sbagliavo.»

«Sì, è vero.» Luke non avrebbe negato di essersi incazzato a riguardo. «E io avevo bisogno di essere lì, non Pa'. Non tagliarmi mai più fuori.»

«Non lo farò,» gli promise Simon, sporgendosi per baciarlo.

Luke accettò la pressione di quelle labbra per un momento, poi spinse indietro Simon sul letto e gli si mise a cavalcioni. Il suo uomo sorrise, ma Luke vedeva la tensione attorno ai suoi occhi e mentalmente minacciò di vendicarsi contro tutti quelli che l'avevano provocata.

«Puzzo,» sottolineò Simon, «e indosso ancora i vestiti di ieri.»

«Sì, è vero,» concordò Luke, «ma sono un uomo adulto. Posso sopportarlo. Oltretutto puzzerai ancora di più molto presto.»

Simon sollevò un sopracciglio. «Davvero? E perché?»

«Perché,» Luke si chinò in avanti per baciare le labbra di Simon, «mi scoperò il tuo bel culo ora. È un'ottima cosa che non ti sia fatto la doccia. Sarebbe stata una completa perdita di tempo.» Vide gli occhi azzurri di Simon sgranarsi per lo shock e poi assottigliarsi.

«E cosa ti fa pensare che ti lascerò entrare nel mio bel culo?»

Luke si chinò e gli sussurrò all'orecchio, il respiro

che smuoveva appena i suoi capelli. «Perché hai bisogno che mi prenda cura di te, non è così?» Ondeggiò deliberatamente, strofinandosi contro l'erezione di Simon.

Sorrise quando l'altro sibilò: «*Bastardo!*»

«Ti aprirò fino quando non sarai rilassato e poi ti scoperò fino a farti gridare. Okay?»

«'Kay,» disse Simon, a voce bassa.

Luke iniziò ad aprire i bottoni della camicia da lavoro del suo amante. La gola di Simon si muoveva incessantemente, deglutendo a vuoto, ma lui rimase fermo sotto le mani di Luke che lo stava spogliando lentamente. Era raro che Simon cedesse il controllo in quel modo. Sin dal loro primo bacio, era sempre stato lui quello dominante tra i due e Luke si era sottomesso volontariamente. Quando finalmente Simon fu nudo, Luke si rese conto che poteva contare sulle dita di due mani le volte in cui se l'era scopato. Si spogliò rapidamente, desiderando che la sensazione della loro pelle nuda li riunisse.

Baciò con passione e succhiò ogni parte del suo corpo, passando i denti sulla pelle nuda tra un succhiotto e l'altro. Simon gemette e si contorse sotto la sensazione di quelle labbra e quei denti. Luke sentiva sulla sua pelle l'odore aspro del sudore, della paura e quello di stantio dell'ufficio dello sceriffo ed era determinato a sostituirlo con il proprio. Voleva strofinare e baciare e leccare fino a quando Simon avesse perso il lume della ragione ma ancora più importante fino a quando odorasse come sempre, di erba e cavalli e Luke.

Catturò uno dei capezzoli scuri tra i denti e lo tirò, leccandolo fino a farlo inturgidire prima di passare all'altro. Le mani di Simon si muovevano senza sosta nei suoi capelli, tirandoli quando le sensazioni diventavano troppo intense.

«Luke, ti prego...» Simon lo stava spingendo in basso verso il proprio sesso.

«Ah—ha,» Luke gli prese le mani e gliele mise sopra

la testa. «Non sei il capo qui, cowboy. Ora stai fermo come un bravo ragazzo e io ti farò stare bene. In caso contrario, me ne vado.»

«Tu fermati e io ti uccido,» annaspò Simon con le mani che si stringevano di nuovo ai capelli del suo amante.

Luke premette l'uccello contro di lui e sorrise malvagiamente quando l'altro mugolò. «Vuoi minacciarmi ancora?»

«No, ti prego, ti prego scopami, capo.» Simon si sarebbe potuto liberare facilmente dalla presa di Luke, invece restò fermo, implorandolo e pregandolo. Il suo grande, forte cowboy stava implorando per essere scopato. *Dio!*

«Lo farò quando sarò pronto,» gli promise Luke, muovendosi in modo da sistemarsi tra le gambe aperte di Simon.

Si fermò, con la bocca arida mentre guardava la scena davanti a lui. Simon era quasi osceno, con le labbra gonfie per i baci ricevuti, il collo e il corpo disseminati di succhiotti. «Dio, sei fantastico, cazzo. Dovrei farlo più spesso.»

«Non esagerare,» gracchiò Simon.

Luke gli divaricò ancora di più le gambe e gli sorrise. «Quindi… se facessi questo,» si chinò e gli diede una lunga leccata dai testicoli fino all'ano, «non ti piacerebbe?» L'unica risposta fu un gemito mentre Simon spalancava ancora di più le gambe, spostando i piedi per dare più accesso al suo uomo.

Luke scivolò verso il fondo del letto, godendo della frizione del suo membro contro le lenzuola. Morse la parte interna della coscia di Simon, lasciando un segno dopo l'altro sulla pelle sensibile, assaporando il modo in cui i muscoli sodi tremavano sotto quell'assalto.

Si mise a sedere e diede un colpetto al fianco di Simon: «Voltati!»

«Cosa?» Gli occhi dell'altro uomo erano chiusi. Li

riaprì con riluttanza e Luke notò com'erano scuri nella luce calante.

«Girati e mettiti a quattro zampe,» gli ordinò Luke.

«Cazzo!» Simon ubbidì, regalandogli una visione così spettacolare che Luke dovette trattenersi dallo sbattere il suo uccello dentro quel buco invitante.

«Qualcosa che non va, capo?» Simon osservò da sopra una spalla l'espressione di venerazione di Luke, con aria chiaramente divertita.

Il suo compagno alzò il capo, si morse il labbro e faticò a rispondere. Lo sguardo di Simon si scurì, la sua testa ricadde in avanti, tra le spalle, mentre spingeva ancora più in fuori il sedere.

«Aspetto,» fu tutto ciò che disse.

«Ti prenderò,» gli promise Luke, «con i miei tempi. Ora chiudi quella cazzo di bocca.» Si sistemò dietro Simon e premette il suo sesso contro la fessura tra le sue natiche. «Cazzo, come mi piaci.»

«Anche tu,» rispose Simon, roco, spingendosi indietro contro di lui.

Le dita di Luke premettero sui fianchi di Simon per controllarne il movimento e l'uomo sorrise quando sentì un sibilo di frustrazione provenire dal basso.

«Trova il lubrificante,» ordinò al suo amante. La mano di Simon si sporse e cercò il solito tubetto sotto i cuscini.

«Ecco.»

Luke lo prese e aprì il tappo. Nel sentire il rumore, un brivido passò sulla spina dorsale di Simon. Luke ripose il lubrificante e gli accarezzò un fianco.

«Va tutto bene, Si?»

«Sto bene. Solo… vacci piano, okay? È passato un po' di tempo.»

Luke gli accarezzò la schiena, posando un singolo bacio alla base. «Piano, come vuoi tu. Ma prima voglio leccarti.»

«Dio, mi ucciderai.»

Luke si chinò e gli morse una natica, strappandogli un gridolino. Sorrise contro la pelle abusata e poi lasciò scivolare la lingua fino ad arrivare a premerla contro lo stretto anello di muscoli.

«Come mi piace.» La voce di Simon era ansimante e tesa.

«Ho appena iniziato, cowboy.» Luke gli leccò l'apertura, bagnandola e allentandola prima di spingere contro di essa, sentendola fremere sotto la sua lingua. Continuò per alcuni minuti, fino a quando Simon si rilassò e fece dei suoni gutturali che ricordarono a Luke quanto desiderasse spingersi oltre.

Si versò un po' di lubrificante sul palmo della mano e attese. Il suo uomo mugolò per la frustrazione e agitò il culo. Luke gli mise la mano pulita sulla schiena per tenerlo fermo.

«Non sono una dannata ragazzina, Luke. Datti una mossa, altrimenti ti giro e ti mostro come va fatto.»

«Impaziente?»

«Luke...» Sapeva che Simon era a un passo da mettere in atto la sua minaccia, così spinse un dito dentro di lui.

La schiena del suo uomo s'inarcò. «Cazzo!»

Dio, Simon era così stretto. Luke ebbe la sensazione che la circolazione nel dito si fosse fermata. Si spinse ancora più a fondo, poi si ritrasse e ne aggiunse un altro. Non ci volle molto prima che la pressione si allentasse, così piegò le dita, cercando il punto sensibile che Simon amava trovare dentro di lui. Seppe di averlo trovato quando il suo amante gemette con forza. Con tre dita premute all'interno del suo corpo, Simon era ormai incoerente. I suoni che emetteva ebbero un effetto immediato sul sesso di Luke, che dovette trattenersi dal non venire.

Ma Luke non riusciva più ad aspettare. Ritrasse le dita, si lubrificò l'erezione e spinse contro l'apertura di

Simon. Tenne il suo compagno per i fianchi e si mosse in avanti lentamente. I suoni s'interruppero e il silenzio si fece snervante.

«Sì?» chiese incerto.

«Sto bene. Continua.»

Luke fece come gli era stato detto e continuò a spingere fino a che non fu completamente in lui. Entrambi dovettero abituarsi alla nuova posizione. Luke non amava particolarmente essere attivo, ma la sensazione del corpo stretto e caldo di Simon attorno al suo uccello era travolgente.

Il sussurro roco di Simon ruppe il silenzio. «Non abituartici troppo, capo.»

Luke sorrise e si chinò in avanti, mordendogli la scapola. «Oh, non lo so. Potrei abituarmi al posto del guidatore,» replicò e diede una spinta secca per sottolineare la frase.

«Me lo ricorderò la prossima volta che implorerai di avere il mio cazzo dentro di te.»

Luke spinse di nuovo, per zittirlo. Sembrò funzionare, così lo fece ancora. E ancora. Poi iniziò a perdere il controllo, le sue dita sprofondarono nei fianchi di Simon e iniziò a pompare sul serio, con forza e rapidamente, cambiando angolazione per colpire la prostata del suo amante.

Non riusciva a credere alla quantità di suoni che provenivano dalla bocca di Simon. Normalmente parlava sporco, ringhiava e diceva a Luke esattamente cosa gli stava per fare, ma ora c'erano solo ansimi e mugolii e gemiti e, occasionalmente, preghiere. Luke voleva comportarsi allo stesso modo, ma non riusciva a concentrarsi su quello che Simon stava dicendo, perché la sua mente era focalizzata sulla sensazione del suo corpo stretto attorno al proprio uccello e sul disperato bisogno di venire.

Simon si strinse ancora di più attorno a lui e Luke

seppe che era vicino. Fece scivolare una mano verso il basso e gli prese l'erezione. Due rapidi tocchi e Simon stava urlando, riversando sperma caldo sulle sue dita, il culo che si stringeva così forte attorno al sesso di Luke da portare anche lui all'orgasmo e fargli perdere il ritmo, facendolo venire così violentemente da fargli vedere le stelle.

Ancora in preda al piacere, Luke collassò sudato sulla schiena di Simon. Le braccia del suo compagno cedettero ed entrambi caddero sul letto, l'uno avvolto attorno all'altro in un intrico di lenzuola, arti e sperma.

La stanza era ormai quasi buia quando uno dei due si mosse. Luke sonnecchiava, vagamente conscio di doversi alzare e fare la doccia ma riluttante a muoversi e disturbare Simon. La testa di Simon era appoggiata al suo collo e il suo corpo era abbandonato sopra di lui. Era caldo, soffocante e così fottutamente *giusto*. Non gliene fregava proprio niente di muoversi. Chiuse gli occhi e si addormentò.

Non era sicuro di cosa l'avesse svegliato. Erano più o meno nella stessa posizione: un insieme di arti intrecciati e lenzuola ingarbugliate. Senza aprire gli occhi, Luke si mise all'ascolto. I normali suoni del ranch filtravano attraverso la finestra aperta: un vitello muggiva alla mamma, uno dei cavalli rispondeva con un nitrito. E poi c'era un rumore strano, fuori luogo nella stanza.

Era come un respiro tremolante e un singhiozzo soffocato: Simon stava piangendo e cercava di non svegliarlo. Luke si voltò, cosa non semplice visto che erano incollati l'uno all'altro a causa del sudore e dello sperma, e baciò la sommità del capo del suo compagno.

«Scusami,» disse Simon sprofondando il viso contro la il suo collo.

Luke lo tenne stretto, sussurrandogli per calmarlo, mentre mentalmente concepiva dei piani per uccidere ogni bastardo che gli aveva fatto del male. «*Tu* non hai niente di cui scusarti,» disse con tono grave e poi lo baciò di nuovo.

Restarono così fino a quando Simon non si calmò e Luke gli accarezzò i capelli sino a che il suo respiro rallentò. Dopo un po', si rese conto che Simon si era addormentato di nuovo. *Bene*, pensò, desiderando di essere rilassato abbastanza da fare lo stesso. Fissò il soffitto, tenendo Simon stretto a sé fino a quando il cielo si schiarì e l'uomo tra le sue braccia si mosse di nuovo.

Simon aprì gli occhi, sbattendo le palpebre ripetutamente. «Hai dormito?» chiese, suonando completamente esausto.

«Non molto,» ammise Luke. «Tu?»

«Un po',» sospirò Simon. «Solo che non volevo allontanarmi da te,» disse mentre si sporgeva per un bacio.

«Che ore sono?»

Simon guardò l'orologio sul comodino. «Quasi le sei. Vuoi alzarti?»

Annuendo, Luke si mosse per staccarsi da lui. Entrambi sussultarono quando si separarono. «Che ne dici di farci la doccia, poi io preparo la colazione? Abbiamo saltato la cena ieri sera.»

Lo stomaco di Simon gorgogliò e i due uomini sorrisero. Luke si alzò e si stiracchiò, ruotando il collo e le spalle per sciogliere i muscoli, poi tese la mano al suo uomo.

«Trascina il tuo culo sofferente fuori dal letto. Il capo non sarà felice se poltrisci tutto il giorno.»

Simon sollevò un sopracciglio. «Il mio capo di solito non si lamenta quando passo del tempo a letto,» fece notare, alzandosi. «A dire il vero, è abbastanza felice quando sono nel *suo* letto.»

Luke gli cinse il collo con le braccia e gli accarezzò l'orecchio con le labbra. «Il tuo capo è felice quando ha te nel suo culo, nel suo letto, nella sua vita, ora e sempre. Non lasciarmi mai più in quel modo.»

«Non lo farò,» promise Simon. Con una mano prese

il mento di Luke e baciò teneramente il suo uomo, lasciando scivolare l'altra sul suo sedere. «Ora possiamo, per favore, farci una doccia? Non sopporto più quest'odore.»

UNDICI

IL RESTO della settimana non lasciò loro molto tempo per le riflessioni o le lunghe conversazioni. Spostare la mandria richiese tutte le loro energie e Luke si assicurò che Simon fosse sempre completamente occupato. Si assicurò anche che almeno due persone restassero con lui tutto il tempo, in caso lo sceriffo tentasse di fargli un altro tiro.

Simon non gli disse niente, alzò solo occasionalmente un sopracciglio e poi tornò a fare quello che gli era stato affidato. Entrambi caddero sul letto quella notte, troppo stanchi per andare oltre lo scambiarsi un bacio e stringersi l'uno all'altro in cerca di conforto. L'estate era arrivata e Luke sapeva che ben presto sarebbe stato troppo caldo per stare così vicini la notte. Ogni mattina procedevano con il loro rapporto mattutino, Luke schiacciato contro la parete della doccia dal sesso di Simon, entrambi facendo finta che le cose andassero bene.

Verso la fine della settimana, lo sceriffo tornò a Lost Cow. Luke e Simon stavano controllando il terreno di uno dei nuovi pascoli quando ricevettero una chiamata da Pamela.

«Ehi, Ma', che c'è?» chiese Luke con fare assente, l'attenzione focalizzata sul culo di Simon mentre si chinava a guardare qualcosa nell'erba.

«Lo sceriffo è di nuovo qui,» disse lei con la voce che grondava disprezzo. «Dice che ha qualcosa da dire a te e Simon. Vuole farlo di persona.»

Luke sentì un pulsare fastidioso dietro gli occhi.

«Abbiamo bisogno di nuovo di Mason?» chiese. Non voleva avere quella conversazione con Simon proprio ora. Il suo compagno era stato ombroso tutta la settimana nonostante si sforzasse di nasconderglielo.

«Non penso, figliolo, ma tuo papà l'ha chiamato comunque. Canes è da solo, stavolta.» La sua voce si abbassò, come se tentasse di nascondere la conversazione agli altri. «Penso che sia successo qualcosa, ma non credo che darà la colpa a Simon.»

Luke sospirò, sapendo che quell'incontro non poteva essere evitato. «Okay, ma siamo più o meno a un'ora di distanza. Offrigli del caffè e sii gentile. Saremo di ritorno il prima possibile.» Luke chiuse il telefono di scatto e alzò lo sguardo, incrociando quello di Simon che lo osservava da poca distanza con l'espressione indecifrabile.

«C'è qualche problema?» chiese quest'ultimo, senza fare un passo verso di lui. Teneva le braccia incrociate sul petto in una postura difensiva.

Luke fece quello che doveva. Si portò vicino a Simon, fino a quando le sue forti braccia non lo avvolsero, e poi affondò il viso contro l'incavo del suo collo. Solo allora parlò, con voce bassa, cercando di tenere fuori dal suo tono tutta la rabbia che sentiva scorrergli nelle vene.

«Lo sceriffo ci vuole vedere entrambi.»

Le braccia di Simon si strinsero attorno al suo corpo. «Cos'ha detto stavolta? Rapina in banca? Incendio doloso? Omicidio?» Sembrò più rassegnato che altro. Una mano risalì alla nuca di Luke e l'altra si aprì sul suo sedere.

«Chi cazzo lo sa,» rispose Luke, bruscamente, «ma almeno non si è presentato con la cavalleria.» Premette il viso contro il collo di Simon, percependo l'odore di sudore e il profumo di limone del gel doccia che avevano usato. «Ma' non pensa che voglia la nostra pelle stavolta, ma è meglio che torniamo prima che sia lei a prendersi la sua.»

«Okay,» acconsentì Simon, ma le sue mani stavano dicendo qualcosa di diverso. Era aggrappato a Luke così intensamente che di sicuro gli avrebbe lasciato i segni per i giorni a venire.

Luke sollevò il viso e lo baciò con forza e possessività. «Insieme, okay? Tu e io, qualsiasi cosa accada, siamo insieme.»

Simon annuì senza parlare e lo baciò di nuovo, prendendo il controllo e scambiandosi delicatamente il respiro con il compagno. Restarono in piedi, vicini, sprofondando l'uno dentro l'altro per lungo tempo.

QUANDO arrivarono nel cortile, lo trovarono deserto. Il sole era alto nel cielo blu e infinito. Luke si contorse, a disagio, quando scese dal furgone. La sua maglietta da lavoro era zuppa di sudore e gli si era incollata alla schiena. Lanciò un'occhiata a Simon. Aveva gli occhi chiusi e non lasciava trasparire nessun cenno di emozione. Luke sospirò e si avviò in direzione della casa, fermandosi per un secondo per permettere al suo compagno di raggiungerlo.

Mentre metteva un piede sui gradini, Simon gli posò una mano sul braccio.

«Ehi.»

Luke alzò lo sguardo su di lui. Simon si morse il labbro e disse: «Qualsiasi cosa succeda, insieme come hai detto, giusto?»

«Insieme,» concordò Luke e gli prese la mano.

Entrarono in cucina e trovarono sua mamma, Pete e lo sceriffo Canes seduti al tavolo della cucina. Non c'era segno di Greg o di altri uomini. Luke ignorò lo sceriffo e osservò l'espressione di sua madre. Sembrava abbastanza rilassata e istintivamente Luke esalò un profondo sospiro di sollievo. Sentì Simon fare lo stesso accanto a lui.

Pamela alzò lo sguardo e vide i due uomini. «Bene, siete tornati,» disse, «mi chiedevo se avremmo dovuto mandare una squadra per cercarvi.»

«Mi spiace, Ma',» si scusò automaticamente Luke,

anche se ci avevano messo meno di un'ora per tornare, «siamo qui ora.»

Lo sceriffo Canes si alzò in piedi. Sembrava a disagio come mai Luke l'aveva visto prima di allora. «Luke. Simon.» Annuì in direzione di entrambi. Quando nessuno di loro restituì il saluto, il suo viso si adombrò, ma continuò: «Penso che dobbiate sapere che Tom Smith ha ripreso conoscenza.» Si fermò e Luke si chiese se si aspettasse per caso un rullo di tamburi.

Simon sollevò un sopracciglio, ma restò in silenzio.

Lo sceriffo tossì e aggiunse bruscamente: «Non si ricorda molto dell'attacco, ma dice che non pensa che fossi tu quel giorno. L'uomo che l'ha attaccato era molto più basso e magro.»

«Quindi il *Signor* Bryan non è più un sospettato?» chiese Luke, enfatizzando il titolo formale. Le sue dita si strinsero attorno a quelle di Simon.

Lo sceriffo annuì. «L'alibi e la dichiarazione di Tom lo scagionano. Parleremo di nuovo con i due testimoni che hanno visto il Signor Bryan.»

Ci furono degli sbuffi sia da parte di Ma' che di Pete.

«Avrà notizie del nostro avvocato e così anche i testimoni,» lo informò Pamela.

«Ma'…» iniziò Simon, ma poi si voltò verso il suo compagno e Luke lasciò che un sorriso soddisfatto gli si aprisse sul viso.

Con le labbra premute l'una contro l'altra, lo sceriffo fece un piccolo cenno con il capo. Mentre se ne stava per andare, Luke disse: «È riuscito a scoprire chi ha danneggiato il nostro recinto?»

«Non ancora», rispose brevemente Canes.

Luke gli fece un piccolo sorriso cattivo prima di passargli una busta di plastica contenente dei pesanti tagliafili. «Io e Simon abbiamo trovato queste cesoie vicino al nostro recinto nella zona sud. Di certo non appartengono al ranch. Non le abbiamo toccate e voi avete già le nostre impronte per il confronto. I suoi uomini, in qualche modo, non le hanno notate quando hanno perlustrato la zona. Forse potreste controllarle con i vostri…» fece una pausa, «testimoni. Ci vediamo, sceriffo.»

L'uomo gli lanciò un'occhiata furiosa, ma prese la borsa e lasciò la casa. L'aria era più pulita quando se ne andò.

Simon si afflosciò contro lo stipite della porta come se le sue gambe non riuscissero a sostenerlo e Luke lo guidò rapidamente verso la sedia che si trovava vicino al tavolo. Pamela mise una grossa tazza di caffè di fronte a lui e si voltò per versarne altre per Pete e Luke.

Luke prese una delle altre sedie di legno e si sedette vicino a Simon, agganciò un piede attorno al suo e usò la mano che non era impegnata a tenere la tazza per prendergli la coscia. Il suo compagno fece un piccolo sorriso che stava da indicare che apprezzava lo sforzo.

Deglutendo una grossa sorsata di caffè nero, Luke si voltò verso Pete, che sedeva in silenzio dall'altra parte del tavolo. Si accigliò leggermente e chiese: «Perché sei qui? E dov'è Pa'?»

«Greg e Bud sono andati da Lil,» rispose sua madre, al posto di Pete, «ma tuo padre non voleva lasciarmi sola con lo sceriffo. Pete si è offerto di restare finché non fossero tornati.»

Sorridendo a sua madre, Luke chiese: «Era per proteggere te o lo sceriffo?»

Pete e Simon scoppiarono a ridere e Ma' Murray avvolse la testa di suo figlio tra le braccia. Luke fece finta di soffrire e guardò il suo ragazzo per cercare conforto. Simon stava ridendo troppo per dargli il suo sostegno e Luke era dannatamente compiaciuto di vederlo di nuovo felice.

Era quasi ora di andare a letto. Si erano fatti una doccia e si erano sdraiati in boxer sul divano, amoreggiando pigramente come due teenager che non avevano altro posto dove andare. Entrambi erano esausti ma nessuno dei due voleva ammettere di essere troppo stanco per andare al piano di sopra e fare l'amore.

«È passato un po' di tempo da quando ci siamo dedicati a tutto questo,» mormorò Simon. Era sdraiato sul divano, una mano accarezzava pigramente la schiena nuda di Luke mentre il suo uomo gli succhiava e lasciava segni sul petto. L'altra mano si trovava nei propri boxer, attorno a quella di Luke, che lo stava masturbando lentamente.

«Hmmm.» Luke passò il pollice sopra la punta del sesso di Simon e il suo compagno gemette, facendo scattare i fianchi verso l'alto e nei loro pugni.

Era così lento e languido e fottutamente eccitante il modo in cui Luke stava portando Simon verso l'apice, guardandolo mentre si mordeva il labbro inferiore e spingeva i fianchi contro la sua mano. Luke non riusciva a distogliere lo sguardo dal volto di Simon, dal lieve strato di sudore sul suo sopracciglio e dal modo in cui i suoi occhi si rivoltavano all'indietro per l'orgasmo ormai imminente. Luke aumentò il ritmo ascoltando il suono dei gemiti di Simon farsi più forte e percependo i suoi testicoli riempirsi e ritrarsi.

«Luke, aspetta.» Simon gli fermò la mano e ne fece scivolare a sua volta una nei boxer di Luke per prendergli l'erezione. Luke mugolò e spinse in avanti il bacino. «Voglio che veniamo insieme.»

Le loro gambe erano intrecciate sul divano e i due uomini si baciarono confusamente mentre le loro mani venivano ricoperte dal loro calore appiccicoso.

Il petto di Simon era caldo e confortevole e le sue mani lisce mentre accarezzava la schiena di Luke, conciliandogli il sonno. Luke non se la sentiva di muoversi e così restò lì, schiacciato contro il suo uomo ad ascoltare i battiti del suo cuore.

«Dovremmo andare a letto.» La voce di Simon lo

riscosse dal torpore.

«Hmmm,» concordò Luke senza però muoversi.

Simon sospirò e gli baciò la sommità del capo. «Non dare colpa a me domani mattina quando camminerai a malapena. Ti amo, capo.»

Luke scivolò nel sonno mentre mormorava: «Ti amo anch'io.»

FORSE Simon aveva avuto ragione. La mattina successiva Luke passò la colazione accasciato sul tavolo della cucina a massaggiarsi la schiena, chiedendosi quando fosse diventato così vecchio.

«Lascia, faccio io.» Mani grandi ripresero il massaggio. La testa di Luke ricadde in avanti quando le dita di Simon schiacciarono i muscoli tesi, scaldandoli e lenendoli fino a quando Luke si rilassò e si sciolse sotto quelle mani sapienti.

«Vuoi sposarmi?» chiese senza pensarci.

«Ho paura che sia troppo tardi. Sono già sposato all'unico uomo che esista per me.»

Luke gemette quando Simon trovò un punto particolarmente doloroso. «Che peccato. Se è abbastanza stupido da scaricarti, ti prendo al volo.»

Simon si chinò in avanti e gli posò un bacio sulla tempia, sussurrandogli: «Sono già tuo in ogni modo possibile.»

Luke voltò la testa in modo da poter catturare la bocca del suo compagno. Sapeva di caffè e dentifricio. La lingua di Luke passò sulle sue labbra, sui denti e sulla lingua, esplorando e approfondendo il bacio. Simon gemette sonoramente e Luke si ritrovò rimesso dritto in piedi.

Non fu sorpreso quando Simon gli prese la maglietta e gliela sollevò sopra il capo prima di buttarsi sul suo collo per succhiarlo, marchiarlo, per poi scendere con la bocca sopra la clavicola e giù fino al capezzolo, tirandolo finché non si fece duro, facendo poi lo stesso con l'altro e prendendosi il tempo per leccare i succhiotti della sera precedente. Luke sibilò quando sentì il pizzicore, ma era un ricordo piacevole del loro amore.

Il resto della colazione finì a terra quando Luke si ritrovò spinto indietro contro il tavolo e spogliato dei jeans e dei boxer. I suoi occhi erano fissi sul viso di Simon, sui suoi occhi scuri di desiderio, sui capelli arruffati e le labbra gonfie. Non avevano mai smesso di fare l'amore, ma era passato un po' di tempo da quando aveva visto il suo uomo così voglioso e selvaggio. Simon continuò a mordergli l'osso iliaco finché Luke non cominciò a spingersi contro quei morsi.

C'era del lubrificante nel cassetto della cucina. Ma' aveva imparato tempo addietro a ignorare il tubetto e i pacchetti che trovava in posti inappropriati. Ma Luke non voleva pensare a sua mamma ora. Allungò una mano e trovò il pomolo del cassetto. Simon gliela scostò e lo aprì. Luke era esposto come se stesse per essere sacrificato, aspettando di essere preso. Il sudore gli ricopriva il corpo e alcune gocce gli scendevano sul petto e sugli addominali, dove venivano intercettate dalla lingua di Simon che disegnava percorsi impazziti sulla sua pelle accaldata.

Luke giaceva sulla superficie dura del tavolo, le gambe aperte, sentendosi osceno e voglioso. Simon gli sollevò una gamba e se la mise sulla spalla. Dita scivolose forzarono la sua apertura e si spinsero all'interno, prima una, poi due, aprendolo, allargandolo. Avevano fatto l'amore per anni e ciò significava che Simon sapesse esattamente come ridurre Luke a un ammasso fremente e senza forze. Luke si aggrappò ai bordi del tavolo e le unghie graffiarono il legno mentre Simon sfiorava la sua prostata ancora e ancora.

«Dannazione, Simon, muoviti,» ringhiò Luke, frustrato. La punta del sesso di Simon gli sfiorava la parte interna delle cosce e sentiva una pressione leggera che lasciava una striscia di seme sulla sua pelle. «Ora, Sì!»

Prima che finisse la frase, Simon aveva rimosso le dita e si stava spingendo con decisione all'interno del suo corpo. La sensazione di pienezza gli tolse momentaneamente il fiato e le sue mani volarono automaticamente ad afferrare i bicipiti di Simon.

Era stato in bilico sull'orlo dell'orgasmo per così tanto tempo che Luke venne ancora prima che il suo amante fosse completamente dentro di lui, con il culo che si stringeva attorno all'erezione del suo compagno, facendolo ansimare e annaspare durante gli spasmi.

«Tutto okay?» chiese Simon, teso, mentre Luke tornava cosciente.

«Sì, scusami.»

Simon gli fece un sorriso da stronzo. «È il mio turno ora. Tieniti forte.»

Oh, Dio. Luke obbedì, aggrappandosi a Simon mentre veniva sbattuto contro il tavolo. Ogni spinta lo spostava sempre più verso l'alto. Luke si stava preoccupando seriamente perché aveva paura di cadere dal tavolo se Simon non si fosse fermato o non avesse cambiato posizione per spingersi più a fondo. I capelli del suo compagno erano incollati al suo viso, gli occhi scuri rivoltati all'indietro e i muscoli del collo in evidenza mentre si spingeva nel corpo di Luke.

Luke non poté fare nulla se non resistere durante quella cavalcata selvaggia ed esultare quando Simon arrivò all'orgasmo e collassò sopra di lui, con i muscoli delle gambe completamente incapaci di sostenerne il peso. Luke restò schiacciato sul tavolo, sotto il corpo del suo uomo, sorridendo al soffitto mentre il respiro di Simon tornava alla normalità.

Luke gli accarezzò la schiena sudata. «Ci vorrà ancora molto per toglierti da sopra di me?»

«Non posso. Muovermi. Morto,» fu la risposta

soffocata.

Luke gli morse la spalla. «Dobbiamo lavorare, cowboy. Lil sta arrivando per discutere dell'allevamento, ricordi? Potremmo invitarla qui, ma tutto ciò che vedrebbe sarebbe il tuo culo, e per quanto sia un bel vedere, il tuo culo è mio.»

Simon gemette e si sollevò con uno sforzo enorme, barcollando lievemente verso il lavello. Si spruzzò dell'acqua fredda sul viso nell'intento di dare una scossa al suo cervello e al suo corpo.

Ancora adagiato sul tavolo, coperto di sudore e sperma, Luke guardò sfacciatamente il corpo splendido e stanco del suo compagno. Lil stava arrivando e avevano i lavori del mattino da fare, ma era ancora presto. Il ranch poteva aspettare ancora un po'. Si meritava un po' di tempo con Simon. Nudi.

CAPITOLO
DODICI

LIL arrivò poco dopo le undici con uno sguardo acido che stonava con la sua solita espressione amichevole anche se professionale. Accettò un caffè da Simon e poi si sedettero in un silenzio imbarazzato, aspettando il ritorno di Greg.

Gli occhi di Simon erano fissi su Luke, dall'altra parte del tavolo, e una miriade di domande passarono tra loro prima che Luke chiedesse: «C'è qualcosa che non va, Lil?»

Lei continuava a fissare tristemente nella sua tazza e per un breve momento il ragazzo si chiese se l'avesse sentito.

«Ho ricevuto una telefonata da un *amico* ieri sera,» disse e il cuore di Luke sprofondò, «che mi suggeriva di rompere l'associazione con i sodomiti del Lost Cow per il bene dei miei affari e della mia famiglia.»

Anche se l'avevano avvisata sin dall'inizio che questo sarebbe potuto accadere, era comunque difficile da sentir dire. Luke guardò Simon, che scrollò le spalle impotente, e poi tornò a rivolgersi a Lil, che non aveva distolto lo sguardo dalla tazza.

«Capiamo. È stato gentile da parte tua rischiare per venircelo a dire di persona.»

Nel sentire queste parole, Lil sollevò lo sguardo e lo fissò in quello di Luke. «Ho detto al mio *amico* che avevo il miglior sistema di sicurezza di questa parte dello stato e che se avessero provato a fare qualcosa li avrei trovati e appesi per le palle. Gli ho anche detto che sapevo il suo nome, il suo indirizzo e che, se non voleva che andassi dritta da suo padre, avrebbe dovuto riportare il culo al suo porcile.»

Lil fece una breve risata vedendo le facce scioccate di entrambi gli uomini che la fissavano a bocca aperta. «Fossi in voi, chiuderei la bocca, ragazzi. Non vorrei mai che entrasse una mosca.»

Simon corrugò le sopracciglia e Luke notò la contrazione della sua mascella. «*Tu* sai chi era?»

«Sì.» Si mosse sulla sedia, a disagio. «L'idiota non ha avuto nemmeno abbastanza cervello da non usare il suo cellulare. Era Matt Benson.»

«Il figlio di Dave Benson?» chiese Luke, sentendo una rabbia gelida iniziare a scorrergli in corpo.

Lil annuì sobriamente. «L'unico e il solo.»

Arrabbiato e nauseato fino al midollo, Luke si alzò e spinse indietro la sedia così forte da farla rovesciare e cadere a terra. «Bene! Lo prenderò a pugni, lui e gli altri stronzi.»

«Parole coraggiose, figliolo, ma come pensi di farlo esattamente?» L'accento meridionale nella voce bassa di suo padre interruppe il discorso. Si voltarono tutti a guardare Greg sulla soglia. Il suo viso era grigio e segnato, le labbra strette come se sentisse dolore.

Luke si ricordò che suo padre non era in salute. «Siediti, Pa'. Sembra che tu stia per cadere da un momento all'altro.»

Guidò Greg verso una sedia, ignorando le sue proteste per quelle attenzioni. Simon gli portò un bicchiere d'acqua e tutti lo guardarono mentre prendeva una pillola, rifiutandosi di parlare finché il colorito non fosse tornato normale.

«Chiamerò Ma' e le dirò ti riportarti a casa.» Luke frugò nella tasca ed estrasse il cellulare.

«Smettila di agitarti, Luke. Starò bene.» Greg mosse la mano con impazienza. «Abbiamo da fare con Lil.»

Lei scosse il capo. «Possiamo aspettare, lo sai.»

«No, non si può, se vogliamo partire con il programma di selezione quest'anno.»

Luke sapeva che Greg non si sarebbe lasciato influenzare. Suo padre era un vecchio bastardo testardo. Luke sapeva con certezza che era uno dei motivi per cui era ancora vivo, visto che i medici l'avevano considerato senza speranza. Eppure doveva provare. C'era in ballo più del ranch.

«Non vale la pena mettere in gioco la tua salute e gli affari di Lil,» iniziò e alzò le mani quando entrambi cominciarono a protestare. «Lil, non sarò responsabile di aver mandato in malora tutto ciò per cui hai lavorato tanto.» Si voltò a guardare suo padre. «E tu sei troppo vicino a un altro attacco di cuore.» Guardò il suo amante e compagno. «Ti amo troppo per continuare così. Pa', penso che dovrai trovare qualcun altro per mandare avanti il ranch.»

Si trovò davanti a tre facce stupite.

«Non pensavo di aver allevato un codardo, ragazzo,» disse suo padre, con un ghigno deluso sul viso.

La donna scrollò semplicemente le spalle. «Cosa ti fa pensare che sia una tua decisione con chi faccio affari?»

Simon restò semplicemente a fissarlo. «Hai preso questa decisione unilateralmente?»

«Non è giusto.» Luke li guardò tutti e tre, infastidito dalle loro parole. «Non sto mollando. Ma so quando è necessario ritirarsi.»

Simon si alzò e spinse via la sedia. «Visto che hai già preso la tua decisione, capo, io esco e vado a controllare il pascolo. Inizierò a cercarmi un altro lavoro quanto prima. Presumo che mi scriverai una raccomandazione. Greg. Lil.» Simon fece un cenno con il capo verso di loro ignorando Luke e marciò fuori dalla cucina.

«Penso che sia la cosa più stupida che ti abbia mai sentito dire,» ribatté Greg, prendendo la tazza di caffè.

Luke stava ancora guardando la porta vuota,

scioccato dall'uscita improvvisa di Simon. «Io... cosa?»

Greg fece un gesto verso il punto dove era uscito Simon. «Da quando sei diventato l'unico che prende le decisioni in questa famiglia?»

Luke si voltò verso suo padre con lo sguardo in fiamme. «Che cazzo avete tutti? Sto cercando di proteggervi.»

Greg ricambiò lo sguardo in modo duro e spietato. «Occhio al linguaggio, ragazzo. E proteggerci da chi esattamente? Da qualche stupido stronzo che ha problemi riguardo a dove metti il tuo uccello?»

Il viso di Luke divenne rosso acceso ma non sapeva se fosse perché suo padre lo stava rimproverando in pubblico o perché stava parlando del suo uccello. Lil tossì e lui sollevò lo sguardo in tempo per vederla nascondere un sorriso. *Oh, Dio!*

Greg sembrò non notarlo. Aveva il fumo che gli usciva dalle orecchie e non aveva intenzione di fermarsi fino a quando non avesse finito. «Hai passato gli ultimi dieci anni ficcando la vostra relazione giù nella gola di tutti. Beh, non letteralmente...» Fu il turno di suo padre di arrossire, e Luke tossicchiò. «Ma diamine, a un accenno di problema, improvvisamente è il *tuo* problema, la *tua* decisione? Penso che tu debba a Simon dannatamente molto più rispetto di così.»

«Papà...» iniziò Luke, vergognandosi ma non completamente convinto. Si fermò, mordicchiandosi di nuovo il labbro inferiore.

Lil si schiarì la gola ed entrambi gli uomini la guardarono. «Luke, capisco cosa stai cercando di fare, ma davvero, l'unico modo per battere gli idioti come Benson è continuare a combattere. Che messaggio gli dai se te ne vai?»

Greg annuì, ma Luke ribatté: «Ho passato gli ultimi dieci anni a non combattere e ora improvvisamente devo essere di nuovo un attivista? Tutto ciò che volevo era espandere il Lost Cow, accudire i miei genitori e amare il mio compagno. Un conto era quando attaccavano solo noi, ma ora stanno attaccando i nostri soci in affari. Lil, hai già avuto abbastanza problemi. Non capisci quanto ti danneggerebbe se continuassi a lavorare con noi?»

Lil emise un suono strano e concordò. «Non sono stupida. Ho discusso con gli altri miei soci prima di venire qui. Avete molte persone che stanno dalla vostra parte oltre a me. Gli altri allevatori non verranno a buttarvi giù la porta per difendervi, ma scoprirete che non siete soli.»

La risposta fu inaspettata e, cazzo, Luke sentiva di essere ad un passo dalle lacrime. Sbatté le palpebre per scacciarle. «Grazie,» le disse con voce strozzata.

Lei chinò il capo di lato e sorrise, offrendogli una pausa da tutta quella tensione. «Potrei volere altro caffè.»

«Vai dal tuo uomo prima che si allontani troppo e poi inizieremo questa riunione,» disse Greg mentre metteva il bollitore sul gas.

Esasperato, Luke aprì la bocca per discutere, ma Greg lo fissò. «*Ora*, Luke.» Erano passati anni dall'ultima volta che suo padre gli aveva parlato così, ma Luke sapeva che era meglio non disobbedire.

Lasciò la cucina e andò alle stalle. Era il primo posto in cui pensava che Simon sarebbe andato. Tutti i furgoni erano fuori, quindi aveva bisogno di un cavallo per raggiungere i pascoli più lontani.

Simon stava portando fuori Del quando Luke arrivò alla porta della stalla. Quando Simon lo vide, le labbra gli si assottigliarono, ma rimase in silenzio.

Simon e Luke non litigavano molto, ma le poche volte che l'avevano fatto era sempre andata allo stesso modo: Luke esplodeva, Simon faceva resistenza e poi tutto finiva in ore di sesso riappacificatore. Simon avrebbe lasciato che Luke esplodesse e poi gli avrebbe detto con calma di non fare il cazzone. Proprio come la prima volta, avrebbe controllato il suo caratteraccio e l'avrebbe baciato fino a quando Luke avrebbe ammesso di essere uno stupido. Stavolta era diverso. Aveva sminuito e ferito Simon e avrebbe dovuto parlare in fretta per fermarlo prima che se ne andasse.

Mise una mano sul grosso collo di Del, percependone il pelo ruvido sotto le dita, e disse: «Mi dispiace.»

«No, non è vero,» lo contraddisse Simon con tono piatto.

«Cosa?»

«Non sei per niente dispiaciuto. Tuo papà ti ha mandato qui per riportarmi indietro.» Simon guardò Luke oltre la testa di Del e i suoi occhi erano pieni di rabbia. «Digli che me n'ero già andato e fate la vostra riunione. Non hai bisogno di me.» Diede l'ordine a Del di iniziare a camminare.

Del spostò il peso, ma Luke afferrò le redini per fermarlo.

«Si...»

Simon deglutì, scosse il capo e tirò le redini per strapparle dalla presa di Luke. Del sbuffò in segno di protesta, ma entrambi gli uomini lo ignorarono. Si fissarono e Luke fece una smorfia interiore per il dolore che vedeva negli occhi di Simon, il dolore che gli aveva causato lui.

«Abbiamo promesso che avremmo preso le decisioni insieme, Luke. Mi hai fatto promettere di non prendere mai più una decisione senza di te e la prima volta che succede qualcosa, tu mi chiudi fuori. Deve essere una cosa che vale per entrambi. O siamo partner o non lo siamo. Quando hai deciso, sai dove trovarmi.»

Luke lo guardò salire agilmente in sella.

«Voi ragazzi tornate all'incontro?» Greg li stava guardando dal portico.

«Non stavolta, Greg.» Simon fece un verso a Del e il cavallo si avviò, lasciando Luke nel cortile, combattuto tra il desiderio disperato di fermarlo e la rabbia perché Simon si rifiutava di capire che lui voleva solo proteggerlo.

«Luke, il tempo passa. Lil non può perdere tutta la mattinata qui.» Percepì la mano di suo padre stringergli gentilmente la spalla.

«Certo, Pa'.» Inizialmente i suoi occhi non si staccarono dall'uomo a cavallo. Simon non si voltò nemmeno una volta.

«Luke.» La voce di Greg s'indurì, riscuotendolo dalla sua depressione. Luke seguì obbedientemente suo padre in casa lanciandosi un'ultima occhiata oltre la spalla.

Sentì l'assenza di Simon alla riunione come se fosse un mal di denti. Entrambi gli uomini avevano pianificato e cercato di capire come espandere il ranch in quei mesi e avevano passato ancora più tempo a convincere Greg e Pamela. Era stato il supporto di Lil a convincere i genitori di Luke ad assumersi il rischio e questo incontro sarebbe dovuto essere solo una mera formalità, invece che un momento in cui altri dubbi si insinuassero nella mente di Luke.

Il suo stupido compagno non riusciva a capire che lui voleva solo proteggere tutti. Avrebbe chiamato Dave Benson non appena l'incontro fosse terminato per metterlo in guardia e dirgli di tenere il figlio lontano da Lil e poi avrebbe portato a casa Pa' e detto a Ma' di tenerlo calmo per qualche giorno. Avrebbe anche chiamato il dottor Alvarez. Poi avrebbe sellato Lulu e sarebbe andato a cercare Simon e avrebbe fatto ragionare quell'idiota. Poi gliel'avrebbe succhiato o viceversa, non era così pignolo.

Ma c'era una lunga lista di cose da fare prima.

Non appena Greg accompagnò Lil al furgone, Luke chiamò Dave.

«Benson's Feeds.»

Bene, era Dave, non Marion. Lei non gli avrebbe assolutamente parlato.

«Sono Luke Murray.» La sua voce era

deliberatamente fredda e professionale.

Ci fu una pausa spaventata e poi Dave parlò di nuovo. Luke sentì il tono cauto. Il ranch non aveva fatto un ordine ai Benson sin dal giorno della discussione nel negozio.

«Cosa posso fare per te, Luke?»

«Matt ha minacciato Lil.» Non c'era motivo di prenderla alla larga. «O lo fai smettere o se la dovrà vedere con una denuncia e dirò al mondo intero che minaccia delle donne.»

«Io… non credo… cazzo, Matt. Non *lo farebbe mai*,» balbettò Dave.

«Lil ha riconosciuto la sua voce e il suo numero. Voi stronzi potete fare come volete con me, ma chiunque perseguiti i miei amici e la mia famiglia, io lo abbatto. E non è una minaccia, è una cazzo di promessa.»

«Luke, mi spiace davvero…»

Luke chiuse la comunicazione e interruppe le scuse. Per quanto lo riguardava, non avevano senso. Ora suo padre.

«Chi era?» Greg lo stava guardando.

«Dave Benson. Ho minacciato di denunciare Matt per molestie.»

«Oh, bene.»

Luke era stupito. Non si aspettava l'approvazione di suo padre. La sua espressione doveva essere ovvia perché l'uomo continuò: «Non mi piacciono i bulli che minacciano le donne.»

Luke sospirò e si passò una mano nei capelli. «Lascia che ti porti a casa, Pa'.»

Greg sembrò sul punto di protestare, ma Luke non era dell'umore di accettare una cosa simile.

«Ti accompagno a casa e Tommy riporterà indietro il furgone più tardi.» Prese le chiavi del camioncino di suo padre e se le mise nella tasca della camicia.

«Va bene,» borbottò Greg, «ma se dici a Ma' di poco

fa, ti prendo a sculacciate.»

«Non lo dirò a Ma', però lei lo scoprirà... e mi prenderà a sculacciate ancora più forte e poi lo farà anche con te,» fece notare Luke. Greg sussultò al pensiero.

«Quella donna non mi farà uscire per un mese.»

«Io direi due.» Luke lo condusse verso la porta.

LA MAMMA di Luke aveva un carattere impressionante. Tutti i Murray avevano un caratteraccio, ma Ma' era di un altro livello ancora. Poteva litigare con il marito, preparare la cena e picchiare sulla testa del figlio tutto insieme.

Era passato un po' da quando Luke aveva visto sua madre in preda alla rabbia completa e sarebbe stato felice se non l'avesse vista per molto, molto, tempo a venire.

«Perché non l'hai riportato a casa subito e perché non hai chiamato il dottor Alvarez? E quel Matt ha sempre creato dei guai. Se vuoi saperlo, secondo me Marion non gliene ha date abbastanza quando era un bambino. Se Lil ha bisogno di aiuto, assicurati che chiami noi. E tu, Greg, cosa pensavi di fare?» Pamela si stava arrabbiando di nuovo. Greg si fece piccolo davanti al suo mestolo. «Non puoi semplicemente uscire così. Ti sei dimenticato le medicine dell'ora di pranzo.»

Luke si voltò verso suo padre e Greg si ritrasse. «Ti sei dimenticato di prendere le pillole? Pa', non puoi farlo. Non c'è da stupirsi che tu sia quasi collassato. Cazzo!»

«Linguaggio!» Esclamarono i suoi genitori, contemporaneamente, e Luke colse un barlume di sollievo negli occhi di Greg.

«Scusa, Ma',» si scusò automaticamente. «Ho chiamato il dottore mentre venivo qui. Arriverà presto.»

Pamela ignorò l'occhiataccia di Greg e annuì soddisfatta al figlio. «Sei un bravo ragazzo. Ora cos'hai intenzione di fare con Simon?» Il mestolo cominciò a ondeggiare pericolosamente vicino alla testa di Luke.

Accasciandosi sopra una delle sedie, Luke esalò un sospiro. «È il prossimo sulla lista.»

«Avrebbe dovuto essere il primo,» disse tesa sua madre, «ma dovevi occuparti dell'idiota qui.»

«Cosa posso fare? Gli ho detto che mi dispiace e ha risposto che non è vero e poi se n'è andato.»

Ma' Murray gli diede un'occhiata scaltra. «Aveva ragione, vero? Ti sei comportato da *boss*, decidendo per tutti, e ti sei irritato quando ti hanno detto di farti un giro. Specialmente l'uomo che hai chiamato compagno per dieci anni.»

«Io *sono* il *boss*,» specificò brevemente Luke, «che vi piaccia o meno. Tu e Pa' potete anche essere i proprietari, ma tocca a me seguire tutti, e se qualche omofobo bigotto minaccia il mio ranch, i miei uomini o le persone che hanno a che fare con me, è mio dovere affrontare la cosa.»

Sua madre sospirò, sedendosi al tavolo, di fronte a lui. Gli prese una mano tra le proprie, callose e ruvide, simili a quelle del figlio.

«Luke, Simon è il tuo compagno. Io e papà siamo davvero orgogliosi di come avete espanso il Lost Cow, ma l'avete fatto insieme. Questa è la prima volta durante la vostra relazione che state passando dei momenti così difficili e sono felice che sia sempre andato tutto bene tra di voi, ma non puoi decidere da solo ogni cosa. Devi lasciarlo partecipare e dovete prendere queste decisioni difficili insieme.»

Luke deglutì per ricacciare indietro il nodo che aveva in gola e le strinse la mano. «Lo so, Ma'.»

Lei annuì e si alzò di nuovo. «Allora torna da lui e fate pace. E non lasciare che gli uomini vi becchino ancora. Ho pensato che Tommy fosse sul punto di avere un attacco di cuore tanto era rosso.»

Luke diventò altrettanto rosso. «Mamma,» mugolò, mortificato che avesse sollevato l'argomento. Lui e Simon erano stati beccati ad amoreggiare l'anno prima dai suoi genitori e da una coppia di lavoratori del ranch. Era stata un'esperienza che nessuno voleva ripetere.

Fu salvato dalla vibrazione del cellulare. Luke frugò nella tasca dei suoi pantaloni. «Chuck? Va tutto bene?»

«Devi tornare ora, capo.» La voce di Chuck era strana.

Luke fu subito all'erta. «Cos'è successo? Altri danni al recinto?»

La risposta di Chuck fu breve. «Simon ha lasciato il ranch.»

CAPITOLO
TREDICI

LUKE guidò verso il ranch stringendo il volante con tanta forza che le nocche delle mani erano completamente bianche. Non riusciva a pensare, era incapace di pensare a qualsiasi cosa tranne che a una: Simon l'aveva lasciato.

Simon l'aveva lasciato.

L'uomo che amava più della sua stessa vita l'aveva lasciato senza nemmeno un saluto o un vaffanculo o un «*Addio, cowboy.*»

Simon…

Tornò al ranch senza schiantarsi contro i paletti del recinto, anche se, pensandoci poi, non riuscì a ricordare una singola cosa del suo viaggio verso casa.

Il cortile era vuoto mentre parcheggiava, ma Chuck emerse dalle baracche mentre lui sbatteva la portiera. L'uomo era accigliato, le linee sul suo viso di cuoio ancora più profonde del solito.

Il posto dove di solito Simon lasciava il suo camion era vuoto, ma lo era stato sin da quando Jack l'aveva preso in prestito per andare in città, quindi non significava necessariamente che se ne fosse andato.

Luke voleva correre in casa, controllare in camera per cercare qualsiasi segno che indicasse che Chuck si era sbagliato. Simon non l'avrebbe lasciato, non poteva lasciarlo. Non dopo quello che era successo quella mattina, cazzo.

Attese invece che Chuck lo raggiungesse. «Quando se n'è andato?»

«Un attimo prima che ti chiamassi,» rispose l'uomo,

muovendosi a disagio sotto lo sguardo di Luke. «Ti ha lasciato un biglietto sul tavolo.»

Un biglietto? Se n'era andato dopo dieci fottuti anni e aveva lasciato a Luke *un biglietto?*

Chuck lo guardò con circospezione, come se si stesse chiedendo come avrebbe reagito il suo capo. Luke annuì, vedendo il sollievo negli occhi dell'uomo, dato che stava prendendo la notizia con calma.

«Mi spiace molto, capo. Ho cercato di parlargli, ma ha preparato un borsone e se n'è andato. Sembrava distrutto.»

Luke era sicuro di avere il viso ugualmente devastato, ma si limitò ad annuire di nuovo e salire i gradini che portavano in casa. La sentiva già vuota, ma Chuck aveva detto che Simon aveva preso solo un borsone, quindi la maggior parte delle sue cose doveva ancora essere lì.

Il biglietto era sul tavolo della cucina, tenuto fermo da una delle tazze sporche. Luke si sedette su una sedia e lo fissò per un lungo momento. Era solo un pezzo di carta piegato con il nome di Luke scritto sopra con la tipica grafia grezza. Luke non voleva prenderlo, non voleva leggere che parole Simon avesse usato per giustificare il fatto di essere uscito dalla sua vita.

Il cellulare gli vibrò nella tasca e lui lo aprì senza guardare il display.

«Sì?»

«Sono io.» Chuck aveva ragione. Simon sembrava in uno stato terribile.

Luke deglutì a fatica. «Dove sei?»

«Dai miei genitori. Te l'ho scritto nel biglietto.» Simon sembrava confuso e un po' irritato.

«Non l'ho ancora letto,» ammise Luke.

«Sono appena arrivato. Ho bisogno di schiarirmi le idee per qualche giorno.»

Luke chiuse gli occhi. «Tu non... non mi stai lasciando?»

«Lasciarti? Certo che non ti sto lasciando, cazzo. Idiota, leggi quel fottuto biglietto.»

«Quanto starai via?» Il sollievo rese la voce di Luke roca.

«Solo un paio di giorni. Ho bisogno di stare per un po' lontano dal ranch, Luke. È diventato un po' intenso, sai?»

E improvvisamente Luke non si sentì spento o stanco e nemmeno sollevato. Era fottutamente livido. «Perché diavolo non me l'hai detto, prima di tutto? Te ne sei semplicemente andato e io non lo sapevo. *Non lo sapevo*, cazzo!» Dovette fermarsi o avrebbe iniziato a piangere. Cazzo, era stufo di piangere.

Ci fu un breve silenzio e poi: «Mi dispiace tanto, Luke. Mamma si è arrabbiata quando le ho detto cosa avevo fatto. Ho pensato che volesse farmi il culo.» Sospirò e Luke si immaginò la madre di Simon che lo rimproverava a braccia conserte. Erano fortunati a essere circondati da donne forti che li amavano e li supportavano, anche se a volte era un po' stancante. «Mi ha detto di chiamarti prima ancora di sedermi e che sono stato uno stupido idiota ad andarmene.»

«Non posso dire di non essere d'accordo,» replicò Luke a bassa voce.

«Lo so. Solo che non riuscivo a pensare lucidamente. Avevo bisogno di una pausa da tutta quella merda.»

«E io no?» La sua voce dovette suonare più dura di quanto non intendesse perché quella di Simon si alzò rabbiosa.

«Certo che sì, ma dannazione, il Lost Cow è casa tua, non mia.»

Quelle parole fecero male e Luke prese un respiro tremolante. La sua sofferenza doveva essere arrivata a Simon perché lo sentì aggiungere rapidamente: «Non intendevo quello. Dio, *tu* sei la mia casa, non il ranch, ma gli ultimi due mesi... non riuscivo più a pensare lucidamente. Avevo solo bisogno di andarmene via per schiarirmi le idee e dove… mamma e papà, beh, lo sai, ti ricoprono d'amore.» Simon rise un po', ma Luke non lo trovò divertente.

«Il mio amore non è abbastanza? E i miei genitori? Non siamo abbastanza per te?»

«Luke, mi stai ascoltando almeno? Questo non riguarda te. Riguarda me. Avevo bisogno di una pausa. Ascolta,» Simon s'interruppe e Luke lo sentì sedersi; il rumore delle chiavi che tintinnavano attaccate alla sua cintura era chiaramente udibile dall'altro lato della linea. «Tornerò fra tre o quattro giorni, okay?»

«No, ma non mi lasci molta scelta, no?» Era di nuovo così stanco e la rabbia stava scivolando via. «Fammi sapere quando torni.» Il *se torni* restò sospeso tra loro.

«Ti chiamo,» disse Simon a bassa voce. Sembrava esausto come lui.

«Già.» Luke chiuse il cellulare di scatto e appoggiò la testa sul tavolo mentre le sue dita si stringevano attorno al biglietto, ancora non letto.

LUKE si aspettava più attacchi al ranch dopo la sua chiamata a Benson, ma tutto continuò a essere tranquillo. Era comunque costantemente in tensione per il continuo aspettarsi dei problemi. Tra gli uomini che si muovevano attorno a lui in punta di piedi e lo sforzo aggiuntivo di dover gestire il ranch da solo, lo stress lo stava portando ad assumere antiacidi come se avesse paura che potessero passare di moda. Il lato positivo era che non aveva tempo di avvilirsi per Simon. La perdita di una mano esperta significava dover uscire all'alba e tornare barcollando al tramonto.

Come promesso, Simon chiamò tutti i giorni. Mantennero la conversazione su argomenti che riguardavano il ranch o in che guai fosse riuscita a cacciarsi Suzie, la sorella di Simon. I genitori di Simon erano costantemente sconcertati dalle stranezze della loro terza figlia, un fatto che a lei piaceva molto e che faceva roteare gli occhi ai suoi fratelli facendola definire marmocchia viziata.

La sera del terzo giorno fu diversa. Luke aveva bevuto un paio di birre ed era sdraiato sul divano, con i piedi sollevati mentre guardava qualche programma penoso in TV, quando Simon chiamò. Per un istante fu tentato di ignorare la chiamata, ma il bisogno di sentire la sua voce lo colpì come un pugno e così prese il telefono.

«Ehi,» disse a metà strada tra la risposta e un saluto.

«Ehi a te.»

Ci fu una pausa; entrambi attendevano che fosse l'altro a parlare.

«Come stai?» La voce di Simon era dolce.

«Stanco e solo,» ammise Luke.

Ci fu un sospiro e poi Simon replicò: «Anch'io. Mi manchi tantissimo.»

«Pensi di tornare prima o poi?»

«Domani. Partirò dopo colazione. Dovrei essere a casa per ora di pranzo.»

«Grazie a Dio!»

La risposta onesta di Luke fece ridere Simon e sembrò rompere la tensione che si era creata tra di loro. Chiacchierarono per qualche minuto finché gli sbadigli di Luke resero la conversazione impossibile.

«Vai a letto, capo,» gli ordinò Simon. «Ci vediamo domani.»

«Lo prometti?» chiese Luke, senza preoccuparsi di sembrare un bambino di cinque anni.

«Promesso,» lo rassicurò Simon. «Notte, Luke.»

«Notte, Si.»

Luke mise il suo cellulare sul bracciolo del divano e si sdraiò, sollevato ed esausto, sperando di poter dormire tra le braccia di Simon il giorno seguente, il luogo a cui apparteneva. Non avevano ancora davvero discusso di ciò che aveva fatto scappare Simon in primo luogo. Sapeva che avrebbero dovuto farlo, ma prima di tutto aveva bisogno di riaverlo a casa, dove doveva stare.

SIMON tornò alle due. Luke aveva preso seriamente in considerazione l'idea di prendersi un giorno di ferie per aggiornarsi con il lavoro d'ufficio in modo da essere lì quando Simon fosse arrivato, ma poi Pete aveva chiamato per una giovenca che aveva problemi e lui era dovuto uscire, mancando Simon. La prima cosa che vide fu la Chevy del veterinario che arrivava verso di loro. Inizialmente Luke non prestò molta attenzione ai nuovi arrivati, essendo concentrato sull'animale malato, fino a quando sentì una mano calda sulla spalla che avrebbe riconosciuto anche nel sonno. Alzò lo sguardo e vide Simon che gli sorrideva, quasi timidamente.

«Ehi, Taylor mi ha portato qui,» disse Simon, anche se non era necessario visto che il veterinario era in piedi vicino a lui.

«Lo vedo,» rispose Luke. «Ciao, Taylor, grazie per essere venuto così in fretta.»

«Figurati. Quale pensi che sia il problema?» Il veterinario si chinò vicino a Luke e rapidamente valutò la mucca dolorante.

«Penso siano i vermi, anche se è molto giovane. Di solito sverminiamo prima di muovere il bestiame verso i pascoli estivi, ma mi domando se non fosse già stata infettata. Ho sentito che ci sono stati alcuni casi nel ranch di Jason.»

Taylor si accigliò e passò una mano sopra la giovenca. «Sì, ma loro fanno esattamente come voi. Il vermifugo avrebbe dovuto funzionare comunque. Ci sono altri animali che mostrano sintomi simili?

Luke scosse il capo. «Solo questa, ma è crollata molto in fretta.»

Simon si avvicinò per calmare l'animale malato. Per

essere un ragazzo di città aveva un tocco speciale con gli animali che Luke gli invidiava. *Non solo con gli animali*, pensò tristemente. Simon riusciva a fare lo stesso con lui, con la stessa facilità.

«Farò un prelievo di sangue. Tenetela separata dal resto della mandria. Vi chiamerò non appena avrò i risultati.» Taylor fece rapidamente il prelievo dalla giovenca. «Le ho dato un sedativo leggero. Tornerò domani mattina, ma chiamatemi se ci sono cambiamenti.»

«Grazie, Taylor.»

Luke fece qualche passo con il veterinario, lasciando Simon con la mucca. Taylor lo osservò con aria interrogativa e poi guardò Simon.

«Come state?» chiese con uno sguardo compassionevole.

Luke si morse il labbro prima di rispondere. Taylor non era esattamente un amico, ma si conoscevano sin da quando il veterinario si era trasferito in zona qualche anno prima. Era un bravo medico e i suoi prezzi erano ragionevoli.

«Sai cosa sta succedendo?»

Taylor annuì. «Ne parlano tutti. Dicono che Simon se n'è andato.»

«Scommetto che stanno gongolando. Stanno scacciando i sodomiti dalla città,» disse Luke amaramente, con gli occhi fissi sul compagno che coccolava la mucca.

«Alcuni sì,» ammise Taylor, «ma altri pensano che la cosa stia sfuggendo di mano. Conoscono te e Simon. Penso che nessuno di loro credesse che potesse spingersi così oltre.»

Luke si trattenne a stento dal roteare gli occhi. «Non ti aspetterai che ci creda.»

Taylor lo guardò con fermezza. «Sto solo riportando quello che ho sentito, Luke.»

«Capisco ciò che stai cercando di fare e lo apprezzo, ma il mio ranch è in pericolo. Nessuna di quelle brave persone è venuta a scusarsi o a offrire il loro supporto. Perdonami se non mi sento sopraffatto dall'amore.»

«Lo capisco,» replicò Taylor, stringendogli la spalla. «Mi spiace di non avervi mostrato prima un po' di supporto concreto.»

Luke gli fece un debole sorriso. «Va tutto bene. Sei qui e stai facendo affari con noi. È abbastanza.»

«Grazie. Farò questi esami il prima possibile. Fai testare anche l'acqua. Ci vediamo più tardi. Simon.»

Simon lo salutò con la mano e mormorò un arrivederci, sempre mantenendo l'attenzione sulla mucca.

Luke era quasi dispiaciuto di vedere il veterinario andarsene. La sua presenza lo aveva aiutato a evitare di aver a che fare con il suo compagno. Ora non c'era la scusa per non parlargli, ma non aveva voglia di avere quella conversazione.

Pete e Jack si accordarono per fare i turni con la giovenca e Luke li avrebbe sostituiti più tardi quella sera. Nel frattempo lui e Simon avevano l'incarico di pulire le stalle e dare da mangiare alle galline prima di cena.

Di comune accordo, anche senza parlarsi, Simon si prese cura dei polli per risparmiare un po' di pazienza a Luke e un po' di sofferenza agli animali.

Luke si avviò verso le stalle e stava sistemando quella di Levi quando Simon lo raggiunse.

«La mia Lulu è a posto. Ho lasciato Del per te,» gli disse Luke. «È ancora nel recinto con Levi.»

Simon fece un ampio sorriso al pensiero di rivedere il suo cavallo. Erano stati insieme sin dalla prima visita di Simon al ranch quasi dieci anni prima. Luke giurava che quel dannato animale si struggeva ogni volta che Simon se ne andava.

Lavorarono in silenzio per un po', anni di pratica fecero loro compagnia. Solo che la tensione che correva ora tra loro non c'era mai stata prima.

Luke si stava preparando al confronto con Simon,

ma lui lo batté sul tempo.

«Perché non hai letto il biglietto?» Era ancora sul tavolo della cucina, esattamente dove Simon l'aveva lasciato.

«Hai detto che saresti tornato. Non ne avevo bisogno.»

Simon esalò con impazienza. «Ti avevo detto di leggerlo.»

«Non potevo.»

E questo era l'elefante nella stanza, gente. Luke non era stato in grado di leggere il biglietto. Era rimasto là, iniziando ad arricciarsi ai bordi, *mordendo* Luke ogni volta che questi entrava in cucina. Non aveva mai creduto di essere un codardo, ma quel pezzetto di carta lo faceva sembrare proprio così.

«Sei un fottuto idiota.» Simon sembrò quasi divertito, ma Luke non gliel'avrebbe lasciata passare così. Era troppo ferito.

«Mi hai lasciato!»

«Mi dispiace.»

«No, non è vero.» Sputò le parole, ripetendo il loro ultimo litigio.

In un attimo Simon era entrato nel suo spazio vitale, gli aveva tolto il forcone dalle mani e l'aveva schiacciato contro i pannelli ruvidi della stalla.

Luke sollevò lo sguardo per reagire quando si ritrovò sopraffatto, con le mani di Simon ai lati del viso e l'inguine contro il proprio.

«*Capo.*» La voce di Simon scese di un'ottava, il suo alito caldo solleticò l'orecchio di Luke.

«*Me ne sono andato da mia mamma per qualche giorno. Già, scappo a casa da mamma come un ragazzino. Ma, Luke, ho bisogno di pensare e non posso farlo con te attorno. Mi riempi d'amore e sesso e poi mi fai impazzire e io non riesco a pensare lucidamente.*

«*Ti amo, ma ho paura che il nostro piccolo mondo stia andando in pezzi e ho paura che un giorno ti sveglierai e ti renderai conto che non sono abbastanza per te.»*

Le dita di Luke premettero contro le pareti della stalla mentre Simon gli sussurrava le parole che lui aveva evitato di leggere.

«Forse l'hai già scoperto. Oggi è stato il primo giorno in cui hai preso una decisione per le nostre vite senza prima parlarmene. So che eri arrabbiato e hai fatto una sparata, ma non mi hai nemmeno guardato.»

La gamba di Simon scivolò tra quelle di Luke. Non ce l'aveva duro, non ancora. Era troppo turbato per pensare a quelle cose ma, *oh dannazione*, Simon stava spingendo tutti i pulsanti giusti e il bastardo lo sapeva.

«È un modo di merda per farlo, ma se ti vedo non ho la forza di andarmene. Non ti sto lasciando, ho solo bisogno di schiarirmi le idee. Sarò di ritorno in un paio di giorni e potrai urlarmi contro quanto vorrai.»

Simon fece scivolare una mano sotto la camicia di Luke per sentire la sua pelle, solleticandola con un tocco delicato come un sospiro. Un gemito sfuggì dalle labbra di Luke che si premette controvoglia contro quella carezza.

«Ti chiamo non appena arrivo a casa.

«Ti amo,

«Sì.»

Le mani di Luke erano aperte contro le grezze tavole di legno. Non voleva posarle su Simon perché ciò avrebbe significato il suo perdono e Luke non era pronto a perdonarlo, non ancora. Simon sembrò rendersene conto perché non gli forzò la mano. Le sue labbra sfiorarono la peluria sul collo di Luke e succhiarono brevemente il punto in cui trovarono la pulsazione, scendendo poi più in basso, seguendo la linea della camicia fino al lembo di pelle nascosto dai bottoni.

La determinazione di Luke s'indebolì, il suo sesso s'indurì contro il peso solido della coscia di Simon e lui soffocò un gemito.

«Ti amo così tanto, capo, cazzo,» mormorò Simon

contro la sua pelle. «Ti amo e mi spiace di essere scappato.»

«Hai promesso che non mi avresti più lasciato solo,» rispose Luke, aspramente.

«*Tu* mi hai promesso che avremmo preso insieme le nostre decisioni.»

Luke si afflosciò, rabbia e dolore sanguinarono via per lasciare solo la tristezza causata dalla loro separazione. Si aggrappò ai bicipiti di Simon, non del tutto sicuro se lo volesse attirare a sé o spingere via. Simon sollevò il capo per guardare il compagno, gli occhi asciutti ma pieni di dolore e incertezza.

«Sono stato un coglione ad alterarmi così con tutti,» ammise Luke. «Ero arrabbiato e spaventato e volevo far del male a qualcuno.» Simon aprì la bocca per dire qualcosa, ma Luke vi mise un dito sopra per bloccarlo. «Ma non a te. Non ho mai voluto ferirti.»

«Lo so e anche scappare senza parlarti è stata una mossa da coglione.» Simon gli diede un bacio sulle labbra. «Possiamo passare oltre?»

Luke chiuse gli occhi per un attimo. Voleva dire di sì, ma a essere onesti la sua relazione con Simon non era mai stata messa così a dura prova prima di allora. E se fosse costruita sulla sabbia? E se fossero andati in pezzi ogni volta che qualcosa li avesse messi alla prova? E se…?

Oh, fanculo. Era nauseato e stanco di ripensamenti su lui e Simon. Stavano insieme saldamente da dieci anni e Luke era onesto a sufficienza da ammettere che questa era solo la sua insicurezza che parlava.

«Dieci anni e tu sei scappato da tua mamma una volta sola? Dev'essere una specie di record,» biascicò.

Gli occhi di Simon si sgranarono e lui sorrise, facendo comparire le fossette che rendevano molli le gambe del suo partner. Luke attirò la sua testa verso il basso e gli catturò la bocca in un bacio, dandogli tutto se stesso, corpo e anima. Entrambi chiesero perdono e diedero l'assoluzione tramite quel bacio.

Luke non si rese conto che Simon lo stava facendo adagiare sul fieno fino a quando non ne avvertì la consistenza attraverso i vestiti e percepì il calore del peso del suo amante sopra di lui.

CAPITOLO
QUATTORDICI

LE GINOCCHIA gli cedettero e Luke cadde indietro nel fieno. Era fastidioso sentirlo attraverso la camicia ma lo ignorò, concentrandosi invece sul modo in cui Simon lo stava baciando, come se non volesse lasciarlo andare mai più. Simon gli accarezzò la testa con le sue mani grandi e confortevoli e Luke sospirò nella sua bocca, felice di stare così per un po'.

«Capo? Simon? Siete qui?» La voce preoccupata di Pete penetrò nella sua foschia di felicità.

«Merda!» Luke si mise a sedere di scatto. «Sì, siamo qui. Che succede?»

«Dio.» Pete sembrò imbarazzato e Simon sorrise al proprio amante. Lui viveva per mettere in imbarazzo i loro dipendenti. «Mi spiace interrompere il vostro... rapporto.»

Simon rotolò via con un gemito e Luke si raddrizzò, consapevole di essere ricoperto di pezzi di paglia.

Pete si teneva a distanza e Luke sorrise quando lo vide trattenersi a stento dal ruotare gli occhi alla vista del suo capo in quello stato scomposto, ma il suo viso si incupì rapidamente.

«La giovenca è peggiorata, capo. Ho lasciato Jack con lei. E ci sono altri tre animali con gli stessi sintomi.»

«Cazzo! Di già? Hai chiamato il veterinario?» Quando Pete scosse il capo, Luke continuò: «Farò tornare qui Taylor. Dobbiamo mettere in quarantena le giovenche.»

«Lo faranno Jack e Chuck. Stanno prendendo anche campioni di cibo e acqua.»

«Tu chiama il veterinario. Io vado là con Pete,» disse Simon da dietro la schiena di Luke.

Luke guardò oltre la propria spalla.

«Sì, fallo, e prendi anche Tommy. Dobbiamo controllare l'intera mandria. Arrivo non appena ho fatto. Alcuni dei vecchi dipendenti potrebbero essere disposti ad aiutarci. Chiamerò mio papà.»

Simon gli posò un bacio sulla nuca. «Non ci si ferma mai, eh?»

Luke reclinò il capo per un bacio vero e proprio. «Nessun riposo per noi creature malvagie,» concordò. «Ci vediamo tra poco.»

Pete saltellava impazientemente da un piede all'altro, vicino al furgone. Simon andò da lui e Luke si diresse verso casa. Mentre faceva il numero del veterinario, Luke ebbe la sgradevole sensazione che sarebbe andata così d'ora in avanti, con il ranch che barcollava passando da una crisi all'altra e loro due che avrebbero cercato di trovare tempo per loro nei rari momenti di pace.

Era tardi, ma il veterinario rispose immediatamente. «Taylor Stevens.»

«Taylor, sono Luke Murray. Le cose non vanno bene e abbiamo altri animali con gli stessi sintomi.»

«Arrivo subito.»

Luke sentì fruscii e clangore dall'altra parte della linea. «Grazie, doc, ci sarà Sammy ad aspettarti.»

«Sarò lì in un'ora.»

Luke salutò il veterinario e chiamò suo padre. Greg sembrava stanco, come se fosse stato svegliato dalla chiamata, ma gli promise di organizzare altri aiuti durante la mattinata.

«Verrò anch'io,» assicurò Greg.

«Dopo che avrai parlato con il dottore, Greg Murray.»

Luke sorrise quando sentì la voce e il commento di sua mamma.

«Vieni quando puoi, okay?» disse a suo padre, non volendo creargli ulteriori guai.

«Ma...» iniziò Greg e Luke riuscì a immaginarsi la sua gioia al pensiero di evitare la visita del dottore che, secondo la sua opinione, era la cosa più vicina alla tortura che conoscesse.

«Sarà lì con te dopo pranzo, okay, figliolo?»

Luke sorrise ancora di più. «Okay, Ma'. Ci vediamo dopo.»

Si diresse verso il furgone e chiamò Sammy con il cellulare. L'uomo accettò di finire il lavoro alle stalle dei cavalli mentre aspettava il veterinario, lasciando Luke libero di unirsi a Simon e Pete e raggiungere la giovenca malata.

Luke trovò difficile nascondere la sua sofferenza mentre aiutava Taylor a inserire un tubo nella bocca dell'animale. Il veterinario aveva diagnosticato un avvelenamento acuto da sale e stavano cercando di inserire acqua nel corpo della mucca. Era troppo tardi e lo sapevano tutti, ma gli uomini del Lost Cow non avrebbero lasciato morire quella povera creatura senza combattere. L'animale aveva dei dolori addominali acuti e aveva sofferto di diarrea. Era ovvio che fosse diventata cieca e le gambe posteriori erano ormai paralizzate.

Mentre combattevano per salvarle la vita, altro bestiame iniziò a presentare gli stessi sintomi. Altri bovini che si trovavano nello stesso pascolo e ai quali veniva data una piccola quantità d'acqua ad intervalli regolari.

Non c'era niente che potessero fare eccetto che guardarla morire, cieca, paralizzata e in preda a crisi epilettiche, sapendo che altri animali potevano fare quella stessa fine.

Un'ispezione della mandria rilevò che solo un piccolo pascolo era stato colpito ma, per essere sicuri, gli uomini prelevarono dei campioni d'acqua e di foraggio da tutti gli altri.

«È stato colpito il campo vicino alla strada a sud,» disse Simon, in piedi vicino alla giovenca morta con un gruppetto di uomini.

Chuck grugnì mentre lo staff del ranch annuiva. «Questo spiega cosa stessero facendo quegli stronzi, allora,» aggiunse.

Il veterinario sembrava confuso. «Quali stronzi e cosa stavano cercando di fare?»

Luke si tolse il cappello e si passò una mano nei capelli. Si stavano facendo troppo lunghi e aveva davvero bisogno che Simon ci passasse le forbici. «Abbiamo trovato dei tagliafili vicino alla recinzione dove Tom è stato attaccato.»

«Ma è successo settimane fa,» obiettò Simon, «gli animali non dovrebbero solo mostrare dei sintomi. Questo è avvelenamento acuto.»

«Vero,» concordò il veterinario, «comunque potrebbero aver esaminato più da vicino la zona quando hanno tagliato il recinto. È abbastanza facile avvelenare l'acqua o il cibo con del sale.»

«Forse stavano cercando di farlo quando Tom è stato assalito,» suggerì Pete.

«Quando hanno litigato, vorrai dire,» grugnì Chuck fissando la carcassa dell'animale, scuro in volto.

Luke notò che il suo vice capo ranch si stava infuriando. «Chuck? Vuoi condividere con noi?» chiese, mettendogli una mano sul braccio. Con la coda dell'occhio, vide Simon torturarsi il labbro inferiore.

«È disgustoso,» esplose Chuck all'improvviso, «prendersela con gli animali. Quegli stronzi vivono qui vicino, fanno i soldi con il ranch. Con noi!»

«Non gliene frega un cazzo,» disse Luke a voce bassa. «Non penso che a loro interessi a chi fanno del male.»

Simon lo guardò negli occhi quando annuì e la cosa gli straziò le viscere.

«Non ha importanza ora. Porteremo via il bestiame

e chiameremo di nuovo lo sceriffo. Forse stavolta prenderà le cose più seriamente.»

«Non possiamo provare niente,» specificò Simon, «potrebbe benissimo essere stato uno di noi ad aggiungere troppo sale ai rifornimenti.»

Taylor scosse il capo. «Con questo livello di tossicità, avreste dovuto fare un grave errore.»

«Io e Pete controlleremo i livelli dell'acqua,» propose Chuck. «È un problema se faccio una pausa, capo?» Non attese la risposta e ruotò sui tacchi, avviandosi poi verso il furgone.

Luke si accigliò, preoccupato per quella rabbia improvvisa. Non era l'unico. Anche Pete lo stava osservando con l'espressione confusa. Luke chinò il capo guardando la figura che spariva e Pete si mise all'inseguimento, prima che Chuck se ne andasse del tutto.

Jack chiamò il veterinario perché un'altra giovenca mostrava segni di sofferenza e tutti loro s'impegnarono per salvare il resto del bestiame.

Durante la pausa, Luke e Simon si rannicchiarono l'uno contro l'altro sui gradini del portico, con grosse tazze di caffè in mano. Luke sbadigliò sonoramente portandosi una mano alla bocca. Era convinto che il grosso e caldo corpo accoccolato contro il suo stesse cogliendo l'occasione per un sonnellino, con la testa appoggiata alla sua spalla. Ogni suo respiro gli muoveva i capelli sul collo.

«Dobbiamo dirci fortunati di averne perse solo tre,» farfugliò Simon, confutando la teoria di Luke.

«Finora,» rispose quest'ultimo, con tono grave.

«Finora,» concordò Simon.

«Taylor ha detto che il tasso di mortalità potrebbe arrivare al sessanta per cento.»

«Lo so, c'ero anch'io, capo,» gli ricordò Simon, muovendosi per prenderlo tra le braccia. Faceva già caldo, ma non troppo per un po' di coccole. Pigramente Luke si chiese se ciò lo rendesse la *ragazza* della relazione.

Simon ridacchiò contro il suo collo. «Assolutamente una ragazza,» confermò. Le sue mani risalirono sotto la camicia di Luke per cercare la pelle nuda del suo ventre.

Luke gemette, in parte per quel commento che si era lasciato sfuggire, ma soprattutto per la sensazione delle mani di Simon, calde contro la sua pelle. «L'ho detto ad alta voce? Devo essere stanco.»

«Hai bisogno di dormire.»

Le mani sparirono. Luke, nonostante non volesse, mugolò di protesta, ma subito si ritrovò in piedi e spinto verso la porta. Cercò di puntare i piedi, ma Simon era enorme e forte e non aveva intenzione di fermarsi. Si trovò nella loro camera senza essere riuscito a dire una parola.

«Anche tu sei stato in piedi tutta notte,» sottolineò Luke, cercando - ma fallendo - di nascondere uno sbadiglio da slogarsi la mascella.

Pensò che la cosa sensata sarebbe stata fermare le mani di Simon, intente a spogliarlo, ma era troppo dannatamente stanco per fare quello sforzo.

«Non sono io che ho lavorato per diciotto ore al giorno e non ho dormito per quasi quarantotto ore,» replicò Simon, scostando le coperte e spingendo Luke contro il cuscino. «Dormi, capo. Faremo cambio questo pomeriggio. Vado a organizzare i turni con i lavoratori.» Posò un bacio sulla testa del suo uomo.

Luke aprì la bocca per ribattere, ma si addormentò ancor prima di riuscire a formulare una frase.

FEDELE alla parola data, Simon lo svegliò a metà pomeriggio con un altro bacio e una grossa tazza di caffè. Luke aprì un occhio controvoglia. Simon era seduto sul letto con due tazze fumanti e un sorriso stanco sul volto.

«Ehi.» La sua voce era dolce e calda e i suoi occhi erano pieni d'amore per Luke. Era una cosa che gli era mancata moltissimo quando erano stati divisi.

«Ehi. Abbiamo perso altro?» Luke faticò a mettersi

seduto. «Una è per me?» chiese facendo un cenno verso le tazze.

Simon se le tenne vicine al corpo. «Altre due morti, tre in tutto, e no, pensavo di berli entrambi io.» Scoppiò a ridere all'espressione pietosa di Luke e gli passò una tazza, piena fino all'orlo di caffè nero.

«Cazzo, sì,» gemette Luke, bevendo rumorosamente la bevanda.

Simon gli lanciò un'occhiata consapevole. «Lascerò te e il tuo caffè da soli. Spero sarete felici insieme.»

«Oh, non essere geloso, *babe*.» Luke gli picchiettò sulla guancia senza alzare la testa dalla tazza. «Sai che sarai sempre il primo, dopo il caffè.»

«Grazie,» disse Simon, sarcastico. «Vuoi sapere cosa sta succedendo al ranch?»

Luke prese un altro sorso e si grattò la pancia. «Vai.» Non gli sfuggì il fatto che Simon stesse osservando i suoi movimenti.

«Taylor è tornato alla mandria. Ha confermato che solo un pascolo è danneggiato e l'ha notificato allo sceriffo. Anche tuo papà è là.»

«Sì?» Luke si passò la lingua sui denti. Aveva davvero bisogno di una doccia e di lavarseli.

«Canes è per strada. Pensavo che volessi essere sveglio in tempo e Greg ha raggruppato altri suoi amici per avere più aiuto.»

Luke si acigliò. «Il ranch non si può permettere di assumere troppa gente. Se continuiamo così perderemo denaro.»

«Dobbiamo fare i conti,» concordò Simon, «ma penso che questi ragazzi ci stiano facendo un favore.» Fece una breve risata. «Erano davvero dispiaciuti per l'attacco agli animali.»

«Chuck e Pete?»

«Sono tornati qualche ora fa. Li ho mandati a controllare il recinto in cerca di prove. Tommy e Sammy dormono. Jack e Bud stanno controllando i nuovi pascoli.»

«Vuoi dormire ora?» chiese Luke. Simon sembrava esausto, con profondi segni violacei sotto gli occhi, ma scosse il capo.

«Più tardi, dopo che avremo parlato con lo sceriffo. Però potrei farmi una doccia e mettermi degli abiti puliti.» Simon reclinò il capo. «Vuoi *bagnarti* con me?»

Il sesso di Luke si risvegliò immediatamente. «Sempre, ma devo andare al pascolo.»

«Non finché non ti sei fatto la doccia e non hai mangiato. Ordini di Pa'. Dai.» Simon gli tese la mano e lo fece alzare.

«Chi è il capo qui?» borbottò Luke, ma seguì obbedientemente Simon in bagno.

Il vapore riempiva la stanza. Entrarono nella vasca e lasciarono che l'acqua calda scivolasse sui loro corpi per un po'. Luke tenne la faccia sprofondata contro il suo punto preferito del collo di Simon mentre si rilassavano insieme. Simon gli passò una salvietta sul corpo, accarezzandolo con passaggi lenti. Mugolando contento, Luke si lasciò andare a quel tocco.

La spugna scivolò sulla sua schiena e sul suo sedere, passando sui fianchi e poi più in basso, pulendogli il membro in una lenta carezza che lo fece sollevare sulla punta dei piedi e ansimare contro il collo di Simon. Simon scivolò verso il basso, con le sue grandi mani teneva le natiche di Luke e gli mordicchiava il fianco, mentre il suo uomo cercava di scostarsi a causa del solletico che gli stava provocando.

Luke chiuse gli occhi mentre Simon glielo prendeva in bocca, la sua lingua sapiente si spinse contro la fessura del glande e poi la sua testa si abbassò sulla sua asta in una suzione calda e stretta, senza diminuire la pressione, senza lasciare che Luke si scostasse di un centimetro.

Era difficile riuscire a mantenersi in piedi, con l'acqua che scendeva sul viso, le mani intrecciate nei ciuffi di capelli di Simon e le gambe che tremavano mentre il suo uomo glielo succhiava fino a portarlo all'orgasmo, che pulsò direttamente nella gola di Simon.

Con un'ultima, gentile suzione, Simon si alzò in piedi, sorridendo dell'espressione beata di Luke. Lo prese tra le braccia e premette il suo sesso in via di erezione contro di lui, strofinandosi per ottenere un po' di frizione.

«Lascia,» disse Luke, ma Simon gli spinse via le mani e continuò a strusciarsi delicatamente contro la sua pelle. Avevano del bagnoschiuma a base di olio che Luke usò per facilitare il movimento. Fu un crescendo lento. Solo il suono degli ansimi leggeri di Simon gli fece capire qualcosa mentre gli veniva contro la pancia.

Non si mossero, restando l'uno accasciato contro l'altro finché l'acqua non divenne fredda e dovettero uscire dalla doccia.

LUKE costrinse Simon a riposare un po' mentre lui andava a parlare con il veterinario e lo sceriffo. Il suo capo ranch si rifiutò fermamente di sdraiarsi finché Luke non gli promise che sarebbe stato solo per un paio d'ore. Si addormentò prima che l'altro uscisse dalla stanza e Luke voleva che restasse così fino alla mattina seguente. Simon si sarebbe incazzato, ma lui sapeva come prendere la sua punizione.

Greg e Taylor stavano parlando con Canes, Chuck e Pete vicino al pascolo che era stato avvelenato. Alzarono lo sguardo quando Luke si avvicinò.

«Hai mangiato?» chiese suo padre ancora prima di salutarlo.

Luke lo guardò con sguardo fermo. «Sei stato dal dottore?»

«Oh cavolo,» Chuck mormorò fra i denti.

Taylor sollevò un sopracciglio a quello scambio di battute. «Ora che ci siamo scambiati i convenevoli… Simon ti ha aggiornato?» chiese a Luke.

Lui annuì. «Come stanno le altre tre?»

«Se Dio vuole, staranno bene,» disse il veterinario, «e tutte le altre stanno recuperando. Lo sceriffo ha tutti i dettagli e i suoi uomini stanno conducendo una ricerca nella strada che circonda i pascoli.»

Chuck e Pete fecero degli sbuffi derisori, ma si zittirono sotto lo sguardo di Greg e Luke.

Lo sceriffo sollevò lo sguardo su Luke. «Il signor Bryan è stato dai suoi genitori per qualche giorno, vero?»

Luke s'irrigidì. Di sicuro non avrebbe chiesto se *Simon* aveva avvelenato le mucche, vero? «Sì,» scattò.

«Ed è tornato a casa ieri pomeriggio?»

Luke si accigliò, confuso dalla domanda.

«È tornato per gestire il problema con la prima mucca.»

Lo sceriffo si morse un labbro. «È tornato per sempre?» chiese quasi esitante.

«Sì, ma cosa…?» Luke esplose.

«Bene.» Canes annuì e quello sembrò porre fine alla conversazione.

Greg catturò lo sguardo di Luke. *Lascia perdere*, stava dicendo e Luke fece come suo padre gli disse, totalmente confuso dalla conversazione.

Lo sceriffo gli aveva appena fatto capire che era felice che fossero tornati insieme?

CAPITOLO
QUINDICI

LA SCHIENA di Luke s'inarcò sopra la paglia pulita che lo pungeva attraverso la camicia. I pantaloni e la maglietta erano stati gettati a terra. Gemette forte mentre Simon usciva quasi completamente da lui, lasciando solo la punta del suo uccello ad allargargli l'apertura. Le sue gambe erano appoggiate alle spalle di Simon e le sue mani grattavano disperatamente il nulla mentre il suo amante si spingeva di nuovo dentro di lui.

Il tempo non aveva più significato mentre Simon sembrava sentire il bisogno di dimenticare la loro separazione tramite il sesso. Era sempre stato così: prima la separazione e poi Simon si dedicava con passione al corpo di Luke, dominante tanto quanto l'amante gli permetteva di essere. Era necessario. Era essenziale per la loro relazione. Era stato rimandato a causa della crisi con la mandria ed entrambi avevano risentito della tensione.

Il viso di Simon era completamente concentrato e gli occhi fissi in quelli di Luke mentre lo possedeva. Luke lo fissava di rimando. Non si stava negando a lui, ma questa volta era diverso. Luke non si era semplicemente lasciato andare al suo *maschio alfa*, aveva fatto faticare Simon. Simon se n'era andato e Luke l'aveva perdonato, ma lui non era un dannato sottomesso fuori dall'*ufficio* e forse questa cosa andava ricordata.

Un'altra spinta e Simon stava venendo: i suoi fianchi spingevano contro il sedere di Luke e le sue dita erano sprofondate dolorosamente nella carne delle sue cosce mentre tremava in preda al piacere. La sensazione del sesso di Simon che pulsava dentro di lui innescò l'orgasmo di Luke che s'irrigidì mentre il suo uccello spruzzava contro i loro ventri senza bisogno di essere toccato. Era venuto già due volte, quindi non fuoriuscì niente di più di un debole rivoletto che colò sul suo stomaco. Il suo culo si strinse attorno all'erezione di Simon, stimolando il suo orgasmo e facendo gemere entrambi con un suono lungo e prolungato.

Collassarono in un insieme disordinato di arti sul mucchio di paglia ruvida, Luke con il viso sudato sprofondato nel punto in cui l'inguine si collegava alla coscia di Simon, percependo l'odore di sudore e di sperma sulla sua pelle. Quasi involontariamente la sua lingua si sporse per assaggiarlo. Simon gemette e si mise a ridere, sollevando Luke in modo da poterlo avvolgere con braccia e le gambe.

«Ti amo davvero tanto, capo,» esalò contro il suo orecchio.

«Mmmm.» Quel mugolio basso e strascicato fu tutto ciò che Luke riuscì a emettere.

In risposta ottenne una risatina compiaciuta. Luke avrebbe voluto protestare, ma onestamente? Il suo cervello gli era appena stato risucchiato. Ogni pensiero coerente avrebbe dovuto aspettare.

Erano di nuovo nelle stalle. Simon lo aveva trascinato fuori di prima mattina, prima che il ranch iniziasse le attività quotidiane. Sarebbe stata una lunga giornata e quello era stato molto più che un modo per aggiornarsi. Erano passate tre settimane dallo scoppio del caso dell'avvelenamento col sale. Sì, avevano fatto l'amore, ma finalmente era arrivato il sesso riparatore, anche se un po' in ritardo.

Simon lo attirò a sé, facendo scivolare una gamba tra le sue e la sua coscia strusciò contro il membro sensibile di Luke. Sibilando leggermente, Luke gli morse il capezzolo per vendicarsi.

«Bastardo.» Simon sobbalzò contro la sua bocca.

«Lo sai, *baby*,» gli confermò Luke, stiracchiandosi per bene tra le sue braccia. Il movimento portò le loro erezioni a toccarsi di nuovo e stavolta entrambi annasparono e collassarono insieme, ridendo l'uno contro il collo dell'altro.

Non avevano fretta di muoversi, accoccolati nella paglia fragrante. Il mento di Luke era appoggiato al petto di Simon e le sue dita si muovevano in circolo sui peli corti che scendevano sulla sua pancia.

«Mi vuoi dire cosa ti passa per la testa?» chiese Simon dolcemente, facendo scorrere delicatamente le dita nei capelli arruffati di Luke, dai quali tolse un filo di paglia.

Spaventato, Luke sollevò la testa per guardarlo negli occhi. «Come lo sai?»

Forse si meritava lo sguardo che ricevette in risposta. «Luke, vivo con te ventiquattro ore al giorno, sette giorni su sette. C'è qualcosa che ti frulla in testa da un paio di settimane.» Simon gli picchiettò con le nocche sulla sommità del capo.

Luke annuì lentamente. Era vero. Solo che non era sicuro di quale potesse essere la reazione di Simon. «Pa' pensa che abbiamo bisogno di una pausa, una vacanza.»

«Penso che abbia ragione.»

«Davvero?» Luke fu sorpreso dalla rapida risposta. Si aspettava che Simon facesse più resistenza.

«Dopo gli ultimi mesi? Cazzo, sì. Ci meritiamo una fottuta crociera,» replicò Simon con veemenza.

Luke sorrise al pensiero di Simon con il cappello, gli stivali e il costume da bagno. «Saresti istupidito dalla noia nel giro di un giorno.»

Simon ricambiò il sorriso. «Mi stai dicendo che non posso affrontare un paio di giorni di dolce far niente se non mangiare, dormire e fare l'amore con te?»

«Ohh, tu vuoi solo il tuo momento da Leo e Kate sulla nave,» lo stuzzicò Luke, godendosi il battibecco spensierato, una delle cose che gli erano mancate ultimamente.

«Quello che voglio…» disse Simon mentre si chinava e gli mormorava nell'orecchio, «è passare parecchi giorni con te senza niente addosso se non un paio di calzoncini e molta pelle nuda.» Enfatizzò le sue parole con una rapida carezza sulla schiena di Luke e una strizzata al suo culo.

Luke non mugolò al pensiero, no, ma era possibile che avesse fatto un piccolo suono di approvazione. Si accoccolò contro il corpo ampio di Simon, affondando il viso contro il suo collo, e chiuse gli occhi. Era un'altra domenica. Avevano la mattinata libera ed erano soli. Aveva tempo per un sonnellino.

Una mano calda attorno al suo uccello aveva altri piani.

ERANO tutti d'accordo sul fatto che avessero bisogno di una pausa, ma dove diavolo avrebbero trovato il tempo? Il secondo taglio del fieno si stava avvicinando rapidamente e dovevano essere presenti. Ci sarebbe stato il solito afflusso di aiutanti extra, ma il Lost Cow non poteva permettersi di restare senza il manager e il capo ranch in un momento così impegnativo. Avevano tre settimane prima di quel momento, ma non sarebbero mai riusciti a organizzare qualcosa così in fretta.

Non avrebbe dovuto sorprendersi quando sua mamma si presentò durante la cena con una crostata di frutta e una prenotazione per un hotel di Austin.

«Siete prenotati per domani con ritorno sabato.»

«Ma'…»

La donna si accigliò e guardò il figlio. «Niente discussioni. Devi andare a preparare le valigie ora. Chuck e Pete hanno organizzato le ronde per il ranch. Anche Bud darà una mano.»

Luke aprì la bocca, ma sua madre agitò un dito e lui fissò Simon impotente, implorandone il supporto. Simon sembrava molto impegnato a mangiare e a non incrociare il suo sguardo. All'improvviso Luke percepì distintamente odore di cospirazione. Non c'era da stupirsi che il suo uomo avesse acconsentito alla vacanza così prontamente.

«Presumo che qualsiasi opposizione da parte mia sarebbe una perdita di tempo?» chiese con un tono così mite che entrambi lo guardarono con sospetto.

«Se diciamo di sì, comincerai a urlare?» domandò Simon cautamente, allungando una mano per accarezzare l'interno del polso di Luke.

Non che non se lo meritassero, ma Luke non poteva urlare contro sua mamma mentre Simon lo stava toccando così teneramente ed era impossibile raccogliere l'energia per prendersela con lui. Forse aveva davvero bisogno di una vacanza.

«Non griderò, ma non apprezzo essere messo all'angolo,» disse onestamente.

Pamela si chinò e lo baciò sulla guancia. «Basta che tu vada via di qui, *baby*. Hai bisogno di riposo. Chuck e Pete possono gestire il ranch e Greg può chiamare i suoi amici se hanno bisogno di una mano.»

Ah-ha! Luke saltò al punto debole della sua argomentazione. «E che mi dici di Pa'? Non sta bene abbastanza per poter lavorare.»

«Non sono un invalido,» mormorò Greg.

Alzarono tutti lo sguardo e lo videro sulla soglia.

Ma' lo guardò con l'espressione dura che aveva sempre spaventato Luke da bambino. «Luke ha ragione, ma in questo caso ce la faremo. Sono solo cinque giorni e sarai abbastanza vicino da tornare a casa in fretta se dovesse esserci qualche problema.»

«Ma...»

Simon gli accarezzò di nuovo il polso e Luke si fermò a metà obiezione. Bastardo! Si contorse mentre un'altra parte della sua anatomia fece notare la sua presenza.

«E che mi dici delle valigie? Non ho ancora fatto la lavatrice.»

Simon lo guardò con aria vagamente colpevole e compiaciuta allo stesso tempo. «È tutto fatto e i vestiti sono piegati. Siamo pronti per partire.»

La mascella non gli cadde. No, per niente, davvero. Dannazione, il suo uomo era subdolo. Luke gli fece la linguaccia, ignorando lo scandalizzato «*Luke!*» di sua madre.

«Beh, se finite di organizzarmi la vita, io vado a dare una ripulita al pollaio. A meno che qualcuno non l'abbia già fatto,» Luke alzò un sopracciglio guardando Simon con aria speranzosa.

«No! Il piacere è tutto tuo. Non sconvolgerli solo perché sei *inca*... incavolato,» modificò rapidamente Simon, con uno sguardo di scuse rivolto a Pamela.

Luke ringhiò fra i denti e marciò fuori dalla cucina. Traumatizzare quegli uccelli fastidiosi era uno dei piaceri della sua vita.

LUKE era appoggiato al recinto a osservare Lulu, Del e Levi crogiolarsi al sole della sera. Erano venuti tutti a salutarlo e a spingere il muso contro le sue tasche, ma avevano perso interesse quando avevano scoperto che non c'era niente di buono per loro. Un corpo caldo si premette contro la sua schiena e un bacio leggero si posò sul suo collo.

«Ehi,» salutò Simon strofinandogli il viso contro.

«Ehi.»

Simon sollevò il capo. «Sei incazzato con me?»

«Già.» Non aveva senso negarlo. Luke odiava che le persone gli *organizzassero* la vita.

Simon sospirò e il suo alito caldo passò leggero sulla pelle del suo uomo. «Ne abbiamo bisogno, Luke. Non solo per i danni al ranch, ma anche per *noi*.»

«Già.» Non poteva negare nemmeno quello. Ciò non

significava che dovesse piacergli.

«Hai intenzione di dire qualcos'altro?» La voce di Simon era leggermente tesa, ma le sue mani restarono sulla sua vita.

Per quanto Luke volesse comportarsi come un bambino di quattro anni, doveva ammettere che ne avevano bisogno. Si appoggiò contro la spalla di Simon e il suo compagno gli baciò la punta dell'orecchio. «È il momento sbagliato per lasciare il ranch, Si.»

«Non è mai il momento giusto, capo,» puntualizzò Simon, «ma non ti sei preso dei giorni liberi da mesi e abbiamo bisogno di tempo per *noi*.»

«No, davvero…»

«*Davvero*, hai bisogno di una pausa e io ho bisogno di te, quindi chiudi la bocca e sorridi a tua mamma.» Le braccia di Simon gli si strinsero attorno al petto come se volessero impedirgli di scappare.

Luke non disse niente. Sperò solo che questa cosa non sarebbe scoppiata loro in faccia mentre erano lontani.

LUNEDÌ mattina arrivò troppo presto. Luke era saldamente inchiodato davanti al suo computer e gli era stato detto di continuare a lavorare, mentre Simon era uscito con Chuck e Pete per passare in rassegna il lavoro della settimana. Dire che era incazzato era dire poco, ma gli era stato promesso un rapporto mattutino che avrebbe *sentito* per tutto il viaggio fino ad Austin se si fosse comportato da bravo ragazzo. Luke era sempre stato un bravo ragazzo… almeno quando c'era di mezzo il sesso.

Era riuscito a finire i conti e ordinare il foraggio quando la testa di Simon spuntò dalla finestra.

«Vado a controllare la strada a sud e poi torno per il rapporto.»

Luke alzò lo sguardo dalle fatture e gli fece una smorfia. «Non correre. Ne avrò ancora per un po'. Vuoi fare colazione ora o per strada?»

«Prima di andare,» decise Simon senza esitazione. «Così possiamo fare un bel po' di chilometri prima di fermarci.»

Luke annuì e tornò al suo lavoro.

«Bravo ragazzo,» replicò Simon e il cuore di Luke ebbe un sussulto quando sentì il tono malizioso della sua voce. «Sarai ricompensato per essere un *braaaaavo* ragazzo.» Il bastardo strascicò le parole e Luke sapeva esattamente come Simon avesse intenzione di ricompensarlo. Sarebbe stato fortunato se fosse riuscito a stare seduto durante il viaggio. Forse era meglio portarsi un cuscino.

Il telefono squillò mentre metteva via i conteggi. Luke si accigliò, chiedendosi chi chiamasse prima delle nove del mattino.

«Murray?» La voce dall'altra parte della linea era secca, al limite del brusco.

«Sì,» rispose cautamente.

«Sono Don Macken. Greg mi ha detto che cerchi un nuovo cavallo.»

Le sopracciglia di Luke si aggrottarono ancora di più. Il venditore di cavalli era l'ultima persona che si aspettava di sentire, ora o in qualunque altro momento. Non aveva mai fatto segreto di provare disprezzo per i finocchi e per Luke in particolare. Ovviamente la scelta dei bizzarri nomi da parte di Luke non aveva aiutato.

«Sì,» concordò.

«Ho un castrone che dovrebbe andare bene per le vostre esigenze. È un cavallo forte e ha una natura gentile. Vuoi venire a vederlo?»

«Certo, ma stiamo andando via per qualche giorno. Penso che potremmo fare un salto prima di partire,» rispose Luke, sapendo che Simon si sarebbe incazzato. La fattoria era a due ore di distanza nella direzione opposta.

«No, va bene. Lo terrò fino alla settimana prossima.»

«Oh, grazie.» Non era sicuro di cos'altro dire. Luke non stava attivamente cercando un cavallo e in quel momento se ne rese conto: Greg ne aveva cercato uno per sé la settimana precedente e doveva essere passato dalla fattoria Macken.

«Mr. Murray...» Macken sembrava esitante.

Okay, ora erano davvero entrati nella zona *ai confini della realtà*. L'ultima volta che il venditore di cavalli l'aveva chiamato in modo diverso da *Murray* era stato prima che Luke chiamasse Lulu *Lucifer*. Dovevano essere passati vent'anni.

«Sì?» chiese Luke cautamente.

«Mi è spiaciuto sentire degli attacchi al ranch. Non è giusto.»

Luke trattenne uno sbuffo cinico. Attaccare Simon andava bene, ma non era giusto attaccare la mandria. Sospirò in silenzio, riconoscendo quel grosso passo avanti per quello che era.

«Grazie, ci vediamo la settimana prossima.»

La linea s'interruppe dopo un burbero: «Arrivederci,» e Luke restò ad ascoltarne il suono nell'orecchio.

«Chi era?»

Luke sussultò non avendo sentito Simon arrivargli alle spalle. «Macken. Ha un cavallo che potrebbe interessarci.» Quando Simon sollevò le sopracciglia, lui continuò: «È disposto ad aspettare fino alla settimana prossima.»

«Macken ha chiamato *noi*?» Simon sembrava scettico.

«Non ci credo nemmeno io. Ma penso che Pa' e Chuck siano stati là. Ha detto che era dispiaciuto per il bestiame.»

L'espressione di Simon rispecchiò quella di Luke e questi sorrise.

«Sì, lo so. Ho pensato la stessa cosa quando l'ha detto.»

Simon si sedette sulla poltrona. Si era tolto gli stivali, segno che per quella mattina avesse terminato di lavorare.

«Dovrei sentirmi offeso, ma non riesco a raccogliere energia a sufficienza.»

«Lo so, Si. Vale lo stesso per me.» Luke gli si avvicinò e gli si sedette in braccio, accoccolandosi contro il suo corpo solido. Le braccia di Simon lo attirarono ancor più vicino e i due uomini restarono seduti in silenzio per alcuni minuti.

«Lo farai incazzare con un altro nome strano, vero?» chiese Simon all'improvviso.

Luke sorrise contro i suoi capelli scuri. «Pensavo a James,» ponderò.

«Questo nome,» Simon fece una pausa, «è molto comune.»

«Per *King James*[2]. Sai, quello della Bibbia.»

Simon sbuffò sonoramente. «Il finocchio?» chiese.

«Sì, quello. Che ne pensi?» Luke gli fece un sorriso perfido.

«Macken cercherà di capirci qualcosa per mesi,» gli disse Simon.

«Lo so,» concordò Luke mentre si sistemava contro di lui. Dovevano partire di lì a poco ma c'era sempre tempo per un po' di coccole prima del rapporto mattutino.

---

[2]   La Bibbia di re Giacomo è la traduzione della Bibbia in inglese per eccellenza.

CAPITOLO
SEDICI

ARRIVARONO tardi ad Austin. Non importava quanto Simon avesse tentato di trascinarlo via dal ranch, Luke era sempre riuscito a trovare una ragione per ritardare, che fosse controllare il livello di foraggio o ripassare la lista con Chuck. Era addirittura scappato via per andare controllare i conti correnti. Simon era diventato sempre più impaziente fino a quando, alla fine, aveva risolto il problema sollevando Luke di peso e mettendolo nel camioncino.

C'erano stati applausi e fischi dagli uomini e Luke si era divincolato e aveva protestato, ma davvero, il suo uomo che lo caricava in spalla? Chi non sarebbe stato un po' eccitato? Simon lo sapeva, visto il modo in cui aveva messo la mano sul culo di Luke e aveva ridacchiato quando quest'ultimo aveva strofinato furtivamente la sua erezione che si stava indurendo contro la sua spalla.

Il viaggio fu lungo e noioso e, subito dopo aver trovato il loro hotel e lasciato cadere le borse, i due uomini uscirono per andare a mangiare qualcosa. Simon giurò che il suo stomaco si stesse mangiando da solo.

Luke picchiò simpaticamente sulla sua spalla. «Dai, capo. Aiutiamo il tuo viaggio verso l'attacco coronarico.»

«Ehi,» protestò Simon. «Sono grande e grosso. C'è tanto da riempire.» Poi alzò lo sguardo e colse l'espressione di Luke. «Cosa?»

Luke si chinò in avanti e strofinò le labbra contro il suo orecchio. «Credimi, Simon. Lo *so* che sei grande e grosso.» Percepì un davvero molto soddisfacente brivido contro la sua bocca e, quando Simon rispose, le sue parole non avevano lo stesso tono strafottente, anzi, vi si percepiva chiaramente il *bisogno*.

«O andiamo ora o ti troverai il mio cazzo in bocca nel giro di trenta secondi.»

«Pensi che potrei farti venire in ascensore?» chiese Luke mentre lasciavano la stanza.

«Sono solo cinque piani,» specificò Simon.

Luke inarcò un sopracciglio. «Lo so,» replicò, e strofinò deliberatamente il sedere contro l'inguine di Simon. Seguì un sibilo soddisfacente e una spinta contro il suo culo.

«Prima mangiamo, poi sesso mentre risaliamo!» gracchiò Simon mentre entravano in ascensore.

La coppia di mezz'età che era già all'interno sollevò le sopracciglia. Luke era consapevole di essere arrossito furiosamente e sentiva il calore provenire dal corpo di Simon. Si rifiutò di incontrare il loro sguardo. Tutti e quattro restarono in un silenzio imbarazzato mentre scendevano al piano terra.

Mentre uscivano dall'ascensore, la donna si voltò verso Simon e disse: «Non farlo aspettare troppo a lungo, caro.» Lui fu sul punto di strozzarsi e Luke gemette, sprofondando la testa contro la sua spalla. Stava cercando di nascondersi quando Simon rispose: «Non lo farò, signora. Diventa irascibile quando lo faccio aspettare.»

«Sono certa che riuscirai a gestirlo,» ribatté la donna.

«Ci conti,» le promise Simon e Luke percepì una nota divertita nella sua voce.

Luke ne aveva avuto abbastanza. Trascinò via il suo partner prima che desse a dei completi estranei i dettagli della loro vita amorosa.

Simon non sembrò nemmeno un po' infastidito. Lo seguì con calma verso le porte girevoli e fuori sul marciapiede.

«Sei pazzo, cazzo?» esclamò Luke.

«Non più del solito. Perché?» rispose Simon, mettendogli un braccio attorno alle spalle mentre camminavano verso il ristorante.

I muscoli di Luke si tesero mentre cercava di sciogliersi dal suo abbraccio. Era passato molto tempo da quando aveva espresso la sua opinione riguardo alle manifestazioni pubbliche d'affetto. «Non puoi parlare così a dei completi estranei e dannazione, lasciami andare.»

Simon non sembrava aver fretta di farlo, però, e Luke era riluttante ad attirare più attenzione di quanto già non facessero due ragazzi grandi e grossi che camminavano vicini con dei cappelli in testa.

«Rilassati, Luke.» Simon gli strizzò il braccio. «Non siamo a casa ora. Calmiamoci e cerchiamo di divertirci, eh?»

Luke cercò di farlo, davvero, ma era così teso che si sentiva come un elastico pronto a scattare. Prese dei profondi respiri e provò a rilassarsi nel calore di Simon.

«Bravo ragazzo,» si complimentò il suo compagno e, diamine, Luke avrebbe dovuto incazzarsi per quel tono accondiscendente, ma l'unica cosa che voleva era non sentirsi più stressato per tutto il tempo.

Simon non lo lasciò andare e nessuno sembrava voler attaccar briga, anche se Luke non riuscì a rilassarsi finché non furono dentro al ristorante. Non prestò molta attenzione a quel posto fino a quando non furono seduti al tavolo. Il ristorante sembrava affollato e lui si rese conto che Simon doveva aver fatto una prenotazione in anticipo, dato che li fecero sedere rapidamente.

In breve tempo, il cameriere stava offrendo loro i menu e stava elencando le specialità del giorno. Era troppo giovane, troppo sorridente e troppo bello con i suoi capelli biondi e i denti brillanti e questo fece subito innervosire Luke, anche se la cosa poteva avere a che fare con il ghigno di apprezzamento con il quale quel ragazzo guardava il suo uomo.

«Due birre, per favore,» ordinò Simon, apparentemente incurante dell'attenzione. Sollevò il capo dal menu e sorrise al cameriere.

«Certo, signore.» Il sorriso del cameriere passò da brillante ad accecante e Luke si sentiva pronto a tagliargli la gola.

«Calma, ragazzo,» mormorò Simon mentre Rafe (e davvero, chi diavolo chiamava il proprio figlio *Rafe*?) andava a prendere le loro ordinazioni.

Luke non ringhiò. Nemmeno quando Rafe tornò con le loro birre, ma poteva essere dovuto al fatto che la mano di Simon teneva una delle sue, sul tavolo. Non era sicuro se lo stesse facendo per mostrare al cameriere che era impegnato o per tenere calmo Luke.

Il sorriso di Rafe non si affievolì nemmeno un po'. Invece, il cameriere continuò a chiacchierare allegramente della località in cui si trovavano e servì loro le birre. Prese il loro ordine ed emise un suono di approvazione quando notò le loro scelte.

Luke gli fece un breve sorriso e tornò a guardare Simon. Il suo compagno stava sorridendo al ragazzo e Luke strinse i denti.

«Sei proprio un maniaco possessivo,» disse Simon mentre Rafe si allontanava. «Sono sorpreso che tu non abbia ancora marcato il territorio.»

«Lo sono,» confermò Luke, «ma sarebbe maleducato pisciarti addosso in pubblico. Quindi smettila di guardare i ragazzini.»

«Ah, vuoi marchiarmi come se fossi una tua proprietà?»

Prendendo un lungo sorso di birra, Luke rispose senza pensarci. «Solo guardare il mio piscio scorrere sul tuo uccello.»

Gli occhi di Simon si sgranarono. «Hai pensato di pisciarmi addosso?»

Luke cercò di non arrossire, ma beh, sì, l'aveva fatto.

Solo che non ne aveva mai discusso con Simon.

«Bene, bene, bene, mio bel cowboy, non avrei mai pensato…» la voce di Simon si perse e Luke fu lasciato lì ad arrossire e a fissare la tovaglia.

«Cazzo, *baby*, è davvero eccitante.»

Luke alzò lo sguardo. C'era del rossore sulle guance di Simon e si stava mordendo il labbro inferiore. Riconobbe quello sguardo. Simon era seriamente eccitato e da un minuto all'altro avrebbe trascinato Luke fuori dal ristorante per scoparlo fino a istupidirlo.

«Cibo, poi sesso,» gli ricordò Luke. Aveva davvero fame.

«Normalmente direi che le vostre priorità sono sbagliate,» disse Rafe allegramente mentre metteva i piatti davanti a loro, «ma questo granchio è da *morirci*.»

Simon diede un'occhiata ai loro piatti. «Oh, fottimi,» gemette.

Luke era ugualmente assorto dalla vista dei granchi impilati nel suo piatto. «Più tardi, cowboy.»

Rafe sorrise per le loro espressioni rapite. «Buon appetito, ragazzi. Tornerò da voi più tardi.»

«Molto più tardi,» mormorò Simon indistintamente attorno ad un boccone di frutti di mare, senza prestare la minima attenzione al cameriere.

Luke avrebbe sorriso se avesse potuto farlo senza mostrare ciò che stava masticando. Il suo ragazzo si distraeva facilmente con il cibo. Luke continuò a mangiare, sapendo che non ci sarebbero più stati sguardi e definitivamente nessun *flirting* fino a quando lo stomaco di Simon non fosse stato pieno. E ci sarebbe voluto molto tempo.

Terminato il piatto principale, Luke dovette ammettere di essere molto più rilassato. Si lasciò andare all'indietro contro lo schienale con la pancia piena, sopprimendo il bisogno di rilasciare un rutto soddisfatto. Simon lo stava guardando con un'espressione compiaciuta.

Se Luke avesse potuto muoversi, l'avrebbe colpito.

«Chiudi quella cazzo di bocca,» disse, sospirando soddisfatto.

Prima che Simon avesse l'opportunità di rispondere, Rafe tornò, il suo sorriso ancora più ampio quando vide le espressioni compiaciute e i piatti vuoti dei suoi clienti.

«Non ho bisogno di chiedervi se avete apprezzato il pranzo,» disse mentre raccoglieva i piatti vuoti. Luke, per un attimo, temette che Simon potesse leccarli. «Volete vedere il menu per il dessert?»

«Gli piace qualsiasi cosa con gelato al cioccolato, salsa al cioccolato con cioccolato sopra,» disse Luke prima che Simon potesse rispondere, «e se hai anche i vermicelli di gomma, gli piacciono anche quelli.»

«Ne porterò due cucchiai.» Rafe annuì e portò via i piatti.

Simon sorrise. «Ti ha conquistato.»

Luke dovette concordare. Amava i dolci più di quanto non li amasse Simon. Cominciava a piacergli Rafe. Anche se il suo era comunque un nome stupido.

Forse il gelato fu una cattiva idea. Luke passò dall'essere piacevolmente pieno all'essere gonfio dopo tre cucchiaiate. Ne era valsa la pena però, per vedere la faccia di Simon quando Rafe l'aveva portato al tavolo. Un piatto enorme colmo di gelato al cioccolato, con salsa al cioccolato, ricoperto di scaglie di cioccolato al latte e fondente e, Luke quasi si strozzò, vermi gommosi. Era sicuro che non fossero nemmeno sul menu del ristorante.

Rafe colse il suo sguardo e gli strizzò l'occhio in modo cospiratorio. «Per i clienti più belli che abbia avuto in tutta la settimana.»

Simon stava gemendo oscenamente attorno a un boccone, con la punta del vermicello che gli spuntava dalla bocca. Luke regalò a Rafe il primo sorriso sincero da quando erano entrati. Il cameriere lo guardò un po' stordito.

«Hai appena reso più felice la mia giornata,» disse a Rafe.

«E tu la mia. Con un sorriso come quello, dovresti essere a Hollywood.»

Simon aveva deglutito il boccone e stava sorridendo a Luke. «Gliel'ho detto dieci anni fa e invece lui mi ha trascinato in un ranch nel mezzo del nulla per giocare a fare il cowboy.»

«Ti ho trascinato là per giocare con *me*,» lo corresse Luke, «il ranch è venuto dopo, come bonus.»

Rafe quasi strillò di gioia e le persone nei tavoli vicini si voltarono a guardarli. «Voi due siete troppo carini. Ora finite il vostro gelato prima che si sciolga e io mi trovi nei guai per aver manomesso il menu.»

Quando uscirono dal ristorante, Rafe era felicissimo per la grossa mancia, Simon era felicissimo per il cibo e Luke era solo grato del fatto di non vomitare.

Erano troppo stanchi per fare poco più di una rapida doccia e collassare sul letto abbracciati, Luke cullato nel sonno dal pigro battito del cuore di Simon. Il suo ultimo pensiero cosciente fu che per alcune benedette ore non aveva pensato al ranch e ai loro problemi. Sarebbe stato sempre così se avessero lasciato il Lost Cow definitivamente?

CAPITOLO
DICIASSETTE

LUKE non era sicuro di cosa l'avesse svegliato, ma era troppo presto e voleva tornare ad accoccolarsi contro il collo di Simon e ricominciare a dormire. Si rigirò per trovare il suo corpo caldo, solo per scoprire che il letto era vuoto e lo era da un po', a giudicare dalle lenzuola fredde. Quando Luke riuscì a scollare le palpebre, con un'occhiata attorno alla stanza si rese conto che Simon non era andato solo in bagno.

Sedendosi con un gemito, si guardò attorno. Gli abiti di Simon, che aveva appeso frettolosamente sulla sedia la notte precedente, non c'erano più, ma il borsone era ancora lì, quindi non se n'era andato per sempre. Un brivido gli percorse la schiena, anche se riconobbe la stupidità di quel pensiero.

Afferrò il suo cellulare, scrivendo un rapido *Tutto ok?*, e attese la risposta.

Arrivò quasi immediatamente. *Sì, torno presto.*

Mise il cellulare sul comodino e si sistemò contro i cuscini. Non era insolito per Simon vagare nel mezzo della notte quando era preoccupato per qualcosa. Era meglio che al suo ritorno lo stronzo portasse del caffè per farsi perdonare di averlo fatto preoccupare, borbottò tra sé.

Simon entrò in camera in silenzio, come se si aspettasse che Luke fosse tornato a dormire. Sembrava avere l'aria leggermente colpevole per averlo svegliato e portava due grosse tazze di caffè da asporto. L'aroma fece sentire Luke un po' più caritatevole. Non molto, ma abbastanza per non mettersi a litigare subito.

Con un'aria esausta, Simon si sedette sul letto vicino a Luke, offrendogli una delle tazze. Luke lo guardò da vicino notando le occhiaie nere sotto i suoi occhi.

«Brutta nottata?» chiese, bevendo il primo sorso.

«Qualcosa del genere,» ammise Simon. «Più che altro una serie di incubi. Presumo sia stato l'eccesso di zuccheri.» Fece una smorfia mentre beveva il caffè. Luke non disse niente, attese solo che il suo uomo continuasse. «Continuavo a sognare che mi sbattevi fuori e sposavi la figlia di Dave e Marion. T'imploravo di riprendermi ma dicevi che era un'aberrazione e che era l'unico in modo in cui potevi essere salvato.»

Luke non rise per la frase ridicola. Appoggiò la tazza e gli prese il viso tra le mani, tenendolo con forza. «Ti amo,» disse, assicurandosi che Simon vedesse la sua espressione, «e c'è e c'è stata sempre e solo una sola persona nella mia vita che mi ha fatto sentire completo. E sei tu. Non pensare mai che riuscirai ad allontanarti da me più di qualche metro. Mai. Ti amo, Simon Bryan, e non dimenticarlo, cazzo.» Le dita che gli stringevano la mascella dovevano fargli male, ma Simon non ne diede segno. I suoi occhi nocciola erano fissi in quelli di Luke.

«Ti amo anch'io, boss.» Simon quasi si accasciò contro la mano del suo compagno e il sollievo nei suoi occhi era davvero evidente. Simon sapeva che era stato solo uno stupido sogno, ma comunque aveva bisogno di sentire quelle parole.

«Spogliati nudo e mostrami quanto mi ami.»

Era un ordine e Simon annuì, scostandosi per spogliarsi. Luke tenne gli occhi incollati su di lui per tutto il tempo e si assicurò che Simon vedesse l'esplicita lussuria nel suo sguardo mentre quel bellissimo e tonico corpo si scopriva. Quando fu nudo, Luke tese la mano e tirò il suo compagno nel letto, rotolando con lui fino a quando non fu seduto in mezzo alle sue gambe.

«Ora te ne starai sdraiato come un bravo peccatore

mentre io te lo succhio, e poi, prima che tu venga, infilerai il tuo enorme uccello nel mio culo e mi ricorderai a chi appartengo. Affare fatto?»

Gli occhi di Simon erano vitrei ma non sembrava avere niente da obiettare, così Luke portò avanti il suo piano.

Ogni parola che aveva detto corrispondeva verità. Non c'era mai stato nessun altro per Luke sin dal primo momento in cui aveva aperto la porta del loro dormitorio, dieci anni prima. Si chinò in avanti e strofinò il viso contro il sesso di Simon, sporgendo la lingua per prenderne un piccolo assaggio. Il suo uomo, sotto di lui, gemette e si contorse e Luke sorrise nel percepire la sua asta che s'induriva.

Mani si aggrapparono ai suoi capelli mentre Luke leccava i testicoli di Simon, risucchiandoli all'interno della bocca. Le mani di Luke erano sulle cosce del suo amante, percependo la tensione dei muscoli che tremavano sotto i suoi palmi.

«Cazzo, cazzo, *cazzo*!» ripeté Simon, mentre Luke avvolgeva le labbra attorno alla cappella, alternando tra leggere suzioni e delicate spinte contro la fessura in cima alla punta.

«Resisti, capo,» ordinò Luke, non volendo che Simon venisse prima che lo scopasse.

I fianchi di Simon scattarono verso l'alto, forzando il suo uccello sempre più a fondo nella bocca di Luke. Dai rumori che stava facendo - ansimi boccheggianti e imploranti richieste roche - Luke sapeva che non sarebbe riuscito a trattenersi ancora per molto. Così, mosse la testa su e giù sul sesso del suo amante, con la lingua che ne seguiva la vena gonfia e la bocca che manteneva una suzione forte attorno alla durezza vellutata.

«Ora. Devo, ora!» esclamò Simon, attirando Luke contro di sé per venire.

Luke, però, si staccò di colpo e si ripulì la bocca. Gli

occhi di Simon si scurirono quando notarono quel movimento. Luke strisciò sul suo corpo, allungando una mano per prendere il lubrificante. Una veloce passata sul sesso lucido e turgido del suo compagno e Luke si lasciò scivolare su di esso troppo lentamente, tanto da essere una tortura per l'uomo sotto di lui.

«Lo sai che ti ucciderò per questo, vero?» biascicò Simon, il suo accento ancora più marcato mentre lottava per non perdere il controllo. Simon stava ondeggiando, piccoli movimenti dei fianchi che facevano sì che il suo sesso sfiorasse la prostata di Luke e quest'ultimo si morse il labbro così forte da farlo sanguinare.

«Vuoi venire, capo?» chiese Simon, così a bassa voce che Luke quasi non lo sentì.

«Sì, voglio venire ora.»

«Sicuro?»

Luke gli lanciò un'occhiataccia. «Voglio venire e, se non lo farai tu per me, lo farò da solo.» Iniziò a toccarsi, sentendo i muscoli stringersi attorno a Simon e i suoi testicoli cominciare a ritrarsi.

Simon gli allontanò bruscamente le mani e lo guardò in cagnesco. «Toccalo ancora e non ti lascerò venire per tutto il giorno.»

Luke inspirò. «E come mi fermerai?» chiese con aria di sufficienza, riportando la mano verso il proprio uccello.

Quella fu assolutamente una mossa del cazzo.

«Così.»

Prima che Luke potesse rispondere, stava fissando quasi istupidito un *cock ring* argentato chiuso attorno al suo pene. «Che cazzo è questo?»

Simon aveva l'aria troppo fottutamente compiaciuta. «I cattivi ragazzi vanno puniti.»

«È un cazzo di brutto film porno?» Luke era scioccato e l'anello era troppo stretto. «E ora cosa? Mi fai mettere sulle tue ginocchia e mi sculacci?» Colse il bagliore negli occhi di Simon. *Cazzo!* «Vuoi davvero sculacciarmi?»

Scuotendo il capo, Simon sollevò Luke dal proprio pene. Era così duro - e anche dolorante - ma Simon ignorò i propri bisogni e ribaltò le posizioni. Luke si trovò sdraiato sulle lenzuola scomposte, le sue gambe appoggiate alle spalle di Simon e il suo sesso intrappolato dolorosamente contro la sua pancia.

Gli occhi di Simon erano scuri e ardenti. «Ti sculaccerò un'altra volta e magari possiamo anche portare avanti quella piccola conversazione che abbiamo fatto a cena, ma per ora, sì, ti scoperò tanto da far uscire quell'incubo dalla mia testa e scolpirlo nel tuo culo.»

Luke ebbe solo un minuto per prendere fiato e poi le dita di Simon passarono sopra la sua apertura gonfia, prima di far scivolare nuovamente il sesso dentro di lui e iniziare a scoparlo e sbatterlo sul materasso. Le dita di Luke sprofondarono nei bicipiti di Simon. «Più forte. Scopami. Più forte.» Ogni parola era sottolineata da un'altra spinta, fino a quando Simon vacillò, perse il ritmo e venne dentro Luke.

Luke percepì Simon pulsare dentro di lui e urlò, bisognoso di un orgasmo, implorando, pregando e imprecando fino a quando Simon rilasciò l'anello. Ci fu un momento di *noncelafacciooddionehobisognoora* – i suoi testicoli erano così pieni – e poi ci fu l'orgasmo, benedetto, benedetto orgasmo. Luke venne così violentemente che il mondo attorno a lui si oscurò.

Quando tornò cosciente di ciò che lo circondava, Simon gli stava asciugando il viso con una salvietta fresca.

«Ehi,» gracchiò Luke, sussultando al suono della propria voce.

Gli occhi di Simon erano dolcissimi. «Sei tornato con me ora?»

«Non ne sono sicuro. Sono tornato?» Luke non era convinto che tutte le parti del suo corpo facessero rapporto nel modo giusto.

«Sei stato privo di sensi per un po',» gli rispose

Simon. «Non è mai successo per così tanto tempo.»

Luke si mise a sedere, un po' frastornato. «Mi hai scopato via pure il cervello. Cosa ti aspettavi?» Si appoggiò comodamente contro il corpo solido di Simon. «Che ore sono?»

Simon guardò l'orologio. «Quasi le sette,» rispose. «Vuoi dormire o fare colazione?»

«Dormire e colazione,» lo corresse Luke. «Dormiamo ancora per un paio d'ore e poi usciamo a prendere qualcosa da mangiare.»

«Ottimo piano.» Simon si sdraiò stringendo Luke a sé.

Luke lo seguì ben volentieri, accoccolandosi contro di lui e chiudendo gli occhi. Solo per un paio d'ore.

FORSE, alla fine, quel piano non aveva funzionato poi molto bene. Luke non aveva messo in conto quanto fossero stanchi. Lo stress e il duro lavoro degli ultimi mesi avevano pesato molto sui loro corpi e sulle loro anime e, ora che erano lontani dal ranch, ne stavano pagando le conseguenze.

Quando Luke si svegliò, Simon era ancora addormentato e russava delicatamente, sdraiato sulla schiena.

Luke guardò l'orologio e quasi gridò. Erano quasi le tre del pomeriggio.

«Cavolo.» Collassò di nuovo sul letto e sorrise. Questa? Questa era una vacanza che poteva piacergli. Simon, cibo, sesso e sonno. Non aveva bisogno di nient'altro.

«Ummm.» Simon si mosse, assonnato, mentre cercava Luke con gli occhi ancora chiusi.

«Buon pomeriggio,» Luke si chinò e lo baciò sulla tempia. «Ti senti meglio?»

«Ummm,» annuì. Simon rotolò fino ad accoccolarsi

contro Luke.

«Scusa, devo andare in bagno.» Luke diede un altro bacio sulla guancia del suo compagno e scivolò via dal suo abbraccio, sorridendo per la protesta soffocata.

Sussultando per il dolore provocatogli dai muscoli abusati, Luke si avviò verso il bagno. Espletò i suoi bisogni e si lavò i denti.

Simon stava sbattendo gli occhi guardando l'orologio quando Luke tornò in camera. Era seduto con le lenzuola adagiate attorno ai fianchi. Era da *mangiare* e Luke gli sarebbe saltato addosso se non avesse avuto così fame davvero.

«È un po' tardi, eh?»

Luke annuì. «Dio, ho bisogno di caffè.»

«Ma io ti ho portato il caffè,» sottolineò Simon.

Luke roteò gli occhi. «Nel pieno della notte e non era caffè. Era un miscuglio infernale di una qualche macchinetta disgustosa.»

«Faceva schifo,» concordò Simon, sbadigliando e sussultando mentre si grattava il petto. C'era una linea rossa che gli attraversava il pettorale e Luke si ricordava vagamente di averlo graffiato in un momento particolarmente intenso. Gli piaceva vedere i segni sul corpo di Simon.

«Usciamo da qui e troviamoci qualcosa da mangiare,» suggerì mentre frugava nel suo zaino in cerca di vestiti puliti.

Simon si trascinò fuori dal letto e si diresse verso il bagno. Luke fu momentaneamente distratto dal suo culo nudo prima di tornare a cercare i vestiti.

La testa di Simon sbucò dalla porta del bagno. «Vuoi *bagnarti* con me prima?»

Okay, Luke aveva fame e aveva disperatamente bisogno di caffè, ma se c'era qualcosa di più importante di quello, era una doccia con il suo cowboy nel tardo pomeriggio e, possibilmente, un pompino nel tardo pomeriggio.

LA GIORNATA era quasi finita quando Luke e Simon riemersero dal ristorante. Luke iniziava ad avere mal di testa e si massaggiò furtivamente le tempie mentre Simon pagava il conto. Si era dovuto allontanare con la scusa di dover prendere un po' d'aria fresca.

«Quanto è forte?» Simon gli era arrivato alle spalle senza che se ne accorgesse.

«Su una scala da uno a dieci, probabilmente sei,» ammise Luke, non cedendo all'impulso di appoggiare la testa alla spalla di Simon. Austin poteva anche essere una rilassata cittadina di college, ma era pur sempre in Texas.

«Ah-ha.» Simon gli lanciò uno sguardo accorto e Luke avrebbe ruotato gli occhi se non fosse stato che probabilmente avrebbe sentito ancora più dolore. «Vuoi tornare in camera?»

«Dio, no.» Luke si strofinò di nuovo le tempie. «Facciamo una camminata da qualche parte. Ho bisogno d'aria fresca.» Per quanto gli piacesse quella città, gli mancavano gli spazi aperti e il cielo blu di casa.

Simon insistette per comprare un paio di bottiglie d'acqua e un po' di Advil perché pensava che Luke fosse probabilmente disidratato e lo incoraggiò a bere. Trovarono una bella passeggiata a Town Lake che si snodava lentamente in percorsi tortuosi. Dopo un po', Luke dovette ammettere di sentirsi meglio e si sedettero a godere dell'aria della sera, abbastanza tiepida da non richiedere una giacca.

Si sdraiarono sull'erba, felici di stare seduti in silenzio un po', l'uno appoggiato all'altro, mentre guardavano le persone che facevano jogging e quelle che andavano in giro con i loro cani. Nessuno faceva attenzione ai due uomini se non per qualche strano sguardo di valutazione. Luke si ritrovò a rilassarsi mentalmente e fisicamente e si rese tristemente conto di non essersi sentito così da mesi. Era abituato a pensare al ranch come all'unico posto che avrebbe mai potuto chiamare *casa*, ma ora non ne era così sicuro.

«Ti senti meglio?» La voce bassa di Simon lo riscosse dalle sue elucubrazioni.

Luke si mise a sedere e si portò le ginocchia sotto al mento in modo da poterci appoggiare la fronte. «Sì, il mal di testa è quasi passato.»

«Mi vuoi dire cosa ti frulla per la testa?» Simon gli massaggiò delicatamente il collo. «Sta fermentando una tempesta qui.»

Luke esalò un sospiro e guardò Simon. «Stavo pensando a come casa non sa più di *casa*.»

Simon annuì. «Come immaginavo.»

«Non migliorerà, vero?» Luke lo guardò e, per la prima volta, notò che le linee attorno ai suoi occhi, inevitabile conseguenza del fatto che passava tutto il giorno sotto il sole a lavorare, si erano approfondite. C'era uno spruzzo di grigio nei suoi ricci scuri.

«Superiamo sempre le difficoltà, ma cazzo, Si, non si fermerà, vero? Tu, il ranch, la mandria, e poi cosa? Un giorno qualcuno finirà ammazzato o il ranch collasserà e sarà per causa nostra. Per ciò che siamo.»

«Stai dicendo che siamo responsabili di tutta la merda che c'è capitata addosso?» Simon lo stava guardando con attenzione e Luke ebbe la sensazione che, se non avesse iniziato questa conversazione, l'avrebbe fatto lui.

«Sto dicendo che non sono sicuro che il posto dove sono cresciuto possa essere ancora casa mia.» Luke si accigliò. «*Tu* cosa stai pensando?»

«Voglio stare con te,» rispose istantaneamente Simon e Luke sospirò di sollievo. «Non m'interessa dove, ma voglio stare con te. Comunque...» Fece una pausa e Luke si morse il labbro. «Continuiamo a dirlo, ma quanto possiamo resistere ancora? Qualche mese fa non pensavamo di poter vivere altrove, ma ora odio il fatto di svegliarmi e chiedermi cos'altro potrebbe andare storto.»

«Vuoi che ci trasferiamo da qualche altra parte? Pa' non ci colpevolizzerebbe se ce ne andassimo e ci supporterebbe se volessimo spostare il ranch da qualche altra parte.»

«Casa nostra è qui,» iniziò Simon, ma Luke si intromise prima che potesse continuare, scuotendo il capo con veemenza.

«*Tu* sei casa mia. Qualsiasi posto dove sei tu è dove voglio stare io. Sarei sconvolto se lasciassimo questo posto, ma solo perché degli stronzi bigotti ci hanno obbligato ad andarcene. «

Simon si sedette davanti a Luke e gli prese le mani. Luke s'irrigidì, ma non lo spinse via. Sospirò internamente. Non avrebbe avuto paura di toccare Simon quando erano al college.

«Voglio parlare a Greg e Ma' e agli uomini prima che prendiamo qualsiasi decisione. E voglio vedere di organizzare il programma con Lil. Se ce ne andiamo, lasceremo il ranch nel miglior stato possibile.»

I pollici di Simon si mossero sui palmi di Luke, distraendolo da ciò che stava dicendo.

Si alzò e si strofinò il sedere. «Adunata quando torniamo a casa. Giusto. Ora alza il tuo culo pigro e vieni con me.»

«Dove andiamo?» chiese Simon, alzandosi obbedientemente e ripulendosi l'erba dai pantaloni.

«Andiamo in un club dove posso metterti le mani addosso e possiamo ballare e sudare insieme senza essere picchiati. Non voglio pensare al ranch stanotte.»

Simon fece un passo verso di lui e gli diede un bacio leggero strofinandosi contro le sue labbra. «Mi piace come piano. Dove andiamo?»

«Chiediamo all'hotel. Sono sicuro che il ragazzo al tavolo della reception sia un finocchio.»

«Vuoi dire quello che ha una cotta per te?» Simon sorrise.

«Se intendi quello che è sempre molto gentile quando gli faccio una domanda, sì, quello.»

«Viene nei pantaloni ogni volta che gli sorridi,» sottolineò Simon.

Luke non poteva negarlo. Il ragazzo s'inciampava nella lingua ogni volta che vedeva Luke. «Ha solo buongusto. Tutto qui.»

Simon gli si avvicinò un po' di più. «Questo è certo, ma quello che è buono per uno potrebbe essere considerato buono per un altro. Puoi sorridere, ma nessun altro può accarezzare la merce tranne me.»

Al pensiero di Simon che gli accarezzava la *merce*, il sesso di Luke fece un sussulto d'apprezzamento. Sorrise. Il suo uccello era così prevedibile. Cazzo pavloviano, ogni volta.

Il sussurro nel suo orecchio non fu d'aiuto. «Ce l'hai già duro?»

«Ci sto arrivando,» ammise Luke. «Mi porti da qualche parte così possiamo gestire la cosa?»

«Nemmeno per sogno,» dichiarò Simon, «ora mi porti a ballare, ricordi?»

Luke alzò lo sguardo e si leccò lentamente e deliberatamente le labbra. E allora? Conosceva i punti deboli di Simon così come Simon conosceva i suoi. Infatti, Simon prese un respiro intenso.

«Il mio grosso e forte cowboy non può fare tutte e due le cose?» chiese Luke, sbattendo le palpebre senza vergogna.

La mano di Simon gli sfiorò l'inguine. «Pioggia dorata *ed* esibizionismo? C'è qualche altra perversione che vorresti condividere con me durante questa vacanza?»

«Possiamo iniziare da queste e lavorare sulla lista man mano procediamo?»

La voce di Simon era roca e sincera. «Puoi fare tutto

quello che vuoi e non solo durante questa vacanza.»

Non importava che fosse un luogo pubblico. Luke aveva bisogno di baciarlo *ora*, cazzo! Spinse Simon contro un albero lo baciò finché rimasero entrambi senza fiato e le loro labbra divennero rosse e gonfie.

«Meglio cominciare, allora.»

CAPITOLO
DICIOTTO

COME previsto, il ragazzo alla reception sapeva esattamente cosa suggerire loro per la serata e fece l'occhiolino a Luke scoccandogli uno sguardo malizioso.

Simon aveva riso nel vedere gli occhi del ragazzo uscirgli quasi dalle orbite quando Luke gli si era avvicinato. Doveva ammettere che entrambi vestivano un paio di pantaloni e camicie decenti, quindi forse non erano male da vedere. Simon aveva già mostrato a Luke cosa ne pensasse del suo culo fasciato da quei jeans e Luke sussultò al pensiero di come Simon avesse espresso il suo apprezzamento.

Il club non era solo pieno di ragazzi con magliette strette e jeans ancora più stretti, c'erano anche travestiti e lesbiche e gruppi di ragazze eterosessuali che volevano divertirsi a ballare e ubriacarsi prima di andare altrove.

Luke si sentiva rilassato. A nessuno importava che avesse passato la sera schiacciato contro il corpo caldo di Simon, avvolto tra le sue lunghe braccia, bevendo birra e ballando musica scadente anni settanta e ottanta. A nessuno interessava che a un certo punto Luke avesse trascinato Simon nei bagni, gli avesse aperto pantaloni, tirato fuori l'uccello e gliel'avesse succhiato. Nessuno tranne Simon, che faceva gemiti d'incoraggiamento mentre Luke muoveva la testa su e giù sulla sua asta. I suoni s'intensificarono quando Luke mugolò attorno al suo membro e Simon si svuotò nella sua gola.

Barcollarono fuori dal bagno, Simon insicuro sulle gambe e Luke con un'erezione abbastanza potente da poterla picchiare su una roccia, visto che il suo compagno gli aveva proibito di venire fino a quando non gli avesse dato il permesso. Simon gli passò un'altra birra, ignorando lo sguardo implorante sul viso di Luke e lo trascinò in un angolo del club. Vennero fermati da un giovane che fece chiaramente capire di essere interessato a una cosa a tre. Si tirò indietro quando Luke declinò *gentilmente*. Almeno pensava d'essere stato gentile. Dall'espressione sul viso del ragazzo era invece chiaro che pensasse che Luke gli avrebbe tirato fuori le interiora dal naso.

«Non spaventare i bambini,» lo rimproverò Simon mentre conduceva entrambi oltre il ragazzo impaurito.

Luke lo guardò torvo. «Sono stato gentile.»

«Nel modo più magnanimo possibile,» concordò Simon. «Non l'hai ucciso questa volta.»

Mordendosi il labbro, Luke chiese: «Ti dà fastidio?»

«Cosa mi dà fastidio?»

«Che non giochiamo con altri?» Luke ci aveva pensato in passato, ma ogni volta il solo pensiero delle mani di qualcun altro o dei segni di qualcun altro sulla bellissima pelle di Simon lo rendeva furioso. Era davvero un maniaco possessivo.

Simon smise di camminare e si voltò a guardare Luke. «Se ti dicessi di sì, ti darebbe fastidio?»

«No,» mentì Luke e lo stomaco gli si scombussolò.

«Bugiardo.» Simon lo baciò sulla bocca e continuò a camminare verso l'angolo del club. «Ti dà fastidio, *boss*, e se dà fastidio a te, non succederà mai. E poi posso ancora *guardare*.»

Luke s'irrigidì sotto la sua mano. Provò a non farlo, ma non riuscì a trattenersi. Sentì la risatina compiaciuta nell'orecchio e colpì Simon nelle costole con il gomito. Ci fu un soddisfacente «*Oof!*»

Si sdraiarono su uno dei soffici divani, Luke nascosto contro il petto accogliente di Simon mentre guardavano il resto del club in azione.

«Dovremmo farlo più spesso,» disse Simon, voltando il capo di Luke per baciarlo sulla bocca.

«Fare cosa? Stare seduti sul divano? Lo facciamo a casa.»

«Intendo andare nei pub, stupido. Siamo ragazzi gay che non si mischiano mai ad altri gay. Per niente.»

«Il club più vicino è a cinque ore d'auto,» puntualizzò Luke. «Torneremmo a casa quando è ora di alzarsi per lavorare.»

Il sospiro di Simon fu pesante nei suoi capelli. «Lo so, ma una volta ogni tanto sarebbe bello essere noi stessi.»

Luke ci pensò. Non c'era motivo perché non potessero andare via più spesso. Avevano abbastanza dipendenti da coprire la routine mattutina. Non c'era ragione perché non potessero farlo una volta ogni tanto. «Hai ragione, Si. Ne abbiamo bisogno. Dobbiamo solo deciderci a farlo.»

«Lo faremo,» promise Simon e si voltò con il viso verso Luke, togliendogli la birra dalla mano e sistemandola sul tavolino vicino. Un attimo dopo, Luke si ritrovò in braccio a Simon, che lo stava baciando intensamente, e tutti i pensieri razionali volarono via.

Simon non si stava trattenendo. Stava facendo l'amore con Luke davanti a tutto il club: dolci, teneri e prolungati preliminari senza togliere nemmeno un vestito. Il sesso di Luke stava praticamente cercando di perforargli i jeans, ma Simon continuava a rifiutarsi di toccarlo.

La mano di Luke scivolò disperatamente verso il basso, ma il suo compagno gliela scostò con un movimento brusco, ignorando la sua protesta secca.

«Le tue mani su di me. Ora.»

Cazzo! Okay, poteva farcela. Le mani di Luke s'infilarono sotto la maglietta di Simon, scivolando verso l'alto perché i suoi pollici potessero passare sopra i capezzoli. Simon gemette e morse il lobo dell'orecchio di Luke.

«Siamo in pubblico. Ti prenderò davanti a tutti questi ragazzi se è quello che vuoi, *baby*.» Leccò le labbra di Luke, mormorando le parole come se facesse le fusa nella sua bocca.

Luke si avvicinò così tanto che c'era poco più di un soffio di distanza tra i loro volti. «Quello che voglio, *baby*, è che mi porti in un posto più tranquillo, mi apri i pantaloni e mi succhi il cazzo fino a farmi venire. Poi mi leccherai il culo finché non urlerò e potrai infilare il tuo uccello nel mio buco stretto e gonfio.»

Simon rabbrividì sotto di lui, un brivido che gli percorse tutto il corpo e che terminò con una spinta dei fianchi che fece gemere entrambi. Luke era sul punto di mandare a fare in culo la pubblica decenza e implorare Simon di prenderlo lì e in quel momento, quando sentì un gridolino che gli smorzò subito l'entusiasmo.

«Oh, mio Dio! I miei due clienti preferiti.»

Rafe li stava guardando radioso, sorridendo da un orecchio all'altro.

«Ehi, Rafe,» lo salutò Luke, asciutto, «è un piacere vederti qui.» Cercò di non guardare male lo sventurato cameriere che l'aveva bloccato sul più bello, ma non era sicuro di esserci riuscito.

«Scommetto che è stato Kyle a mandarvi qui.»

Luke aggrottò le sopracciglia. «Chi è Kyle?»

«Lavora in uno degli hotel. Basso, capelli rossi, molto gay. Tu sei proprio il suo tipo,» spiegò Rafe mentre guardava entrambi con apprezzamento.

Luke sorrise, lanciando un'occhiata a Simon, che ricambiò il sorriso e gli posò un bacio sulle labbra. «Sì, è stato lui.»

Rafe batté le mani. «Devo ringraziarlo la prossima volta che lo vedo.» Si leccò maliziosamente le labbra ed entrambi gli uomini risero. Luke non riusciva a restare a lungo seccato con lui. Aprì la bocca per offrirgli da bere quando un uomo alto, no *enorme*, si appoggiò a Rafe da dietro e gli passò un braccio attorno al petto con atteggiamento possessivo. Prima d'incontrare Simon, quell'uomo avrebbe risvegliato l'interesse di Luke: muscoloso, testa rasata e tatuaggi che gli riempivano entrambe le braccia.

«Con chi stai parlando?» chiese l'uomo, sospettoso.

Rafe ruotò gli occhi guardando Simon. «Non sei l'unico che ha a che fare con un mostro dagli occhi verdi.»

Simon rise e attirò Luke contro di sé. L'uomo, presumibilmente il ragazzo di Rafe, si rilassò un po'.

«Sono i due di cui ti parlavo, *baby*,» rispose Rafe con un sospiro, «i cowboy carini di ieri sera. Li ha mandati qui Kyle.»

Luke tese la mano allo sconosciuto. «Luke. E questo è il mio compagno, Simon.»

L'uomo gli strinse la mano. «Paul. Piacere di conoscervi. Visto il modo in cui Rafe ha parlato di voi, sembrava che non avesse mai visto un cowboy prima.»

Rafe colpì Paul alle costole, ignorando il suo ringhio di protesta. «Ho solo detto che non ho mai visto una coppia così bella. Poi tu sei diventato geloso e mi hai scopato fino a farmi svenire.»

Fu il turno di Luke di ridere. Era impossibile resistere a Rafe e, ora che sapeva che Paul era geloso tanto quanto lui, non c'era bisogno di preoccuparsi... finché Simon gli restava vicino.

Sorprendendolo, Simon sollevò Luke da sé e fece alzare entrambi.

«È bello rivederti, Rafe, e piacere di conoscerti, Paul.» Fece un cenno a entrambi. «Scusateci. Luke sta aspettando da molto e penso che meriti una ricompensa.» Puntualizzò la frase con una sculacciata intensa sul culo del suo compagno.

Luke l'avrebbe ucciso... dopo essersi fatto scopare.

Rafe rilasciò un fischio lungo e basso e si fece da parte in modo che potessero andare. «Vai, tigre.» Attirò

Luke in un abbraccio, strofinandogli le labbra in un bacio leggero. Luke si lasciò abbracciare e poi fece un passo indietro, permettendo a Rafe di salutare Simon. Solo che questa volta Rafe non si trattenne. Abbracciò con forza Simon e lo baciò sulla bocca in un modo che non era *per niente* casto. Simon non ebbe il tempo di opporre resistenza.

Luke si trattenne dal reagire facendo ricorso a tutta la forza di volontà che aveva, con le unghie sprofondate dolorosamente nei palmi. Sentì un tocco sul braccio e sollevò gli occhi, vedendo Paul che lo osserva con uno sguardo divertito sul viso.

«Sta solo cercando di farci arrabbiare. Lo sai, vero?»

Luke esalò in modo brusco, annuendo verso i due uomini, sempre a labbra serrate. «Lo so, ma non è facile da guardare. Non sono abituato alle persone così espansive attorno a noi. La maggior parte dei cowboy morirebbe piuttosto che ammettere che gli piace il cazzo. Oltretutto, come Simon ha detto, posso essere leggermente possessivo.»

«Lo capisco.» Paul chinò il capo e sorrise a Luke. «Vuoi dare al tuo uomo qualcosa su cui riflettere?»

Luke lo prese in considerazione. Paul era attraente e rappresentava tutto ciò che avrebbe voluto prima di incontrare Simon, ma no, non lo fece. C'era un unico uomo che voleva baciare. Scosse la testa con rammarico e tirò la maglietta di Simon.

«Dai, ragazzone. Hai parlato di ricompensa?»

Simon si stava staccando da Rafe quando Paul fece un passo in avanti e abbracciò comunque Luke.

«Torna quando vuoi, Luke. Ci farebbe piacere rivedervi ancora.»

Fu il turno di Simon di staccare Luke da un altro, poi entrambi si avviarono verso l'uscita. Al bar videro Kyle parlare con un ragazzo alto vestito con i jeans e la maglietta stretta. I suoi occhi s'illuminarono quando si posarono su

Luke. Ondeggiò una bottiglia verso di loro, facendo spallucce con aria un po' triste quando scossero il capo.

Luke ne aveva avuto abbastanza per quella notte. Uscì dal club, respirando con piacere l'aria della notte. Il che gli ricordò... Fece qualche passo per allontanarsi dal pub e trovò ciò di cui aveva bisogno. Entrò nel vicolo e sbatté Simon contro il muro.

Simon fece un suono sorpreso e confuso quando si sentì afferrare lo scalpo da Luke, che lo baciò con forza. Luke non perse tempo, la sua lingua leccava le labbra e i denti del suo amante, esplorava la sua bocca determinato a cancellare ogni traccia di Rafe. Non si fermò fino a quando Simon fu senza fiato e furono entrambi in piena erezione di nuovo.

«Ti senti meglio ora?» ansimò Simon quando finalmente Luke lo lasciò andare.

«Mi sentirò meglio,» ringhiò Luke, «quando avrai il mio cazzo in bocca.» Sì, forse aveva un *kink* per l'esibizionismo e di certo non avrebbe lasciato che Simon si ricordasse la sensazione di avere avuto tra le braccia quel ragazzo. «Ho aspettato anche troppo.» Senza cerimonie, spinse Simon in ginocchio e gli mise l'inguine in faccia.

Simon tenne fermi i suoi fianchi per un attimo. «Stai diventando un po' prepotente per essere un passivo, sai?»

Luke abbassò lo sguardo verso di lui; nell'oscurità solo un barlume di luce proveniva da un lampione e illuminava il profilo degli zigomi di Simon. «Ti prego,» chiese dolcemente, lasciandogli il controllo.

«Sì,» rispose Simon altrettanto dolcemente e le sue dita cominciarono ad aprire i bottoni. Ne sbottonò uno dopo l'altro e fece passare la mano attorno al sesso di Luke. La sua mano era grande e calda e Luke non poté trattenersi dallo spingersi contro di essa, ma essendo impossibilitato a muoversi troppo, non riuscì a trattenersi dal mugolare per la frustrazione.

Era una notte tiepida quindi non sentì freddo

quando Simon spinse i suoi jeans verso il basso, attorno alle ginocchia, per avere un accesso migliore alla sua erezione. Gli succhiò piano la punta, ritraendosi per soffiargli sopra. Luke rabbrividì e sprofondò le dita nelle spalle di Simon.

«Non giocare, Si. È tutta la sera che aspetto.»

«Pazienza.»

Luke ringhiò e gli tirò i capelli. «Sono stato fottutamente paziente. Ora succhiamelo,» ordinò.

«Come desideri.» Ci fu un altro soffio caldo sopra il suo sesso.

«Tu non sei Westley e di certo io non sono Bottondoro.»[3]

«E di questo,» Simon leccò dalla base alla punta, «ne sono dannatamente grato perché,» diede un morso leggero alla vena gonfia, «io non,» tormentò il fascio di nervi che si trovava sotto la cappella con la punta della lingua, «mi scopo le donne.»

«E di questo... ah, Si.» Luke si arrese e inarcò la schiena, spingendo ancora di più la propria asta nella bocca vogliosa di Simon.

Simon infilò le mani fra le gambe di Luke e gli prese i testicoli, facendoli ruotare tra le dita. L'altra mano risalì alla bocca del suo uomo.

«Succhiale,» lo istruì.

Luke fece come gli era stato detto, succhiando a fondo due dita per inumidirle bene mentre la sua lingua imitava il movimento circolare di quella di Simon. Per poco non venne quando Simon gli succhiò le palle, prima una e poi l'altra.

---

[3]   Protagonisti del film «La storia fantastica». È una presa in giro al «come desideri» quasi principesco di Simon. [N.d.T.]

Era una sensazione troppo forte. Quella bocca umida attorno al suo cazzo, la mano che gli toccava i testicoli e le dita che spingevano piano contro la sua apertura. Luke non sapeva contro cosa spingersi, non sapeva nemmeno dove avesse bisogno di una sensazione più forte.

«Cosa vuoi, Luke?»

«Ho bisogno di te, di più.»

Simon scivolò lungo la sua asta, prendendola fino in gola. Le sue dita entrarono in Luke e questi si ritrovò a sollevarsi sulle punte, volendo scappare via e, contemporaneamente, volendo sprofondare sopra di esse e nella bocca di Simon. Bocca che lavorava con forza. La suzione era talmente intensa che i testicoli di Luke si ritrassero tanto da fargli sentire il bisogno di urlare.

Riusciva a sentire i suoni della strada fuori dal vicolo, il sospiro di Simon attorno a lui e i gemiti che cercava con forza di sopprimere. La mano sinistra del suo amante aveva lasciato i suoi testicoli e aveva afferrato la carne delicata della sua natica, attirandolo più vicino.

Luke si mosse in avanti, spingendo il sesso ancora più giù nella gola di Simon, mentre le sue palle si vuotavano in pulsazioni intense. Simon ingoiò tutto, senza lasciar andare Luke finché l'orgasmo non scemò. Dopodiché lasciò scivolare il sesso del suo compagno fuori dalla bocca e premette la guancia contro di esso. Passarono diversi minuti prima che Luke trovasse la forza per rivestirsi e Simon quella per alzarsi.

Si avviarono verso l'hotel con le spalle che si sfioravano e intrecciarono le dita quando pensarono che fosse sicuro. Luke guardò verso il suo amante mentre entravano in albergo e Simon ricambiò con una tenerezza tale da fargli palpitare il cuore. Per la prima volta, Luke seppe che non avrebbe mai dovuto essere geloso di nessun altro uomo. Non ci sarebbe mai stato un Rafe o un Kyle per Simon. Ci sarebbe sempre solo stato Luke.

CAPITOLO
DICIANNOVE

TORNARONO al Lost Cow il venerdì sera, troppo stanchi per fare altro che non fosse collassare sul letto, darsi un rapido bacio e addormentarsi in pochi secondi, la testa di Simon sul petto di Luke.

La mattina arrivò troppo presto e la sveglia interruppe i sogni di Luke. Si svegliò con un rossore sulle guance e si rese conto esattamente di cosa stesse sognando, anche se dopo la loro vacanza non era sicuro che ci potesse essere niente da sognare che potesse farlo imbarazzare ancora.

«Mmmm.» Simon si voltò verso di lui e lo baciò con gli occhi non ancora aperti del tutto.

«'Giorno,» gemette Luke nella sua bocca e poi sospirò. «Vado a preparare il caffè. Chuck sarà qui fra poco.»

Chuck doveva passare per far loro un rapporto sugli ultimi giorni. Avevano avuto una breve conversazione durante il viaggio di ritorno, felici di sentire che non era successo niente che andasse oltre che la normale routine. Non si aspettavano niente di diverso quella mattina, ma era importante aggiornarsi.

«Caffè buono,» concordò Simon, mugugnando qualcosa di incoerente sotto le coperte. «Bisogno di caffè.»

Luke rise e rotolò fuori dal letto. «Riprenditi, cowboy, mentre lo preparo e mi faccio una doccia. Siamo tornati alla vita reale, ora.»

Non riuscì a sentire la risposta di Simon, ma era abbastanza sicuro che fosse qualcosa che non avrebbe detto davanti a sua mamma.

Simon riuscì a fare la sua comparsa in cucina solo quasi mezz'ora dopo, con i capelli bagnati e scomposti e ancora mezzo addormentato. Luke e Chuck interruppero la loro conversazione per voltarsi a guardarlo.

Chuck si bloccò mentre prendeva un sorso di caffè. «Buon pomeriggio,» salutò il nuovo arrivato.

Simon grugnì e si sedette al tavolo. Luke gliene versò un'altra tazza e gliela passò. Lui la bevve e la riappoggiò perché gli venisse nuovamente riempita.

Chuck sollevò le sopracciglia e guardò Luke. «Giorni duri?»

Luke sorrise. «Penso di averlo sfinito,» disse, soddisfacendo la richiesta silenziosa di caffè del suo uomo.

Quando furono tutti riforniti di caffeina, Chuck iniziò il rapporto. Era stato tutto molto tranquillo e Luke si chiese cinicamente se non fosse stato perché i *finocchi* erano fuori città.

C'erano alcuni dettagli di routine da sistemare. Il secondo taglio del fieno si stava avvicinando e dovevano sistemare il tutto per accogliere i lavoratori extra. I pezzi di recinzione che non erano stati sostituiti a causa degli atti vandalici dovevano essere controllati per l'inverno e un paio di furgoni avevano bisogno di essere riparati e questo andava aldilà delle abilità di Chuck e Pete.

«Ma' avrà bisogno di uno dei camioncini per qualche giorno questa settimana,» disse Chuck. «Il suo è di nuovo dal meccanico.»

«Dovrebbe vendere quel rottame,» mormorò Luke e gli altri due concordarono.

Infine Simon parlò per la prima volta. «Abbiamo tutti bisogno dei furgoni per il taglio del fieno. Ce la faranno a sopravvivere per un altro paio di settimane?»

«Forse, ma se Ma' ne prende uno, siamo carenti.»

«Jack e Sammy ci lasceranno usare il loro e lo faranno anche alcuni altri. Saremo a posto,» disse Chuck.

«Lo sceriffo si è fatto sentire?» chiese Simon mentre si versava una terza tazza. Non avevano ancora trovato i colpevoli dell'avvelenamento del bestiame, ma l'atteggiamento dello sceriffo era cambiato dal giorno dell'incidente. Era ovvio che, questa volta, stesse almeno facendo uno sforzo per prendere i responsabili.

Chuck scosse il capo. «Non da quando ve ne siete andati, anche se probabilmente chiamerebbe il Capo piuttosto che me.»

Era vero. Luke si fece l'appunto mentale di chiamare suo padre dopo l'incontro.

«C'è un'altra cosa che dovreste sapere.» Chuck si passò una mano sulla fronte, un chiaro segno che non fosse felice di parlarne.

Luke si scambiò uno sguardo con Simon. «Cosa?»

«Tommy. Sta parlando di trasferirsi dall'altra parte dello Stato per evitare guai.»

«Non me l'aspettavo. Non ha mai detto niente prima,» disse Simon, scioccato proprio come Luke.

Chuck si agitò sulla sedia. «Penso che sua mamma e suo papà lo stiano mettendo sotto pressione per farlo allontanare da qui in modo che possa tornare in chiesa. Sono molto legati al Pastore Jackson.»

«È difficile che torni in chiesa se si sposta dall'altra parte del Texas,» fece notare Simon.

«Penso che sia quello il punto,» disse Luke succintamente. Entrambi gli uomini si voltarono a guardarlo. Lui cercò di mantenere l'espressione il più neutrale possibile. Per quanto ne sapeva, nessuno di loro era a conoscenza del fatto che Tommy fosse gay.

Simon aggrottò le sopracciglia. «Cosa intendi dire?»

«Se lascia il Lost Cow, fa felici i suoi genitori, e se lascia la zona, non deve tornare alla cappella.»

Chuck grugnì. «Se se ne va, perdiamo un buon lavoratore. Spero che aspetti fino che abbiamo finito con il fieno.»

«Potresti parlargli, capo. Magari fargli cambiare idea,» suggerì Simon, guardando Luke.

Lui scosse il capo. «Non penso. È una sua scelta.»

«Ma...»

Luke interruppe Simon prima che potesse discutere. «Non posso obbligarlo a restare, Si. È sconvolto da tutto quello che è successo qui. Potrebbe essere una buona idea trovarsi un posto da qualche altra parte.»

Con gli occhi socchiusi, Simon lo fissò come se fosse consapevole che Luke si stesse trattenendo. Luke rifiutò di incontrare il suo sguardo. Faceva pena nel nascondergli le cose.

«Gli parlerò ma non cercherò di fargli cambiare idea,» disse finalmente.

«Per me è abbastanza,» replicò Chuck. «So che ha molto a cuore voi e il ranch. Voglio solo essere sicuro che lo stia facendo per la ragione giusta.» Spinse indietro la sedia e si alzò. «Vi lascio finire il vostro incontro.»

«Faremo in fretta,» gli disse Simon e, dal suo cipiglio, Luke sapeva che non avrebbe ricevuto il suo rapporto mattutino preferito. Simon aveva qualcos'altro da dire e non sarebbe stato contento finché non l'avesse fatto.

Chuck se ne andò, fischiettando un'aria che solo lui poteva riconoscere e i due uomini restarono soli.

Luke attese e Simon non lo deluse. Si sedette all'indietro sulla sedia e allungò i piedi davanti a sé.

«Vuoi dirmi che cosa significava?» chiese Simon, con tono apparentemente lieve.

«Cosa intendi dire?» Luke poteva fingere di non capire per un po'.

«Non sembri sorpreso della decisione di Tommy.»

Luke fece spallucce. «Gliene fai una colpa? In questo modo se ne andrà da qui, dalla chiesa *e* da sua mamma. Io coglierei l'occasione. Tu no?»

«Non se significa lasciare una fattoria e un lavoro che amo e persone alle quali tengo.» Simon tamburellò con le dita sul tavolo. «Cosa non mi stai dicendo? Sta succedendo qualcosa con Tommy?»

Mordicchiandosi l'unghia del pollice, Luke dovette prendere una rapida decisione. «Ascolta, non te l'ho detto perché Tommy mi ha chiesto di non farlo, okay? Non lo sa nemmeno Pa'.»

Simon fece un piccolo cenno con il capo. «Vai avanti.»

«Tommy è gay. Ma non apertamente. Non sono nemmeno sicuro che sia mai stato con qualcuno. Non può dirlo ai suoi genitori ed è pietrificato dal terrore che possano scoprirlo. Mi ha chiesto di non dirlo a nessuno e ho mantenuto la promessa.»

«Okay.» Simon non sembrava particolarmente sorpreso dalla rivelazione o turbato perché Luke gli aveva nascosto quell'informazione. «Presumo che trasferirsi sia una buona mossa, se non altro per dargli la possibilità di provare.»

Luke aggottò le sopracciglia. «Non sembri sorpreso. Perché non sei sorpreso?»

Simon fece un lungo e pigro sorriso. «Sei così cieco, Luke. Non hai mai notato il modo in cui ti guarda?»

«No. Cosa?» Luke non aveva idea di cosa stesse parlando. «Che modo? Non mi guarda.»

Ridendo piano, Simon si alzò e lo raggiunse, per baciarlo. «Non ne hai idea. Ti sconvolgi tanto quando qualcuno mi guarda di sfuggita, ma quando qualcuno guarda te, tu non lo vedi, vero?»

Luke era confuso e si vedeva. Conosceva Tommy da quando erano ragazzini. Avevano lavorato insieme al Lost Cow negli ultimi cinque anni e non c'era mai stato un accenno al fatto che al ragazzo piacesse Luke. Tommy gli aveva solo detto di essere gay perché l'aveva trovato ubriaco e sul punto di fare qualcosa di molto stupido. Era stata una lunga notte di chiacchiere incoerenti davanti a una caffettiera e poi il ragazzo aveva finalmente ammesso quale fosse il problema.

Si arruffò i capelli ancora umidi dopo la doccia. «Da quanto lo sai?»

Simon ruotò gli occhi e si sedette di nuovo. «Da quando sono arrivato, idiota. Non m'importa solamente perché tu guardi solo me. Tommy è un bravo ragazzo e sarebbe bello che trovasse qualcuno che ricambi il suo amore.»

«Cazzo.» Luke sbuffò e picchiò la testa sul tavolo. «Sono un idiota.»

Simon ridacchiò piano. «Certo che lo sei, *boss*, ma ti amo lo stesso.»

«Bastardo,» borbottò Luke contro il tavolo e poi si rimise seduto. Aveva bisogno di questa notizia come di un buco in testa. Cosa avrebbe detto a Tommy?

«Ti ha voluto per anni, Luke,» disse Simon leggendogli il pensiero. «Non farà differenza ora. Parlagli del fatto che se ne vuole andare e lasciagli pensare che sei ancora inconsapevole di ciò che prova per te.»

Luke si morse il labbro e tese la sua mano a Simon, intrecciando le dita con le sue. «Sei fantastico. Penso che tu sia fantastico.»

«Hai dannatamente ragione, boss.» Simon gli baciò le nocche. «Ora usciamo da qui e portiamo avanti il ranch.»

«No no.» Luke scosse il capo. «Prima la colazione.»

Lo stomaco di Simon brontolò. «Tu cucini. Io pulisco.»

«Affare fatto.» Luke poteva farcela.

LUKE ebbe poco tempo per parlare con Tommy durante il weekend. Lil doveva presentarsi il lunedì per riprendere la discussione sui loro piani d'espansione e questa volta Luke sperava davvero di potersi concentrare sugli affari e non sulle abitudini degli stronzi di città. Comunque, non era convinto che il Lost Cow potesse supportare il programma di allevamento dopo i costi extra dell'ultimo paio di mesi. Avevano speso una fortuna per riparare il recinto e per le spese veterinarie, senza considerare i costi dell'avvocato.

Passò il sabato studiando i conti con suo padre e Simon. Il ranch stava andando bene e c'erano stati dei buoni profitti prima dell'estate. Avendo dovuto assumere lavoratori extra, la cosa aveva influito sui guadagni, ma l'espansione era ancora finanziariamente fattibile. Il fatto era: volevano ancora procedere?

I tre uomini erano accasciati sulle loro sedie, con gli occhi stanchi e irritati dopo ore di ragionamenti e discussioni. Simon aveva versato per tutti un bicchiere di whisky per lenire le loro corde vocali.

Greg aveva l'aria stanca e Luke dovette riconoscere che ultimamente lo sembrava davvero molto. Gli ricordava il periodo precedente all'angioplastica che aveva subito quando Luke era un adolescente. L'ultima cosa di cui aveva bisogno Greg era altro stress. Forse sarebbe stato meglio anche lui senza l'ansia aggiuntiva del Lost Cow. Fece uno sbuffò tra sé e sé. Come se suo padre l'avrebbe mai ammesso!

«Ti dispiace condividere?» chiese Simon, interrompendo le sue riflessioni.

Luke scosse il capo. «Non sono pensieri che vuoi davvero sentire,» ammise.

Greg lo guardò duramente. «Penso che dovremmo esserne a conoscenza se t'infastidiscono tanto.»

Guardandolo con aria dubbiosa, Luke disse: «Okay.» Fece una pausa mentre li formulava in testa. I due uomini non lo pressarono, restarono solo seduti ad aspettare che parlasse.

Alla fine, Luke disse. «Non penso che né io né Simon possiamo negare di aver entrambi considerato l'idea di lasciare il ranch nell'ultimo paio di mesi.» Guardò il suo amante, che annuì. Il passaggio successivo sarebbe stato più difficile. Suo papà non sarebbe stato entusiasta che gli si ricordasse la sua debolezza. «Forse dovresti pensare di vendere il ranch.»

Gli occhi di Greg si sgranarono e l'uomo arrossì. Luke si preparò per la sua rabbia, ma non arrivò. Invece, la sua risposta fu quasi leggera.

«Non posso negare che quest'estate abbia segnato tutti ma no, perché dovrei volerlo fare?»

Luke lo guardò con aria sospettosa. «Ma tu,» fece una pausa, «non sembri stare molto bene.»

«Sono malato da un po', Luke. Solo che non l'hai notato,» scattò Greg, ma vista l'espressione mortificata di Luke, si affrettò ad aggiungere: «Io e Ma' non te l'abbiamo detto deliberatamente. Pensavamo fosse meglio così finché non fosse divenuto necessario.»

Luke sentì il suo viso diventare rosso e la rabbia per l'essere stato ingannato dai suoi genitori gli montò nelle vene. Aprì la bocca per dire a suo padre esattamente quello che pensava quando sentì la mano di Simon prendere la sua e stringerla delicatamente. Quando alzò lo sguardo, gli occhi del suo compagno lo stavano pregando di non fare una scenata.

«Cosa c'è che non va?» chiese Simon, con il pollice che tracciava dei cerchi sul palmo di Luke.

Greg sbuffò un po' prima di parlare. «Le mie arterie sono otturate. Avrò bisogno di un triplo bypass fra non molto.»

«E non pensavi che fosse necessario dirmelo?» chiese Luke gelido. «L'hai detto a Liam o Lisa?»

L'espressione di Greg mostrava chiaramente che avrebbe preferito che questa conversazione non fosse mai iniziata. «Non ancora. Ve l'avremmo detto quando fosse stata stabilita la data dell'intervento.»

«Se non fosse che l'idiota continua a rimandare.»

Tutti alzarono lo sguardo e videro Ma' sulla soglia. Era arrivata di nuovo senza essere notata.

«Ha bisogno che venga fatto subito, ma tuo papà

non vuole lasciarvi a corto di uomini.»

Luke si voltò verso suo padre. «Non ti fidi di me... noi,» disse con un sorriso a Simon, «riguardo al portare avanti il ranch?»

«Certo che sì, ma con tutti i problemi...»

«Chiaramente no o non avresti giocato alla roulette russa con il tuo cuore.»

Greg picchiò il pugno sul tavolo. «Voi due siete i migliori dannati manager e caporanch che il Lost Cow possa avere. Il ranch non avrebbe mai potuto espandersi prima che voi due cominciaste a lavorarci. Avevo solo paura che ve lo dimenticaste e scappaste per andare a vivere in qualche dannata città!» gridò loro. «Non voglio girare la schiena e vedere che vi arrendete ora.» Si sedette di nuovo, respirando a fatica e il colore s'intensificò sulle sue guance. Afferrando la bottiglia di whisky, Greg si versò un altro bicchiere e lo ingurgitò, ignorando il suono di disapprovazione di Pamela. «Non puoi lasciarli vincere, Luke. Tu sei un combattente, non uno che si arrende.»

Luke lo guardò per un lungo momento e poi spostò lo sguardo su Simon che chinò il capo in segno di assenso.

«Non parleremo di vendere se tu farai l'operazione.»

Greg aprì la bocca per protestare, ma Luke alzò la mano. «Nessuna discussione, nessuna negoziazione. Io e Simon terremo il ranch e affronteremo qualsiasi cosa quegli stronzi - scusa, Ma' - ci faranno, se tu vai a farti dare una sistemata.»

Soppresse un sorriso al suono soddisfatto che provenne da sua madre, sapendo che suo padre non avrebbe apprezzato.

«Se lo faccio, non parlerete più di vendere?»

Luke annuì. Greg guardò Simon e, dopo una piccola pausa, Simon rispose: «Okay.»

Greg si accigliò. «Non mi sembri troppo sicuro, figliolo.»

«Non posso evitare di sentire che la decisione non

sarà nostra. Potremmo non avere scelta.»

Fu il turno di Luke di stringere la mano a Simon. «Hai ragione, ma fino a quel momento, continueremo come pianificato. Il Lost Cow merita che diamo il meglio.» Aveva bisogno dell'assenso verbale di Simon. Non era qualcosa che era pronto a fare da solo. Come aveva detto recentemente Simon, per sentirsi a casa dovevano stare insieme, non separati.

Simon si sporse e versò un altro giro per tutti, includendo Pamela. «Al Lost Cow.» Sollevò il suo bicchiere e lo tracannò.

«Al Lost Cow.» Tutti bevvero e poi misero giù i bicchieri. Pamela si asciugò gli occhi e tossì quando il liquore la colpì in fondo alla gola.

Guardò Greg con aria soddisfatta. «Programmerai l'operazione come prima cosa domani mattina.»

Greg non rispose subito.

«La risposta è *Sì, cara,*» gli suggerì Luke in un sussurro.

Lanciando un'occhiataccia al figlio, Greg fece come gli era stato detto e ricevette una pacca sulla mano da sua moglie.

«Bravo ragazzo. Ora andiamo a casa.»

«E non pensare di lavorare al ranch finché non sei tornato dall'ospedale, capito?» gli ordinò Luke.

«Non esagerare!» ringhiò suo padre mentre seguiva la moglie fuori dalla cucina. «Posso sempre arrossarti il sedere.»

Simon attese finché Greg fu fuori portata prima di ridacchiare. «Forse non dovresti dire a tuo padre che a dire il vero quello ti piace.»

Fu troppo lento e non riuscì a evitare lo scappellotto che Luke gli diede sulla testa.

Si fece domenica sera tardi prima che Luke riuscisse a parlare con Tommy. Aveva cenato con Simon e poi era andato a bussare alla porta dei dormitori. Tre dei lavoranti stavano guardando la TV quando lui entrò in soggiorno.

«'Sera, capo.»

Luke annuì quando Chuck lo salutò. «'Sera. Tommy, posso parlarti un attimo?»

Tommy si alzò. «Ma certo.» Luke non mancò di notare lo sguardo preoccupato che lanciò a Chuck e il sorriso rassicurante che ricevette in risposta.

I due uomini lasciarono la baracca e Luke prese deliberatamente un percorso che li avrebbe portati al recinto. Si sentiva sempre più calmo vicino ai cavalli. A dire il vero, Luke non aveva idea di cosa dire a Tommy, non aveva idea se quello che Simon aveva detto fosse vero e si sentiva un po' risentito per essere stato messo in quella posizione.

Tenne la conversazione leggera e casuale mentre camminavano, ma sentiva la tensione arrivargli dal giovane.

«Chuck te l'ha detto, allora.»

Le parole uscirono dalla bocca di Tommy come se non potesse aspettare un attimo di più.

«Sì, l'ha fatto,» confermò Luke, sollevato di non essere quello che avrebbe dovuto iniziare la discussione. «Sei proprio deciso a farlo o ci stai solo pensando?»

Tommy non rispose subito e i suoi occhi restarono concentrati su un piccolo gruppetto di cavalli nell'angolo del recinto.

«Non voglio andarmene, però è difficile, sai?» La sua voce era distante e non guardava Luke. «Mia mamma e mio papà continuano a dirmi di andarmene di qui perché potrei *infettarmi* con il vostro peccato.» Nel dire quello guardò Luke con aria di scuse e continuò: «E vorrei dirgli che è troppo tardi, cazzo, ma non posso perché...» Perse il filo del discorso e le sue mani si strinsero forte al recinto di legno.

«Perché è più facile a volte tenere la testa bassa e le

cose nascoste,» finì Luke per lui.

«Già.» Tommy espirò lentamente. «Non voglio andarmene, ma qui non posso essere quello che sono.»

Se Luke avesse pensato troppo a quelle parole, sarebbe stato troppo ironico.

«Devi fare quello che hai bisogno di fare, Tommy. Solo... puoi aspettare per un paio di mesi fino a quando Pa' si farà l'operazione?»

«Il capo è malato di nuovo?» Tommy era a scuola la prima volta che Greg si era ammalato, ma le loro famiglie erano amiche da anni.

«Già.»

Luke non voleva parlare troppo di quello perché non voleva pensare alla prospettiva di poter perdere suo padre.

«Non me ne andrò finché non si rimetterà in piedi,» promise Tommy.

Luke gli sorrise, grato. Almeno un problema era stato rimandato per ora.

CAPITOLO
VENTI

COL senno di poi, Luke si sarebbe dovuto aspettare altri problemi ma, onestamente, era stato troppo impegnato per anche solo considerare cosa sarebbe potuto accadere. Il secondo raccolto era andato e venuto con successo, l'estate stava cambiando i colori in quelli dorati dell'autunno e Luke e Simon facevano del loro meglio per prendersi cura del ranch e l'uno dell'altro.

Luke era fuori a cavalcare con uno dei nuovi cavalli, James, in una delle zone più lontane della proprietà. Era soprattutto un terreno inutilizzato e stava controllando la possibilità di spostare un po' del bestiame lì. Era uno dei pochi luoghi fuori dalla copertura del cellulare ed era stata una giornata tranquilla; aveva controllato i pascoli e si era abituato alla sensazione di James sotto i suoi talloni. Sorrise a se stesso mentre ricordava il viso di Macken quando aveva dato una pacca al collo del cavallo e l'aveva chiamato James. Simon aveva avuto ragione. La cosa avrebbe torturato il venditore per mesi visto che non l'aveva chiamato Sodoma o Gomorra o qualcosa del genere. Ovviamente il vantaggio di essere lasciati soli con i propri pensieri era poter ripensare a ciò che era successo quella mattina quando il suo cowboy l'aveva masturbato nella doccia, così lentamente che Luke aveva finito per sollevarsi sulle punte, rincorrendo il suo orgasmo mentre Simon grugniva sporche promesse nel suo orecchio.

Il primo accenno di problema arrivò con una fila di *beep* che indicava messaggi e chiamate perse. Luke estrasse il cellulare e guardò lo schermo. Dieci messaggi e sei chiamate perse. Sospirò, chiedendosi che cazzo stesse accadendo ora. Controllò i messaggi. Erano tutti da Simon. Il suo cuore sprofondò quando li lesse. Il primo era già di un'ora prima.

911

Chiamami.

Chiamami subito!

Vado in ospedale.

Dove sei?

Erano diventati via via più frenetici col passare del tempo. Rapidamente, Luke controllò le chiamate perse: Simon, suo papà, Lisa e Liam, Simon altre due volte. Non perse tempo ad ascoltare i messaggi.

Simon rispose al primo squillo.

«Cazzo, era ora! Stiamo portando tuo papà in ospedale.»

Deglutendo con forza per lottare contro il panico, Luke chiese: «Cosa gli è successo? È il cuore? Perché non hai chiamato un elicottero?»

Simon interruppe le domande sempre più frenetiche di Luke. «Non hai ascoltato i miei messaggi? Tuo papà sta bene. Ma tua mamma è stata coinvolta in un incidente stradale. È stata trovata dai Benson. Hanno chiamato tuo papà dopo che l'hanno portata all'ospedale. Lisa e Liam stanno arrivando.» Si fermò per prendere fiato. «Ora vai al mulino a vento. Jack e Sammy ti incontreranno là. Jack ti porterà all'ospedale e Sammy prenderà James.»

«È...?» Non voleva chiedere, ma Dio, sua mamma... «Com'è successo?»

«Non lo sappiamo, capo,» rispose Simon con la voce così bassa che Luke la sentiva a malapena sopra il panico che ruggiva nella sua mente. «Ti chiamo quando lo scopro, okay? Devo andare, Luke. Siamo arrivati alla periferia della città.»

«Sì, certo.» Non voleva essere lasciato solo con la paura pietrificante che la volta seguente che avesse sentito

191

Simon avrebbe saputo che sua madre era morta e lui non era là con lei.

«Ti amo.»

Simon interruppe la comunicazione prima che Luke potesse rispondere. Sollevò lo sguardo, fissando in lontananza senza davvero vedere nulla. Tutto il calore e la gioia della giornata erano stati risucchiati via e lui rabbrividì. Si avviò con James verso il mulino a vento. Il suolo era troppo irregolare per un'andatura troppo veloce, ma non appena avesse potuto, avrebbe aumentato il passo.

Quando arrivò al sentiero che portava al mulino a vento, Luke si premette con forza il cappello in testa e lanciò James al galoppo. Gli ci vollero quasi due ore per arrivare a destinazione. Non appena arrivò alla salita, vide Sammy e Jack appoggiati fuori dal camioncino.

Era saltato giù dal cavallo prima ancora che questi avesse rallentato il passo. Sammy prese le redini e Jack aprì la portiera per avviare il motore.

Prima che Luke salisse sul sedile passeggero, Sammy gli afferrò il braccio. «Porta il mio amore a Ma', okay, capo?»

Luke annuì con la gola serrata ed entrò nel veicolo, incapace di parlare. Jack gli picchiò su un ginocchio e partirono verso la strada a sud a una velocità che normalmente avrebbe fatto ringhiare Luke per il modo in cui i dipendenti trattavano i furgoni, ma oggi sembrava andare insopportabilmente piano.

Erano ai margini del Lost Cow quando il cellulare di Luke vibrò.

«Luke?»

«Sì, come sta? Cos'è successo?»

«Sta bene. Un braccio rotto e qualche costola contusa. La tengono qui per sistemarglielo e farle dei controlli alla testa. Ha due occhi neri e alcuni tagli e lividi. Luke, sta *bene*.»

«Io… lei…» Luke non riusciva a parlare.

«Va tutto bene, *babe*,» continuò Simon con tono rassicurante, «vieni qui il prima possibile. Lisa e Liam saranno qui in un paio d'ore e ora chiamo anche loro. Ci sentiamo dopo.»

«Dio!» Luke finì la chiamata e rabbrividì involontariamente. Vide l'espressione preoccupata di Jack e disse: «Sta bene. Solo un braccio rotto e delle botte.»

«Grazie, Signore.» Jack fece il ringraziamento e arrossì improvvisamente. «Scusa, capo.»

Luke sventolò la mano e disse: «Amen.» Si lasciò andare all'indietro contro il sedile, sentendosi meglio di come si sentiva da ore. Non sarebbe stato completamente bene fino a quando non avesse visto sua madre con i propri occhi, ma almeno sapeva che ci sarebbe stata, viva, anche se un po' ammaccata.

Era buio quando arrivarono all'ospedale. Dietro insistenza di Jack, si erano fermati a mangiare degli hamburger e delle patatine perché aveva detto che era improbabile che Luke si sarebbe ricordato di mangiare una volta arrivato in ospedale. Luke si era irritato per il ritardo, ma doveva ammettere che si sentiva meglio con un po' di cibo solido nello stomaco. Aveva solo portato con sé un pranzo al sacco quando era uscito quel giorno.

Mentre entravano nel parcheggio, Luke vide Simon e Lisa in piedi nella hall dell'ospedale. Jack si avvicinò a loro per far sì che Luke potesse uscire velocemente e poi lo vide correre verso di loro. Non lo notarono finché non oltrepassò le porte.

«Ehi, ragazzi,» chiamò.

Lisa alzò lo sguardo e Luke vide che i suoi occhi erano gonfi. Lacrime nuove scesero sul suo viso quando vide suo fratello.

«Lisa? Lisa, baby, cos'è successo?» Non ebbe il tempo di dire nient'altro che Lisa si lanciò tra le sue braccia con un lamento.

Affondò il viso contro la sua camicia, incapace di

parlare mentre singhiozzava. Luke la tenne stretta e guardò Simon. Il suo viso non era messo molto meglio e Luke notò che stava facendo uno sforzo per mantenere il controllo.

Deglutì la bile che gli stava risalendo in gola. «Cos'è successo? Ma'...»

«È in sala operatoria ora e le stanno sistemando il braccio,» rispose Simon rapidamente, avvicinandosi per mettere le braccia attorno a entrambi.

Lisa pianse ancora più forte, stringendo tra le mani la camicia di Luke.

«Dimmi che cazzo è successo.» La voce di Luke si alzò, tesa. Alcune persone li guardarono da pochi metri di distanza per capire a cosa fosse dovuto quel trambusto, ma loro li ignorarono.

«È tuo papà. Ha avuto un altro attacco di cuore mentre venivamo qui,» disse Simon, la sua voce bassa e calma mentre teneva la mano sulla spalla di Luke.

Scioccato fin nel profondo, Luke ondeggiò e Simon gli si avvicinò per sostenerlo, ma lui lo spinse via con rabbia. Dio, non questo. Non suo papà. Era riuscito a evitare l'intervento grazie ad alcune eleganti tattiche per posticipare, con grande disgusto di sua mamma.

«Stanno cercando di stabilizzarlo ora. Liam è su con lui. Siamo scesi per prendere un po' d'aria.»

«Cos'è successo?» chiese Luke.

«Ha iniziato ad avere dolori al petto mentre ci stavamo avvicinando all'ospedale. Non riusciva a parlare, né a respirare. L'ho portato direttamente al pronto soccorso.»

Luke riusciva a vedere quanto questo avesse sconvolto Simon.

«Capo, Simon? Ma' sta bene?» Jack era arrivato mentre parlavano.

Luke sprofondò il viso nei capelli setosi di Lisa, lasciando Simon a spiegare. Lo sentì parlare a bassa voce sopra il suono del dolore di Lisa e le maledizioni di Jack.

«Dobbiamo tornare in camera,» suggerì Simon. «Ci hanno dato una stanza mentre aspettiamo che Ma' esca dalla sala operatoria.»

Baciando la sommità del capo di Lisa, Luke sussurrò: «Tutto bene, piccola?»

Lei alzò lo sguardo con il viso distrutto. «E se non ce la fa, Luke?»

«Pa' è un combattente. Si rialzerà e ci dirà cosa fare ancora prima che ce ne rendiamo conto,» la incoraggiò Luke, guidandola sui passi di Simon. Aveva fatto solo pochi passi quando si rese conto che Jack non li stava seguendo.

Lanciando un'occhiata oltre la spalla, lo vide avviarsi verso la porta.

«Jack, non vieni?»

Il cowboy si bloccò sui suoi passi. «Pensavo... beh, è una cosa di famiglia.»

«Tu *sei* di famiglia,» Lisa singhiozzò e tese la mano.

Jack diventò scarlatto, ma Luke capì quanto gli facesse piacere essere incluso dai suoi fratelli.

Simon portò il gruppetto un paio di piani più su, in una piccola stanza. Era vuota e Simon spiegò, mormorando, che Liam probabilmente era ancora con suo padre. Sollevato che suo papà non fosse solo, Luke entrò nella stanza, quando sentì Lisa irrigidirsi nelle sue braccia.

«Cosa c'è che non va?» chiese.

Lei annuì verso un piccolo gruppo di persone vicino alla postazione delle infermiere. Guardando in quella direzione, Luke vide Dave e Marion Benson che li osservavano. Erano in piedi con una coppia di mezza età che Luke non riconobbe.

«Fottuti avvoltoi,» sibilò Lisa.

Preso alla sprovvista per quell'insulto, Luke la spinse nella sala d'attesa e poi su una sedia. «E quello cosa diavolo significava?»

«Beh, era per loro,» sputò fuori lei. «Girano come avvoltoi attorno a una carcassa.»

Luke si ritrasse a quell'implicazione. «Dio, no, Lisa.» Una mano calda sulla sua schiena lo stabilizzò e lui si lasciò andare all'indietro, cercando il conforto che sapeva avrebbe trovato. «Hanno trovato Ma'. Probabilmente sono qui solo per controllare che stia bene.»

Lisa lo guardò come se fosse pazzo. «I Benson, forse,» mormorò dura.

Acciglandosi per quella rabbia non tipica di sua sorella, Luke chinò il capo di lato e guardò Simon. Fu sorpreso di vedere il dolore inciso sul suo volto. Cautamente, si allontanò da entrambi.

«Cosa mi sono perso?» chiese, con una mano tesa verso Simon per impedirgli di avvicinarsi.

«Hai visto i vecchi vicini a Marion e Dave?» Lisa gli chiese di rimando.

Annuì, anche se non li avrebbe chiamati *vecchi*.

«Sono la causa di tutti i vostri problemi.»

Ancora incerto, Luke chiese: «Cosa intendi dire?»

«Per l'amor di Dio, Luke,» sbottò Lisa impaziente, «non è scienza missilistica!»

«Intendi dire…?» Il rumore di fondo che c'era stato nella sua testa sin da quando aveva saputo di sua madre improvvisamente si alzò a tutto volume.

«Il pastore Tony Jackson e sua moglie sono qui fuori mentre parliamo, ad aspettare di pregare sui corpi del loro fratello e della loro sorella,» grugnì lei.

Senza nemmeno pensare a cosa stesse facendo, Luke si avviò verso la porta, ma Jack era sulla soglia e bloccò la sua uscita.

«Non penso che sarebbe una buona idea. E tu, capo?»

Forse aveva ragione, ma il ronzio era troppo forte, e Luke aveva avuto troppi shock uno dopo l'altro. Sua mamma era sotto un fottuto bisturi per causa loro e suo papà avrebbe potuto… *cazzo, no*… Aveva bisogno di sfogare un po' di rabbia e paura.

Quelle persone nel corridoio erano lì solo perché volevano gioire della loro sofferenza. Erano loro. Il nemico. E lui non l'aveva nemmeno capito fino a quel momento, cazzo.

Poi Simon gli fu alle spalle, con le mani sui suoi bicipiti per tenerlo fermo e Luke si sentì quasi sul punto di girarsi a piantargli un pugno in faccia per dirgli di farsi i cazzi suoi, quando la porta si aprì dietro Jack e l'uomo dovette fare un paio di passi rapidi per evitare di essere buttato a terra. Avrebbe potuto essere divertente. Diamine, *era* divertente, eccetto che Luke non riusciva a trovare niente per cui ridere in quel momento.

«Scusami.» Le scuse di Liam furono superficiali fino a quando non si rese conto di aver quasi fatto finire Jack con il culo in terra. «Diamine, scusami, Jack.»

L'uomo mosse la mano per tranquillizzarlo. «Non preoccuparti, Liam. Come sta il Capo?»

Suo fratello alzò un sopracciglio in direzione di Luke che fece spallucce. Per gli altri dipendenti non sarebbe mai stato Il Capo, solo il capo, con la 'c' minuscola.

«Stanno ancora lavorando su di lui.» Liam deglutì a fatica, cercando di essere il fratello maggiore per gli altri. «Non ci dicono molto al momento.»

Lisa rilasciò un singhiozzo. Liam e Simon le si sedettero di fianco, avvolgendola con le loro braccia. Luke voleva fare come lei e piangere, ma doveva mantenere il controllo, per lei e per il ranch.

«Hai parlato con lo sceriffo?» chiese Luke. «Sai com'è successo l'incidente?»

Liam scosse il capo. «Non ancora, ma i Benson non hanno visto nessun altro sulla scena.»

Quello non significava molto. Se sua mamma era stata spinta fuori strada, i colpevoli potevano essersene andati da un po'. Jack interruppe i suoi pensieri. «Chiamo il ranch e il aggiorno. Nessuno di loro sa del Capo,» disse, apparendo profondamente a disagio. «Liz stava cucinando la cena per tutti stasera. Mi avrà tenuto da parte qualcosa.»

Cercando di non pensare a suo padre, Luke chiese: «Ti aspetti che ci siano avanzi con Chuck e Tommy là?»

Il sorriso di Jack mostrò che l'uomo apprezzava l'umorismo. «Tiene nascoste le cose per me.»

«Fra poco devo andare,» disse Simon improvvisamente.

Luke alzò lo sguardo, sgomento. Non aveva pensato che Simon l'avrebbe lasciato.

Il suo compagno lo guardò con aria di scuse. «Devo andare via per un po'. Sammy ha il giorno libero domani e abbiamo pianificato di spostare la mandria. Tornerò domani sera.»

Dannazione. Luke se n'era completamente dimenticato. «Il pascolo sul retro ha bisogno che lo si lavori prima di trasferirci il bestiame.»

«Ci manderò Pete e Tommy domani,» gli disse Simon. Si avvicinò al punto dove Luke era seduto. «Non vado ancora, capo.»

Luke lasciò andare Lisa e abbracciò Simon, tirandoselo contro per quanto fosse umanamente possibile. Sprofondando il viso in quel punto che era solo suo, Luke chiuse gli occhi contro la realtà che stava affrontando e si lasciò assorbire dal profumo di Simon.

«Sdolcinati.»

Le labbra di Luke si curvarono contro la pelle di Simon al sentire il commento in coro di Liam e Lisa.

«Andatevene,» disse loro senza rancore.

«Lo dico da anni, ma continuano a coccolarsi,» si intromise Jack con una nota divertita nella voce. «Ci vediamo dopo.»

Luke sentì il rumore della porta che si chiudeva.

«Sono tutti idioti. Ignorali.» Simon gli posò un bacio sulle labbra.

«Vorrei poterlo fare. Sono sempre stati un assillo nella mia vita.» Non era sicuro di essere riuscito a trattenere il tremolio nella voce.

«Dai, che ci vuoi bene,» lo prese in giro Liam.

Luke non si prese la briga di muoversi. «No, davvero no.»

Era sempre così, i tre fratelli che si punzecchiavano l'un l'altro, eppure tutti loro stavano cercando di evitare di parlare di ciò che dominava i loro pensieri.

Un colpo alla porta fece alzare di scatto il capo a Luke, che poi si ritrasse leggermente. La tensione corse attraverso il suo corpo e Simon lo strinse un po' più forte. Una testa spuntò dall'uscio. Era un'infermiera vestita con un'uniforme rosa, stava sorridendo, il che era un buon segno, pensò Luke.

«Pensavo che voleste sapere che vostra madre è uscita dalla sala operatoria. È in rianimazione al momento, ma ve la riportiamo non appena è pronta.»

«Sta bene?» chiese Liam.

«Sta bene. Il braccio è stato rimesso a posto ed è in uno stato soddisfacente. La terremo qui per la notte ma penso che la rilasceremo domani.»

Lisa fece una breve risata. «Penso che vi risulterà difficile liberarvi di Ma' finché non saprà che Pa' andrà a casa con lei.»

Il viso dell'infermiera si fece rapidamente serio. «Scoprirò il prima possibile come stanno andando le cose con vostro padre.»

«Grazie.» Lisa si raggomitolò sul divano e Liam l'abbracciò stretta.

Uscendo dalla porta, l'infermiera li lasciò di nuovo soli. A Luke cominciava a far male la testa e si toccò le tempie.

«Vuoi un po' di caffè?» offrì Simon, mentre la sua mano gli massaggiava i muscoli tesi delle spalle.

«Mmmm, ne gradirei un po',» rispose Luke. Era

troppo tardi per bere caffè, ma non pensava che avrebbero dormito molto quella notte.

Cercando nelle tasche un po' di spiccioli, Liam disse: «Perché non andate tutti e due e portate una tazza anche per noi? È orribile, ma almeno è caldo.»

Luke non voleva davvero andarsene, nel caso in cui l'infermiera fosse tornata, ma Dio, aveva davvero bisogno di un po' di caffè.

«Verrò a cercarvi se ci sono delle novità,» promise Lisa, vedendo la riluttanza sul suo viso.

Alzandosi, Simon tese la mano a Luke. «Dai, capo. Hai bisogno di caffeina e io ho bisogno di stiracchiarmi le gambe.»

Luke si lasciò tirare in piedi, gemendo quando i muscoli gli dolsero per la giornata passata in sella e per il lungo viaggio in auto.

«Stai diventando vecchio, fratellone,» lo prese in giro Lisa mentre lui zoppicava verso la porta.

Facendole un gestaccio, Luke aprì la porta solo per fermarsi quando vide Dave e Marion in piedi davanti a lui. Erano in una situazione di stallo, pensò. Simon appoggiato alla sua schiena e i loro ex amici di fronte.

«Ah, noi, ehm. Volevamo dire a Liam… lo sai. Noi, ehm, stiamo andando a casa,» balbettò Dave. «Abbiamo parlato con lo sceriffo Canes. Verrà qui più tardi.» Stava cercando di guardare oltre la spalla di Luke in cerca di Liam e Lisa mentre parlava. Era un po' difficile vederli visto che c'era Simon di mezzo.

Marion era in piedi dietro di lui, rigida e con l'espressione di una che aveva succhiato un limone. Era difficile per Luke credere che un tempo l'aveva trattata come una seconda madre e aveva passato ore a casa sua a giocare con Jeannie.

«Grazie per quello che avete fatto per mia madre,» disse Luke, formalmente. Gli doveva almeno questo. E no, non si sarebbe scostato nemmeno di un passo.

«Chiunque l'avrebbe fatto,» disse Dave a bassa voce. «L'infermiera non ci dice niente. Starà bene?» Continuava a dirigere la conversazione oltre la spalla di Luke, ma i suoi occhi gli lanciavano in continuazione occhiate che potevano essere quasi di scuse.

Troppo stanco per provare a capire, Luke rispose: «Ma' è uscita dalla sala operatoria ora. La vedremo presto.» Sentiva la presenza solida di Simon contro la sua schiena e vi si adagiò contro, traendone conforto.

«Bene. Bene.» Dave annuì. «E tuo padre? Sentito niente di lui?» Era doloroso chiacchierare in questo modo.

«Non ancora.» Dio, Luke sperava solo che se ne andassero a fare in culo. Era troppo stanco e non aveva voglia di fare il gentile con degli omofobi. Improvvisamente la presenza di Simon sparì e Luke per poco non cadde all'indietro. *Ma che cazzo?*

Dove c'era lui, ora c'era la sua sorellina, con i pugni chiusi e un flusso di parole così orribili che gli usciva dalla bocca da farlo essere grato che sua mamma non fosse nei paraggi per sentirlo, altrimenti avrebbe trascinato via Lisa per lavarle la bocca con il sapone.

Quando Luke si rese conto di ciò che stava succedendo, Lisa stava praticamente urlando in faccia a Dave.

«È colpa vostra. È colpa vostra, cazzo, se mamma e papà sono in ospedale. Tutte le stronzate accadute al ranch e gli avvelenamenti del bestiame. Gesù Cristo, Ma' e Pa' erano vostri amici. Vi conoscono da anni. Stavamo spesso nella vostra cazzo di casa a giocare con Jeannie. Luke l'ha contaminata? E voi che trattavate Luke e Simon come se fossero i vostri cazzo di figli. Sapevate che erano gay da anni, ma vi ha mai dato fastidio quando gli davate da mangiare dopo la messa o prendevate i loro soldi ogni mese? Un pastore ignorante arriva a passo di danza in città e improvvisamente loro diventano peggio del fottuto diavolo. *Siete stupidi, cazzo? Perché non gli avete detto di andare a fare in culo?*»

Lisa a quel punto stava quasi urlando e Luke si sentiva quasi - *quasi* - dispiaciuto per i Benson. Sapeva che non era propriamente corretto colpevolizzarli. Dave sembrava sotto shock e Marion era così rossa che Luke si fece qualche domanda sulla sua pressione sanguigna. Pensò che forse fosse il caso di fermare la sua sorellina. Liam ovviamente non ci avrebbe provato. Se ne stava in piedi con l'aria di approvazione. Si era spostato in modo da essere vicino a Simon, con una mano sulla sua spalla. Con gli occhi che gli pungevano, Luke deglutì con forza per ingoiare l'emozione che gli dava vedere suo fratello e sua sorella che lo supportavano così apertamente, no, che supportavano *entrambi*. Lanciò un'occhiata a Simon e vide le stesse emozioni sul suo viso: orgoglio, imbarazzo, e ne fu completamente sopraffatto.

«Cosa sta succedendo qui?» L'infermiera che era arrivata poco prima apparve dietro Marion, il viso serio ma anche preoccupato.

L'interruzione fermò l'invettiva di Lisa, che si accasciò come se fosse stato uno spillo a tenerla in piedi fino a quel momento. Simon la prese tra le braccia e la riportò a sedersi, restandole vicino mentre lei gli si appoggiava contro per calmarsi.

Ci fu un attimo di silenzio imbarazzato, fino a quando l'infermiera li rimproverò con tono severo: «Questo è un ospedale. Ci sono persone molto malate in fondo al corridoio. Se continuate così, dovrò chiedervi di andarvene. Potete vedere vostro padre ora se volete.»

Tutti mormorano le loro scuse. Soddisfatta per aver detto la sua e aver fatto arrivare il messaggio forte e chiaro, l'infermiera ruotò sui tacchi e si allontanò.

Marion tirò leggermente la manica di Dave. «Andiamo.»

«Sì, vaffanculo,» mormorò Lisa tra i denti. «*Ow!*»

Luke rimosse il gomito dalle sue costole.

«Buonanotte,» disse gentilmente, prima di spingere Lisa verso Cardiologia.

«Vai e siediti con Pa'. Arrivo tra un minuto.» Lei lo guardò in cagnesco, ma si allontanò obbedientemente.

Marion si avviò verso il corridoio. Dave regalò loro un ultimo sguardo di scuse e la seguì di corsa.

«Non hai risposto alla domanda di Lisa,» disse Luke alle loro spalle e li vide incespicare per fermarsi.

«Che domanda? Era un fiume in piena,» puntualizzò Liam a suo fratello.

«Zitto, Liam,» scattò Luke spazientito. «Perché non avete mandato a fare in culo il pastore? La nostra amicizia non valeva qualcosa?»

La risposta era prevedibile, ma almeno Marion rispose. «Il pastore Tony è un uomo di Dio. È la parola di Dio.»

«Il pastore Jim era un uomo di Dio. Non ha mai negato a me o a Simon di entrare nella casa di Dio,» gli rispose Luke con calma.

«Il pastore Tony ci ha detto che eravamo stati guidati male, che saremmo bruciati all'inferno per aver tenuto compagnia a dei peccatori.» Si rifiutava di guardarlo, ma almeno non li stava deridendo.

Luke sentì Simon tendersi dietro di lui. «È stato il vostro uomo di Dio a dirvi di accusare falsamente un altro di tentato omicidio? È stato il vostro uomo di Dio a dirvi di avvelenare animali innocenti? È stato il vostro uomo di Dio a dirvi di mandare prematuramente nella tomba un uomo buono e lavoratore? È stato il vostro uomo di Dio a portarvi dall'altra parte?»

La voce si alzò e finalmente Luke si stava sfogando con le persone responsabili di tutta la merda che era caduta loro addosso nei mesi precedenti. Non il pastore, non le persone che avevano davvero compiuto quelle azioni, ma le persone che chiamavano amici.

Più in giù, lungo il corridoio, l'infermiera si accigliò

per la nuova discussione. Simon toccò il braccio di Luke.

«Lasciali andare. Non ne vale la pena. Hai bisogno di vedere tuo padre.»

Luke si preparò a discutere, ma Liam si disse d'accordo con Simon e così Luke si lasciò portare via, stanco di tutto.

Un braccio scivolò attorno alle sue spalle. Luke si appoggiò contro il fianco di Simon e gli sorrise. «Andiamo a vedere Pa'. Ha bisogno di vedere chi lo ama davvero.»

CAPITOLO

VENTUNO

Fu COME ripetere l'esperienza precedente. Attorno al letto c'erano i cavi e le macchine che emettevano vari segnali acustici, e nel mezzo c'era suo papà, gli occhi chiusi e la pelle pallida. Luke non riusciva a far combaciare l'uomo intenso, forte e grosso qual era suo padre, con il paziente nel letto, immobile e troppo silenzioso.

Lisa era fra le braccia di Luke e guardava due infermiere che eseguivano la routine di controllo. La sentiva tremare mentre cercava di soffocare i singhiozzi. Simon era dietro di lui, con le sue lunghe braccia che avvolgevano entrambi. Nonostante dovesse tornare al ranch, sembrava riluttante all'idea di doverlo lasciare lì da solo, e Luke sapeva di non essere abbastanza forte per dirgli di andare.

Durante la notte, tutti e quattro avevano portato avanti una strana danza tra le stanze di Greg e Pamela, scambiandosi i compagni e offrendo caffè e conforto dove ce n'era bisogno.

Poco dopo le tre del mattino, Pamela si svegliò. Luke e Liam stavano parlando a bassa voce in un angolo quando sentirono un movimento e un colpo di tosse provenire dal letto. Luke alzò lo sguardo e vide sua mamma che li guardava con il viso gonfio e contuso, segnato dal dolore. Entrambi corsero al suo fianco. Luke si chinò a baciarle la guancia e Liam fece altrettanto.

«Ehi, Ma', cos'hai combinato?»

Pamela sembrò imbarazzata. «Stavo cercando qualcosa nella borsa,» ammise. «Quando ho alzato lo sguardo, mi stavo dirigendo verso il fosso.» La confusione era evidente nella sua voce. Corrugò le sopracciglia. «Dov'è vostro padre?» chiese.

Nessuno dei due voleva risponderle e si lanciarono occhiate veloci prima di distogliere lo sguardo.

«Ditemelo,» ordinò lei, con la mano ferita che si stringeva attorno al polso di Luke.

Lui mise la propria sopra quella di sua madre. «Pa' ha trovato un altro modo per venire a trovarti,» ammise, maledicendosi mentre il viso di sua madre si accartocciava.

«Un altro modo?»

«Un attacco di cuore. Lisa e Simon sono con lui ora. È...» Prendendo un profondo respiro, Luke disse: «Non è messo molto bene, Ma'.» Non le avrebbe mentito, non importava quanto sarebbe stato facile farlo.

Guardando le lacrime uscire lente e scenderle sui lividi e nei capelli - sua madre non piangeva mai - Luke sentì l'odio e la rabbia che gli erano montati dentro da quando aveva saputo dell'incidente amplificarsi alla vista dei suoi genitori, malati e indeboliti in ospedale, anche se sapeva che l'incidente di sua mamma era stato provocato dalla mancanza di attenzione. Guardando verso Liam notò un'espressione simile sul suo viso: paura, rabbia e confusione, tutte unite nell'impotenza.

Luke le strinse la mano. «Vado a dargli un'occhiata ora. Tu riposa, okay?»

Lei prese un respiro tremante. «Di' a quell'uomo che lo amo. Sentirà la mia mancanza.»

Chinandosi, Luke le diede un bacio sulla fronte. «Glielo dirò. Torno prestissimo.» Uscì rapidamente dalla stanza, si appoggiò al muro fuori e chiuse gli occhi, strizzandoli, mentre cercava di bloccare i suoni del pianto silenzioso di sua mamma.

«Luke?» Una voce preoccupata penetrò nel suo stato di stordimento e una mano si appoggiò alla sua spalla.

Luke aprì gli occhi e, vedendo quelli castani e belli di

Simon che lo stavano guardando con preoccupazione, fece un debole sorriso. «Sto bene. Ho solo bisogno di un po' d'aria.»

Simon era evidentemente poco convinto perché non si allontanò da lui. «Come sta Pamela?»

«Si è appena svegliata.»

La mano sulla sua spalla strinse la presa mostrandogli che il suo compagno aveva capito. «Sa di Greg?»

«Gliel'ho detto.» Si diete una spinta per staccarsi dal muro. «Non potevo mentirle, Si, e ha pianto. E se dovesse morire? E se dovessi dirle che mio papà, suo marito, è morto?» Rabbiosamente si asciugò le lacrime.

Simon lo attirò a sé per un abbraccio. Conscio del fatto di essere in pubblico, Luke cercò di allontanarsi, ma l'altro non lo lasciò.

«Shhh, stai fermo, non importa a nessuno.» Luke si ritrovò cullato mentre Simon continuava: «Non è morto e tua mamma lo vedrà quando stara meglio.»

«Sono dannatamente spaventato, Si.» Aveva una paura fottuta che suo padre potesse morire.

«Lo so, boss. Anch'io, ma non sei solo.»

Luke restò contro il petto di Simon e ascoltò il battito costante del suo cuore. Più calmo e composto, disse: «Ho detto che sarei andato a vedere come sta.»

«Tiene duro,» gli disse Simon e Luke si ricordò che il suo compagno era stato con suo padre fino ad un attimo prima. «Tuo papà è un combattente e non si arrenderà ora.»

Luke si strofinò di nuovo gli occhi. «Devo dirglielo,» replicò, ma Simon scosse il capo.

«Glielo dico io. Tu stai qui e poi ci prendiamo una pausa insieme.»

Prima che Luke potesse rispondere, Simon era entrato nella stanza di Pamela e aveva chiuso la porta. Un minuto dopo la porta si riaprì e lui uscì.

«Ho ordine che entrambi andiamo a prendere una

cioccolata calda e qualcosa da mangiare. Lisa ha detto lo stesso.»

Camminarono insieme lungo il corridoio, il più vicino possibile, senza tenersi la mano. Il bar era chiuso, ma c'erano delle macchinette automatiche per bevande calde e snack che per fortuna erano completamente deserte. Simon pagò le due bevande e trovarono un tavolo dove sedersi, lontano dagli occhi di chiunque passasse. Spostò le sedie e si sistemò accanto a Luke, incrociando le gambe con le sue.

Appoggiandosi alla spalla di Simon, Luke sospirò. «Che giornata.»

L'altro fece una breve risata. «Non si può dire che la vita con te sia tranquilla, capo.»

Regalandogli un sorriso triste, Luke annuì e replicò: «È per questo che mi ami.» Anche nella luce tenue del bar chiuso, vedeva la dolcezza negli occhi di Simon.

«Sono tuo.»

Guardandosi attorno per controllare di non essere visti, Luke attirò Simon a sé per un bacio. Gemendo piano nella sua bocca, Simon approfondì il bacio e le loro lingue s'intrecciarono disperatamente. Luke sapeva che non avevano molto tempo, ma aveva bisogno di qualche minuto solo con il suo uomo prima di tornare ai letti dei suoi genitori.

Le mani di Simon erano calde e confortevoli dove lo toccavano e Luke non voleva allontanarsi.

C'ERA solo un'infermiera con Lisa e Greg quando tornarono.

Luke si sedette e prese la mano di suo padre. «Ma' mi ha detto di dirti che ti ama e ti alzare il tuo culo pigro.»

Mentre accettava la sua cioccolata, Lisa sbuffò e ruotò gli occhi. «Ma' ti farà la pelle se - *quando* - Pa' glielo ripeterà.» L'improvvisa umidità nei suoi occhi, così come in quelli di Luke, gli fece rendere conto che sua sorella si stava sforzando di essere ottimista.

«L'ha detto lei,» protestò Luke, cercando di farsi coraggio.

«Certo,» lo derise la ragazza. «Tu gli credi, Simon?»

Simon scosse il capo. «Nemmeno una parola. Battuto ai voti, Luke. Vuoi che torni da Pamela a far compagnia a Liam? Hanno bisogno anche loro di bere qualcosa.»

«Vado io,» si offrì Lisa, «devo comunque andare in bagno.» Si alzò e sussultò quando i muscoli stanchi protestarono per il movimento improvviso. Lisa lasciò la stanza e Simon si sedette più vicino a Luke.

Quando arrivò l'alba, Luke fece allontanare Simon dal letto di Greg e lo condusse verso l'entrata all'ospedale. Incurante degli sguardi degli altri, lo attirò a sé per un bacio. «Vai a casa, Si, c'è un ranch da mandare avanti.»

Simon strinse Luke per lungo tempo prima di fare un passo indietro. Rabbrividendo per l'aria fredda, Luke alzò lo sguardo sul volto stanco del suo amante.

«Sei sicuro di farcela a guidare?»

«Con tutto il caffè che abbiamo bevuto, probabilmente non dormirò per una settimana,» puntualizzò Simon. «Non voglio lasciarti solo.» Inghiottì le mani di Luke con le proprie.

«Non sono solo e non voglio vederti tornare fino a domani sera.» Baciandolo un'ultima volta per fermare ogni protesta, Luke spinse Simon verso il parcheggio.

Il suo uomo aveva iniziato a camminare in quella direzione, quando improvvisamente si voltò.

«Non muoverti,» disse e fece una corsa attraverso il parcheggio dell'ospedale.

Curioso di sapere cosa dovesse aspettare, Luke si appoggiò a uno dei pilastri e chiuse gli occhi per un momento.

«Ehi, cowboy, sei sveglio?»

Aprendo un occhio, vide Simon di fronte a sé con

una piccola borsa e un borsone.

Passandoli a Luke, disse: «Io e tuo papà ne abbiamo preparato uno per Ma' e uno per te, in caso dovessi restare qui. Me n'ero quasi dimenticato con tutto quello che è successo. Ti ho messo anche lo spazzolino da denti.»

Luke fissò le borse per un attimo, istupidito, prima di prenderle. «Ti prendi sempre cura di me,» mormorò mentre si metteva il borsone in spalla.

«Beh, ovvio.» Simon ruotò gli occhi e gli diede un breve bacio. «Entra prima di morire congelato. Chiamami dopo, okay?» Si avviò di nuovo. «Ti amo,» gridò da sopra la spalla.

Luke si strinse tra le braccia per trattenersi dal corrergli appresso. «Ti amo anch'io.»

Tornò nella stanza dove sua madre stava dormendo. Lisa sonnecchiava nella poltrona vicino al letto. Il suono della porta che si chiudeva la fece svegliare e la ragazza sbatté le palpebre stancamente contro la luce.

«Ehi,» gracchiò.

«Scusa,» disse Luke a bassa voce, buttando le borse in un angolo.

«Che ore sono?»

Luke si lasciò andare stancamente vicino a sua sorella e guardò il cellulare. «Sono appena passate le sette. Simon è tornato al ranch. Là c'è una borsa con le cose di mamma. Pa' le ha preparate prima di partire ieri.»

Annuendo, Lisa si strofinò gli occhi. «Sì, Simon mi ha detto che le aveva nel furgoncino.» Sbadigliò sonoramente. «Penso che andrò a prendere un po' di caffè e poi farò un salto da Pa'. Vuoi che te ne porti un po'?»

«A dire il vero no, ma è l'unica cosa che mi può tenere sveglio.»

Lisa si alzò dalla sedia, stiracchiandosi stancamente. «A dopo.» Lo baciò con delicatezza sulla testa e poi lasciò la stanza.

Luke prese posto vicino a sua mamma e chiuse gli

occhi.

Potevano essere passati cinque minuti o cinque ore quando suoni di voci lo disturbarono. Aprì gli occhi e trovò Pamela che parlava con Liam e Lisa. Una strizzata d'occhi verso l'orologio nella stanza gli disse che aveva dormito per più di un'ora. C'era una tazza di caffè freddo sul comodino vicino a lui.

Liam lo spinse leggermente. «Buongiorno, bell'addormentato.»

Pallida e tirata ma, grazie a Dio, *viva*, cazzo, Pamela sorrise a Luke. «Buongiorno, figliolo. Dormito bene?»

Ricordandosi delle sue ferite e sapendo di non essere poi così pulito, Luke la strinse piano tra le braccia e le baciò la sommità del capo. «Ho passato notti migliori. Come stai?» chiese, senza lasciarla andare.

«Preoccupata da morire per tuo padre,» ammise lei, appoggiandosi contro la sua spalla.

Luke la tenne stretta a sé fino a quando una giovane voce li interruppe.

«Mi spiace, ma dovete lasciar respirare la signora Murray un momento mentre facciamo un po' di noiose cose mediche.»

Luke alzò lo sguardo e vide l'infermiera sulla soglia. «Posso stare attaccato a mia mamma mentre le fate quello che dovete fare?» suggerì.

L'infermiera ridacchiò. «Sono sicura che sua madre preferisca che lei vada a prendersi un caffè mentre le fanno il terzo grado.»

«Dai, Luke. Facciamo colazione e andiamo da Pa',» propose Liam, alzandosi in piedi e trascinando Lisa con sé. «Lasceremo Ma' a farsi bella.»

«Dite a Pa' che lo amo.»

Luke vide suo fratello trasalire. «Lo sa, Ma'.»

«Diteglielo comunque. So che può sentirvi.»

«Lo faremo,» promise Lisa mentre lasciavano la stanza.

Luke abbracciò dolcemente sua mamma e la lasciò alle cure dell'infermiera.

LA COLAZIONE iniziò in modo quasi modesto. In cerca d'aria fresca, lasciarono l'ospedale dopo aver detto a entrambi i reparti dove li avrebbero potuti trovare e si avviarono verso la tavola calda più vicina. Dopo una notte di poco sonno e troppe emozioni, però, erano tutti affamati e ordinarono la colazione più ricca del menu. Gli occhi della cameriera si alzarono di scatto quando Luke gemette sentendo il sapore di caffè decente colpire le sue papille gustative.

«Luke! Locale pubblico. Ricordati dove sei,» scattò Lisa, anche se un sorriso attutiva il suo tono.

«Mi spiace,» si scusò lui, «ma questo è il paradiso dopo il caffè dell'ospedale.»

«Ah.» Il viso della cameriera si rilassò. «Non dite altro. Lunga notte?»

I fratelli annuirono stancamente.

La sua espressione si trasformò in compassione. «Se avete bisogno che vi riempia la tazza, basta che mi guardiate. Mi chiamo Shelley. Volete anche un po' di succo?»

Senza attendere una risposta, aggiunse: «Arriva subito.» Shelley riempì le loro tazze e andò a consegnare le loro ordinazioni, tornando un minuto dopo con del succo di frutta fresco.

Luke la ringraziò e ne prese un sorso, trattenendo un altro gemito di piacere. Vista la sua aria divertita, la cameriera sapeva esattamente cosa stava provando. «Buono, vero? Lo fa Bill,» indicò con un gesto vago verso il bancone.

Non essendo sicuro se Bill fosse il ragazzino allampanato che asciugava i bicchieri o il ragazzo grosso come una casa vicino al grill, e non importandogli nemmeno, Luke continuò a bere il succo. Era come inserire energia liquida nelle vene.

Shelley riempì di nuovo le tazze di caffè e i bicchieri di succo e poi si spostò per servire altri clienti. Lisa era appoggiata contro il separé con gli occhi chiusi. Liam sembrava in uno stato quasi comatoso. Luke fece spallucce ed estrasse il cellulare. Non era rimasta molta carica e non aveva controllato se Simon gli avesse messo il caricatore nel borsone. Però ne aveva abbastanza per mandare un messaggio.

La risposta fu quasi immediata. *Cazzo, sì.*

Luke sorrise. Non si mandavano spesso dei messaggi sentimentali ma, quando lo facevano, sapevano che era una cosa profonda e voluta.

«Ancora con i messaggi osceni?» mormorò Liam senza aprire gli occhi.

«Ho dato il buongiorno al mio compagno.» Se dire a Simon che gli sarebbe piaciuto farsi scopare contro il loro albero nel frutteto si poteva considerare un modo per dare il buongiorno.

Liam gemette piano. «Presumo di dover chiamare mia moglie. Almeno per dirle che sono ancora vivo.»

«E magari salutare tuo figlio e ricordargli che ha ancora un papà.»

«Sono stato via solo un giorno,» protestò Liam mentre frugava in tasca per prendere il cellulare.

«Ha bisogno di sapere che lo ami,» intervenne Lisa a bassa voce e i fratelli non dissero altro.

Il cibo non era ancora arrivato, così Liam colse l'opportunità di chiamare sua moglie e uscì dal ristorante per avere un po' di privacy ed evitare così di essere preso in giro dai suoi fratelli. Non funzionò ovviamente. Luke aveva oltre trent'anni di esperienza nel prendere in giro a distanza. Lisa e Luke sorrisero mentre il fratello si spostava lontano dalla tavola calda per evitare di essere deriso.

Shelley arrivò con i piatti pieni di uova, bacon e patate fritte. Si acciglò quando si rese conto che uno di loro mancava.

«Volete che lo porti via finché non ritorna?»

«Non ce n'è bisogno. Eccomi.» Liam scivolò al suo posto. Luke avrebbe giurato che Shelley fosse radiosa ora che erano di nuovo tutti insieme.

Lisa guardò suo fratello. «Tutto bene a casa?»

«Tutto ok. Beh, a parte che Brad ha disegnato sui muri con un pennarello indelebile,» comunicò. «Verranno qui quando avremo un'idea più precisa di come sta Pa'.»

«Buona idea,» concordò Lisa, ringraziando distrattamente Shelley mentre le riempiva il bicchiere di succo.

Luke era troppo impegnato a mangiare per partecipare alla conversazione, ma riusciva a immaginare come sua cognata, ossessionata dall'ordine, avesse reagito al pennarello sui muri.

«Ma' dovrebbe essere dimessa oggi,» disse Liam dopo qualche minuto di silenzio, mentre mangiavano.

Luke grugnì attorno a un boccone di bacon. «Vorrà stare vicina a Pa',» disse mentre deglutiva. «Il ranch è troppo lontano per andare avanti e indietro.»

«Jack e Liz ci hanno offerto di stare da loro finché Pa' resterà in ospedale. Hanno un paio di stanze libere e io posso dividerla con Ma',» li informò Lisa.

Luke aggrottò le sopracciglia e ci pensò. Aveva senso, anche se Ma' avrebbe probabilmente preferito stare a casa sua. «Quando l'hanno fatto?»

«Liz è venuta quando ero da Pa'. Aveva un turno presto ed è passata prima di iniziarlo.»

«Quanto torna Simon?» chiese Liam. Stava occhieggiando le paste sul bancone.

«Gli ho detto di non tornare prima di domani sera,» rispose Luke e anche il suo sguardo venne catturato da qualcosa di molto grosso e molto dolce.

Lisa sospirò sonoramente. «Shelley?»

La cameriera arrivò.

«Per favore potresti portare a questi due maiali un paio di quegli strudel? E io mi prendo un muffin ai mirtilli.»

«Certo che posso, cara.»

«Devi tornare al ranch?» chiese Liam un minuto dopo con le labbra ricoperte di cristalli di zucchero e pasta sfoglia.

Luke scosse il capo. «Non vado da nessuna parte finché non so se Pa' è fuori pericolo. Simon può mandare avanti il ranch al mio posto. Tutto il resto può aspettare. E, quando Pa' starà meglio, potranno tornare al ranch fin quando Ma' avrà il braccio ingessato.»

«Tu e Ma' che condividete una cucina? Mi piacerebbe vedere come,» lo prese in giro Lisa.

«Non sarà in grado di cucinare per un po',» sottolineò Luke.

«Non ha perso l'uso della bocca.»

Le parole di Lisa suonavano vere e Luke si chiese se fosse saggio che entrambi stessero sotto lo stesso tetto in cucina. Non era propriamente una diva in cucina, ma gli piaceva fare le cose in una certa maniera. Simon aveva imparato alla svelta a stare lontano mentre Luke stava cucinando. Sua mamma non gli avrebbe lasciato il controllo così facilmente.

Liam non si unì allo scherzo. «Non abbiamo idea di quando Pa' verrà dimesso,» disse seriamente. Questo cancellò il sorriso dai loro visi.

«Magari ne sapremo di più oggi,» suggerì Lisa, le dita strette così intensamente attorno al bicchiere che Luke aveva paura potesse romperlo.

«Certo,» concordò mettendo una mano sulle sue.

Il suono del telefono di Liam interruppe il silenzio che era seguito.

«È l'ospedale. Pronto?» rispose.

Luke guardò mentre il viso di Liam cambiava espressione e il suo cuore mancò un colpo.

Liam li osservò mentre interrompeva la chiamata.

«Hanno bisogno che torniamo là.»

Lisa si alzò all'istante, dimenticando metà muffin nel piatto.

La cameriera arrivò quando vide i fratelli alzarsi dal tavolo. Il suo «*Andava tutto bene?*» standard le morì sulle labbra quando vide le loro facce.

«Quanto le dobbiamo?» chiese Luke.

Lei rispose e lui la pagò includendo una grossa mancia.

Mentre lasciavano il tavolo, Shelley disse: «Spero che vada tutto bene.»

Luke le fece un pallido sorriso. «Anche noi. Grazie, Shelley.»

CAPITOLO
VENTIDUE

ERA una cosa che non voleva analizzare troppo a fondo, ma Luke sapeva di non volere che suo padre sopravvivesse se non fosse più stato in grado di essere ciò che era: un cowboy che amava lavorare al Lost Cow. Non poteva discuterne con Liam e Lisa. Non importava quanto avessero dato al ranch, nessuno di loro aveva l'affinità per quel luogo che Greg e Luke condividevano. Per suo fratello e sua sorella, il Lost Cow era solo un mezzo per conseguire un risultato. Se fosse andato male, c'era sempre qualcos'altro da fare. Per Greg Murray, come per Luke, perdere il ranch significava più che perdere la propria casa e il sostentamento. Era come perdere la loro identità.

Luke l'aveva sempre saputo ed era il motivo per cui non s'irritava per la costante presenza di suo padre al ranch, ed era il motivo per cui, mentre guardava il team medico all'opera su di lui, pregò in silenzio e ferventemente che, se fossero riusciti a salvarlo, avrebbero riportato indietro il *cowboy* e non solo una parte di lui.

Sua madre era seduta su una sedia a rotelle vicino a lui. Non era stata formalmente dimessa ma non c'era dottore o infermiera al mondo che potesse tenerla lontana da suo marito in quel momento. I suoi figli erano tutti attorno a lei, ognuno di essi con una mano su di lei, cercando conforto dalla loro mamma e dandole allo stesso tempo supporto. Il suo viso contuso e martoriato era segnato stoicamente. Pamela non avrebbe ceduto. Il tempo per piangere era passato.

Lisa si asciugava lacrime silenziose e il braccio libero

217

di Liam le avvolgeva le spalle. Entrambi gli uomini avevano gli occhi asciutti ed erano composti, visti dall'esterno, ma Luke conosceva suo fratello e sapeva che, come lui, era a un passo dalle lacrime.

Fissando la linea piatta sul monitor, piuttosto di ciò che stavano facendo a suo padre, Luke vide l'esatto momento in cui fece *beep*, l'attimo preciso in cui il cuore di suo padre cominciò a battere di nuovo. Sentì fisicamente, più che udirlo, il sospiro di sollievo della sua famiglia quando si rese conto del significato di quel suono. Era una tregua più che una conclusione definitiva, ma era un suono meraviglioso.

Uno dei dottori alzò lo sguardo verso di loro e annuì. Non fu molto, ma fu abbastanza. Disse a Luke ciò che aveva bisogno di sapere. Cinque minuti dopo, una delle infermiere li raggiunse. Fece quello che Luke pensò essere un 'sorriso di conforto'.

«Greg è tornato di nuovo fra noi. Ci ha fatto preoccupare per qualche minuto ma sta rispondendo bene. Signora Murray?» guardò in basso verso Pamela, che all'inizio non era stata presente.

La donna annuì, sorridendole tesa.

«Il dottore uscirà fra un minuto e vi spiegherà i trattamenti che dovrà fare Greg. Poi potrete entrare per fargli visita.»

«Grazie,» rispose Pamela, adagiandosi contro la sedia a rotelle.

L'infermiera la guardò attentamente. «Quanto male le fa?»

«Non mi...» iniziò la donna, ma si placò quando vide lo sguardo di tutti i suoi figli.

«Forse un po',» ammise finalmente, accasciandosi. «Sono certa che andrà tutto bene.»

«Ne sono sicura anch'io, una volta che avrà preso le giuste medicine,» puntualizzò l'infermiera. «Dopo che avrà visto suo marito, tornerà nella sua stanza. Non voglio vederla finché non sentirà meno dolore.»

Le labbra di Luke si contrassero quando sua mamma venne domata e imbrigliata senza protestare. Almeno, però, l'infermiera non l'aveva mandata via subito.

Il dottore si unì a loro e, vista l'espressione preoccupata sul suo viso, ogni spiritosaggine svanì e venne rimpiazzata da una sensazione di vuoto nello stomaco. Era ispanico, sui trentacinque anni, con occhiali dalla montatura spessa che gli incorniciavano il viso. Una parte del cervello di Luke, quello superiore e quello inferiore, si fermò un istante ad apprezzare quanto bello fosse quell'uomo prima di concentrarsi su ciò che stava dicendo.

«È un combattente, signora Murray. Non si arrenderà senza lottare e nemmeno noi.»

Le labbra di Pamela tremarono per un istante, ma si morse il labbro inferiore e riprese il controllo. «E ora, dottore?»

«Abbiamo bisogno di tenerlo stabile. Questo è il nostro problema attuale. Quando sarà abbastanza forte potremo operarlo e mettergli il bypass. Se provassimo ora, non sopravvivrebbe all'operazione.»

«Potete tenerlo stabile?» chiese Liam.

«Stiamo facendo del nostro meglio, signor Murray, ma suo padre è molto malato. Avrebbe dovuto farsi mettere il bypass mesi fa e ora il tempo stringe.»

Il dottore fece loro un sorriso rassicurante. «Non vi darò altre informazioni al momento. La signora Murray deve tornare nella sua camera prima che mi ritrovi due pazienti tra le mani.»

«Dovrei stare con lui,» si oppose Pamela, ostinatamente.

«Potrà vederlo tra cinque minuti, poi uno dei suoi figli la riporterà in camera.»

Pamela aprì la bocca per rifiutare, ma Liam le mise un braccio attorno alle spalle. «Starò io con lui, Ma',» la rassicurò. «Hai davvero bisogno di tornare a letto.»

Accasciandosi leggermente, Pamela rispose con uno strozzato: «Va bene,» e Luke la spinse nella stanza di Greg prima che potesse iniziare un'altra discussione.

Luke fu preso alla sprovvista quando tornarono nella stanza di Pamela e Lisa gli gettò addosso il borsone.

«*Oof!* Ma che diavolo – diamine – era?»

«Vai a lavarti. Ora! Puzzi!»

Disperato, Luke guardò sua madre che annuì stancamente. «Mi spiace, caro, ma hai proprio bisogno di lavarti.»

«Bene,» borbottò. «Vado a lavarmi e vedo se riesco a chiamare Simon.»

«Gesù, Luke. Siete codipendenti in modo ridicolo. Puoi farcela senza parlargli per un giorno.»

«Non bestemmiare, Lisa,» Pamela rimproverò sua figlia mentre tornava a letto, «e non essere sgarbata con i tuoi fratelli.» Trattenne un gemito mentre si sistemava contro i cuscini. «Anche se hai ragione.»

Lisa mosse la mano. «Scusami, Ma', ma è il mio lavoro essere sgarbata verso tutti i miei fratelli. Simon e Luke si meritano tutto quello che dico loro. Ora vado a cercare qualcuno che venga a darti un'occhiata e vediamo se riesco a farmi dare qualche antidolorifico.»

«Sto bene, Lisa. Smettila di agitarti.»

Luke vedeva che stava cercando di nascondere l'entità del dolore. L'espressione di Lisa quando uscì per cercare l'infermiera gli fece capire che non aveva ingannato nemmeno lei.

«Vado a cercarmi un posto dove posso lavarmi e poi do il cambio a Liam, okay?» disse alla madre. «Non ha fatto una pausa decente da ore.»

Issandosi il borsone sulla spalla, Luke si diresse alla porta.

«Salutami Simon,» aggiunse Pamela.

Lui sorrise. Sua mamma sapeva che avrebbe chiamato Simon alla prima occasione. «Lo farò, Ma'.»

«E... Luke?»

Guardandosi indietro vide sua madre ingoiare le lacrime con le ciglia bagnate e luccicanti. «Stai bene, Ma'? Vuoi che vada a chiamare Lisa o il dottore?»

Scuotendo impazientemente il capo, lei sussurrò: «Ringrazialo da parte mia. Non l'ho fatto prima.»

Luke era in piedi con una mano appoggiata allo stipite. «Lo farò, ma non ce n'è bisogno. Non poteva essere altrimenti.»

«Lo so,» rispose lei, «ma se lui non avesse... se fosse stato un po' più lontano dall'ospedale... Greg avrebbe potuto morire e io non sarei potuta stare con lui.» Una lacrima scivolò lungo la sua guancia.

Luke era sul punto di lasciar cadere il borsone e andare a consolarla, quando Lisa tornò con l'infermiera. Guardò sua madre e poi Luke.

«Cos'è successo? È successo qualcosa a Pa'?» chiese, correndo vicino a Pamela.

Scuotendo il capo, Luke le diede un bacio sulla tempia e le sussurrò nell'orecchio: «È solo fragile. Prenditi cura di lei mentre mi ripulisco. Andrò da Pa' per un po'.»

«Va bene. Salutami il tuo grande uomo.»

Era davvero così prevedibile. «Lo farò.»

Lasciando sua madre nelle mani di sua sorella e dell'infermiera, che stava rimproverando Pamela per non essere tornata prima per prendere le medicine, Luke uscì per andare a lavarsi. E per chiamare Simon.

Forse avrebbe fatto proprio quello come prima cosa.

LUKE era irritabile. Francamente, la cosa di cui aveva bisogno era scopare come facevano lui e Simon durante il loro *rapporto mattutino*. Quello che aveva ricevuto dal suo compagno, invece, era stato un bacio veloce e distratto durante una visita fugace di quella mattina, quando Simon gli aveva passato i conteggi del Lost Cow e detto un rapido: «Scusa, non posso fermarmi.» Quando Luke aveva protestato perché non aveva tempo, Simon era scattato. «Non posso fare tutto, cazzo, Luke. Non tutti noi stiamo seduti tutto il giorno.» Quindi sì, Luke era davvero irritabile. Aveva passato dieci lunghi giorni al capezzale di suo padre, *seduto*. Lisa era tornata al college e Liam era dovuto tornare dalla sua famiglia.

La cosa peggiore fu il messaggio che seguì qualche ora dopo e che diceva: *Ho bisogno dei conteggi venerdì.* Luke passò direttamente dall'essere irritabile all'essere incazzato.

Sua mamma lo notò non appena entrò nella stanza. Greg stava dormendo, quindi fece segno al figlio di seguirla. Aspettandosi qualche aggiornamento sulle condizioni di suo padre, la seguì fuori dalla stanza.

«Che problema c'è?» chiese Pamela bruscamente.

Accigliandosi per il suo tono, Luke mormorò: «Niente.» Al suo sguardo non convinto, continuò: «Sto cercando di fare i conti.»

«E questo ti fa sembrare come se stesse per caderti il tetto in testa?»

Luke sbuffò una risata. «Sai che odio fare queste cose:»

«Questa è la sacrosanta verità,» disse lei, ridendo. «Irritava anche tuo padre.» Lo guardò, valutandolo. «Ma c'è più di questo, vero?»

Cercando di calmarsi, Luke rispose: «Niente d'importante, Ma'.»

Il viso di Pamela si addolcì e lei gli toccò gentilmente una guancia. «Ti manca Simon?» Lui annuì senza incontrare il suo sguardo. Sua madre non aveva bisogno di sapere i dettagli. «Vai a casa, Luke. Stai con il tuo uomo per un po'.»

Come se fosse potuto davvero succedere. «Non posso lasciare Pa'…»

«Sì, che puoi. È più stabile ora e io sono qui. Non esci da qui da più di una settimana e non ricordo l'ultima volta che hai dormito tutta notte. *Vai a casa!* Hai un ranch da mandare avanti e stai dando fuori di matto. Staremo bene per qualche giorno.»

Mordendosi il labbro inferiore, Luke disse: «Ma se dovesse succedere qualcosa?»

«Allora verrai qui più velocemente che puoi.» Una parte di lui desiderava che lei fingesse che *niente* potesse accadere, ma sua mamma era sempre stata pragmatica. «Prenditi una pausa per un po'. Non voglio rivederti qui fino a fine settimana.»

Passandosi stancamente una mano sul viso, Luke pensò di chiamare Simon per farsi dare un passaggio a casa. «Non so se qualcuno tornerà oggi. Simon è già passato.» Ogni giorno gli uomini andavano a trovare Greg e a portare notizie e rifornimenti per loro. «Il prossimo mi porterà a casa.»

«Perfetto.» La donna allungò una mano e gli baciò la guancia. «Ora vai a prendere un po' d'aria fresca e magari prendi un po' di caffè dal ristorante?»

Erano diventati clienti regolari al ristorante locale. Se Shelley stava lavorando, la cameriera faceva in modo di assicurarsi di prendersi cura di loro. Luke apprezzava molto la sua premura e le dava mance generose.

«Certo.»

Tornarono nella stanza di Greg. Luke premette le labbra sulla fronte di suo padre e mormorò un saluto. Era importante per lui, nel caso in cui quel giorno potesse essere l'ultimo. Mentre usciva, prese i suoi conteggi. Poteva fare qualcosa di utile mentre era fuori dall'ospedale.

Non aveva apprezzato quanto caldo facesse fino a quando non lasciò l'edificio. Il sole splendeva e gli risollevò l'animo. Il ristorante era pieno, ma trovò comunque un tavolo in un angolo. Shelley lo salutò con la mano non appena entrò e dopo pochi istanti gli stava riempiendo la tazza di caffè.

«Ciao, Luke. Come sta tuo papà oggi?»

Ormai Shelley sapeva tutto dell'incidente e della

malattia di Greg. Era diventata una specie di zia preferita e migliore confidente, tutto in uno.

«Sta bene, grazie, Shelley.»

Mentre prendeva un sorso di caffè, lei gli spinse vicino il succo. Luke era praticamente dipendente da quella miscela speciale di Bill e stava seriamente considerando di portarselo al ranch insieme alla sua ricetta.

«Bevi. Sembri esausto, ragazzo.» La donna schioccò la lingua in segno di disapprovazione. «Cosa sono quelli?»

Luke non era infastidito dalle domande o dal suo rimprovero. Gli ricordavano sua madre e sua sorella. «Devo fare dei conti per il ranch.»

«Non possono aspettare?»

«Hai mai sentito che le tasse aspettano?»

Shelley fece una risata ruvida. «Non in questa vita, tesoro.»

«Faccio i conti ogni mattina per togliermeli di mezzo. Simon non ha tempo di seguire il ranch e fare anche i conti, così me li porta.» Cercò di sopprimere uno sbadiglio.

Gli occhi della donna si assottigliarono e Shelley gli domandò: «Quand'è stata l'ultima volta che hai dormito tutta una notte intera?»

«Onestamente non ricordo,» ammise Luke. «Non da quando ho iniziato a bere il tuo caffè.»

«Promettimi che, se ti lascio da solo a fare i tuoi conti, dopo vai a dormire.»

«Shelley, torna fra cinque minuti e mi troverai addormentato sui libri,» le assicurò.

Lei rise e si allontanò. «Ti sveglierò quando torno, caro.»

Con un sospiro, si tirò i libri vicini e cominciò a lavorare. Teneva una copia cartacea dei documenti e i file nel computer. Simon lo prendeva in giro per quello ma onestamente era terrorizzato dalla possibilità di perdere mesi di lavoro. Sospirando di nuovo e sentendosi molto dispiaciuto per se stesso, Luke si concentrò sulle colonne di numeri.

La cosa seguente di cui si rese conto furono delle voci vicino a lui.

«Sta dormendo di certo, altrimenti ti sarebbe saltato addosso.» Quella era Shelley.

«Non ne sono sicuro.» Le voci erano basse, come se stessero cercando di non disturbare Luke. «Gli ho urlato contro stamattina. Potrebbe non volermi parlare.»

«Come se potesse mai succedere. Quell'uomo pensa che tu scoreggi arcobaleni.»

Luke mormorò senza disturbarsi ad aprire gli occhi. «Non dormo. Mi sto solo concentrando. E le sue scoregge non hanno proprio niente a che fare con gli arcobaleni.»

«Ti stai *concentrando* con gli occhi chiusi da mezz'ora,» lo derise la cameriera. «Almeno non russi.»

Luke si sforzò di aprire gli occhi e vide Simon fargli un sorriso affettuoso ed esitante. Sembrava così stanco. C'erano cerchi viola sotto i suoi occhi. Luke si sentì stringere il petto a quella vista.

«Ciao.»

La bocca di Luke era secca e si passò la lingua sulle labbra per inumidirle. «Ciao,» rispose.

Spingendo un bicchiere verso di lui, Shelley disse: «Vi porto qualcosa da mangiare. Torno subito.» Li lasciò soli e passò l'ordine a Bill prima di servire altri clienti.

«Cosa ci porta?» chiese Luke, trovando più facile parlare dopo un po' del nettare vitale di Bill.

«Hamburger e patatine,» rispose Simon sorseggiando il suo caffè.

«Ah-ha.»

I due uomini si guardarono un po' a disagio per un minuto. Fu Simon il primo a parlare. «Luke, mi dispiace per stamattina. Ho parlato senza riflettere. Ero solo nel panico perché i conti dovevano essere fatti e io non avevo nemmeno iniziato.»

Mordendosi il labbro, Luke disse: «Dispiace anche a

me. Non puoi mandare avanti il ranch da solo e fare anche tutto il resto.»

Simon si protese in avanti e mise una mano sopra quella di Luke. «Non sono io quello che non ha dormito per una settimana.»

«Ho dormito,» protestò Luke.

«Non più di un paio d'ore a notte, no,» lo rimproverò Simon. «Ma' ha chiamato e mi ha detto di trascinare a casa il tuo culo e farti dormire davvero.»

«Non posso lasciarla sola.» Sapeva che sarebbe stata una discussione inutile. Quando sua madre si metteva un'idea in testa, niente poteva fargliela cambiare. Certamente non Luke. Ma era stanco, non stupido, e doveva provare.

Lo sguardo di Simon gli disse di arrendersi.

«Ho bisogno delle mie cose.»

«Le ho già prese,» lo informò il suo compagno. «Ma' non vuole vedere il tuo brutto muso fino a domenica.»

«Devo salutare Pa'.»

«Lo hai già fatto prima di uscire. Non vuole vederti nemmeno lui.»

Come se Pa' sapesse che era stato lì.

Qualcos'altro venne in mente a Luke. «Ti sei fatto tutta la strada due volte oggi.»

«La seconda volta ha guidato Tommy. Ho dormito per quasi tutto il viaggio. Vuole passare la serata con gli amici. Si farà dare un passaggio da Jack domani. Ora, vuoi salire sul furgone o hai un'altra scusa?»

«E se succede qualcosa a Pa' e io non sono qui?»

Era questo che spaventava Luke. La ragione per la quale non riusciva a dormire. La ragione per cui dormiva due ore e poi tornava in ospedale nel mezzo della notte per sedersi vicino a suo papà.

Gli occhi di Simon erano compassionevoli, ma questo non lo fermò dal dirgli: «Luke, se non dormi un po', sarai tu a finire in ospedale. Qualsiasi cosa accada a tuo papà, tua mamma avrà bisogno del tuo aiuto e non glielo darai se sarai collassato perché esausto. E non farà bene nemmeno a me o al ranch.»

Gli hamburger e le patatine arrivarono proprio mentre Luke stava cercando un'altra scusa per non andarsene. Aprì la bocca solo per sentirsi dire da Simon: «Mangia, poi discuti.» Il suo uomo gli ficcò una patatina in bocca. «Mastica!» ordinò.

Luke sputacchiò, ma poi masticò obbedientemente.

«Bravo ragazzo,» disse Simon con calma, «e ora un'altra.»

Spingendo via la patatina, Luke scattò. «Posso mangiare da solo, grazie.»

«Allora mangia, Luke, e poi ti porto a casa.»

Era un dannato rompiscatole. Luke non voleva mangiare. Quello che voleva era finire i conti, sbatterglieli in faccia e tornare da suo papà.

«No.»

Luke alzò lo sguardo. «No?»

«Non tornerai in ospedale. So quello che stai pensando.»

«Simon.» Il suo tono di voce era freddo come il ghiaccio e odiava usarlo con il suo compagno, ma non se ne sarebbe andato in un posto che distava quattro ore da suo padre. «Non me ne vado da qui. Mia mamma ha bisogno di me. Non può farcela da sola. Se lui dovesse morire...» La voce di Luke si spense; era incapace di finire la frase.

Alzandosi improvvisamente, Simon si portò dalla parte del tavolo dove stava Luke. Luke si ritrovò a scostarsi, ma Simon non lo lasciò allontanare. «Stiamo girando in circolo, Luke. Ascoltami. Tuo papà è stabile. Lisa tornerà qui per il weekend e anche Liam. Mia mamma sta per venire qui per stare con Pamela e io ti porterò a casa. Sei così stanco che non riesci nemmeno a pensare.»

Luke si guardò le mani. Notò che gli tremavano

leggermente. Odiava sentirsi *organizzato* da altri, anche se erano le persone che amava. Poi le grandi mani di Simon furono sulle sue e lui venne stretto in un abbraccio. Era un posto pubblico e Luke cercò di scostarsi, ma Simon gli stava dicendo: «Shhh, Luke, va tutto bene. Sono qui,» e Luke scoprì che stava piangendo. *Oh*. Non se n'era reso conto. Le lacrime non si fermavano. Era imbarazzante. Doveva davvero smettere di piangere in mezzo al ristorante, cazzo. Simon lo aveva fatto voltare in modo da dare le spalle al resto degli avventori e sembrava che stesse attendendo che si riprendesse. Non era sicuro che sarebbe accaduto presto.

«Stai bene. Ora sono qui.» Simon continuava a ripeterlo e Luke stava cercando di ascoltare. Se solo avesse potuto interrompere quel pianto silenzioso! Simon lo teneva stretto e quella era una benedizione perché, se l'avesse lasciato andare, Luke sarebbe caduto in mille pezzi.

Non aveva idea di quanto gli ci fosse voluto per smettere, ma a un certo punto, Simon si mosse e gli mise una tazza di caffè caldo fra le mani. Luke prese un sorso, cercando di non strozzarsi con il liquido che gli era scivolato sul nodo che aveva in gola.

«Meglio?» La voce di Simon era calma e gentile.

Alzando lo sguardo, Luke notò quanto il suo compagno appariva preoccupato. Sentendosi più composto, annuì e prese un altro sorso. Era mortificato per essere crollato in quel modo in un posto pubblico. Luke aveva pianto prima di allora e non lo disturbava per niente piangere davanti al suo compagno, ma non dove tutti potevano vederlo.

A un certo punto, il cibo venne portato via. Doveva essere diventato freddo, o forse Simon aveva chiesto a Shelley di impacchettarlo.

«Luke?» Simon interruppe il vagabondare dei suoi pensieri.

«Sì?» Faceva male parlare, la sua voce era roca e la

gola dolorante.

«Shelley vuole dirti qualcosa.»

«Eh?» Luke alzò lo sguardo di nuovo e vide la cameriera in piedi vicino a lui. Non aveva notato che si era avvicinata.

«Ehi.» Aveva la stessa espressione di Simon: compassionevole e preoccupata.

«Mi dispiace,» mormorò lui.

«Non c'è niente di cui dispiacersi. Luke, non sei il primo a cui succede. Siamo il ristorante più vicino all'ospedale. Ci siamo abituati.» Shelley si fermò come se stesse cercando le parole giuste. «C'è una ragione se ti faccio sempre sedere a questo tavolo.»

Stupito, Luke la guardò davvero per la prima volta e si mise ad osservare il ristorante. Era quasi vuoto, la folla della sera non era ancora arrivata. Luke iniziava quasi a sentire di conoscere personalmente alcune di quelle persone. Non si era accorto che, se Shelley era in servizio, a loro veniva dato sempre lo stesso posto: un separé lontano, in fondo alla stanza. Nessuno dei tavoli attorno riusciva a vederlo.

Lei gli sorrise gentilmente, guardandolo mentre giungeva alla giusta conclusione. «Ci sono molte famiglie che varcano la nostra soglia. Non tutte belle come voi ragazzi, certo, ma molti di loro hanno bisogno della stessa cosa: un po' di tempo per loro stessi e un posto dove poter essere preoccupati.»

«Perché io?» chiese con voce roca.

Shelley ruotò gli occhi. «Perché avevi bisogno di tempo per te e di un posto dove poter essere preoccupato.»

Luke si rese conto di essere ancora vicino alle lacrime mentre cercava di ringraziarla.

Con una rapida stretta sulla sua spalla, la cameriera se ne andò dicendo che sarebbe tornata con il loro cibo nel giro di pochi minuti.

Luke fece una smorfia. «Non ho molta fame,»

ammise.

«Devi mangiare, Luke. Devo imboccarti di nuovo?»

Simon gli fece *lo* sguardo, quello che diceva che se non avesse mangiato quel dannato cibo si sarebbe ritrovato imboccato ancora una volta. Luke si placò e, quando arrivò il piatto, diede un morso riluttante all'hamburger. In pochi minuti l'hamburger era finito e lui stava scavando tra le patatine, improvvisamente affamatissimo.

Usando l'ultima patatina per raccogliere un po' di ketchup, Simon disse: «Un altro hamburger o vuoi un po' di torta di mele?»

Lo stomaco di Luke gorgogliò, apprezzando l'idea.

«E torta di mele sia, allora. La portiamo via?»

Ancora esausto, Luke annuì e poi si adagiò contro Simon. Era troppo stanco per parlare e a Simon non sembrava importare. Shelley portò la torta racchiusa in una scatola e se ne andarono. Luke ricevette un bacio sulla guancia e la raccomandazione di riposare.

A un certo punto lungo la strada si fece buio. Luke non se n'era nemmeno accorto. Erano sulla via del ritorno al ranch, i fanali illuminavano la strada. Tra l'essere esausto, l'oscurità e lo stomaco pieno, si addormentò prima che fossero per strada da un'ora.

CAPITOLO
VENTITRÉ

Luke non ricordava molto di ciò che era successo dopo aver lasciato il ristorante. Aveva già deciso di tornare in ospedale come prima cosa la mattina seguente, indipendentemente da quello che avrebbero detto sua mamma e Simon. Aveva qualche ricordo confuso, come quello di essere stato estratto dal furgone o di Simon che lo obbligava a bere un po' di cacao prima di addormentarsi. Era determinato a partire per le sei del mattino. Aveva solo bisogno di un po' di ore di riposo indisturbato. Messo a letto come un bambino, Luke si era addormentato rapidamente, rilassato per la prima volta in quasi due settimane, con la testa nascosta contro il collo di Simon, avvolto dal suo calore. Solo poche ore.

Il suo primo pensiero cosciente fu che la luce era sbagliata. Era troppo luminosa per essere quella del primo mattino. Luke si sforzò di aprire gli occhi e sollevò la testa per guardare la sveglia. Erano già le undici? Gemette e si lasciò ricadere sul cuscino. Cazzo, doveva darsi una mossa. Caffè, doccia, altro caffè, e poi sarebbe stato bene non appena la nebbia che aveva nella testa fosse svanita.

Il suo secondo pensiero cosciente iniziò con *Merda* e finì con *Lo ammazzo quello stronzo*. Era almeno metà pomeriggio ora e ciò significava che Simon aveva corretto la sua bevanda la notte prima.

«Caffè?» Simon si sedette sul letto con due grosse tazze di caffè in mano.

Avrebbe ucciso dopo il suo partner, ma solo dopo il caffè.

Faticando per mettersi in una posizione seduta, Luke tese la mano per prendere la tazza. Fermandosi prima di bere un sorso, chiese: «È sicuro?»

Simon ebbe la grazia di dimostrarsi almeno un po' colpevole.

«Di chi è stata l'idea di mettermi fuori gioco?» chiese Luke, dopo aver inalato dalla tazza.

«Pamela. Mi ha passato una delle sue pillole per dormire, per assicurarsi che non saresti scappato nel mezzo della notte per tornare all'ospedale.» Simon gli passò il proprio caffè in un gesto di scuse.

Luke cercò di non arrossire, ma a giudicare dall'espressione consapevole di Simon, aveva fallito.

«Esattamente.»

Dio, odiava quel cazzo di sguardo compiaciuto sul viso di Simon.

«Pa'?» La lingua di Luke gli si bloccò in bocca mentre faceva la domanda.

«Resiste. Ho chiamato ieri sera e due volte oggi. Pamela mi ha detto di smettere di chiamare e che se metti un piede in ospedale ti sventra.»

Sbuffando con disgusto, Luke chiese: «Ho il permesso di alzarmi ora? Devo pisciare e farmi una doccia.»

Simon annuì e si alzò, raccogliendo le tazze vuote. «Ci vediamo in cucina tra venti minuti. La colazione e il caffè saranno sul tavolo.»

Luke gli guardò il culo mentre Simon si avviava verso la porta. Era fantastico.

«Mi stai guardando di nuovo il culo?»

«Lo sai che è così,» borbottò Luke.

Muovendolo e scuotendolo, Simon guardò da sopra la spalla in modo provocante. «È tutto tuo se ce la fai a venire in cucina tra venti minuti. Altrimenti...» La sua voce si spense.

Dannato bastardo!

«Sto contando, Luke.»

Luke abbaiò una risata mentre usciva dal letto. Doveva fare come gli era stato detto. Non era cambiato molto, in fondo.

La doccia calda fece molto per dissipare la confusione restante procuratagli dalla pillola e Luke apprezzò l'opportunità di indossare degli abiti diversi da quelli che aveva messo negli ultimi dieci giorni. Arrivò in cucina che erano appena passati diciassette minuti.

Simon era al piano cottura e stava mettendo in un piatto uova e bacon. «Bravo ragazzo,» disse, senza voltarsi.

«Non sono un cazzo di cane, amico,» protestò Luke. «Comincio ad essere stanco di te che mi dici siediti, fermati, rotola.»

Vide il sopracciglio di Simon arcuarsi verso l'alto mentre gli metteva davanti il piatto.

«E io che pensavo che ti piacesse quando prendo il controllo,» disse Simon con voce strascicata e con quella cadenza che faceva sempre rizzare e implorare il sesso di Luke.

«In *ufficio*, sì. È che comincia a infiltrarsi anche negli altri aspetti delle nostre vite,» rispose finalmente Luke, ignorando la protesta che proveniva dal suo pene.

«Stavo solo cercando di prendermi cura di te, Luke, mentre avevi altre cose per la testa,» ammise Simon con voce bassa e tesa.

Luke alzò lo sguardo e vide il dolore negli occhi del suo uomo. Dolore che ci aveva messo lui quando Simon stava solo facendo quello che aveva sempre fatto: prendersi cura di lui. Allungò una mano per prendergli il polso. «Lo so,» lo rassicurò, cercando di scacciare quella sofferenza.

Simon abbassò lo sguardo sulle dita di Luke attorno al proprio polso e appoggiò la mano libera su quella del compagno. «Abbiamo bisogno dei nostri rapporti mattutini. Abbiamo perso le nostre occasioni per...

discutere.»

Luke alzò lo sguardo a quel tono. L'incertezza indugiava ancora negli occhi del suo partner, ma stava cercando di usare di nuovo quella parlata strascicata. Un rapporto mattutino sembrava una dannatissima buona idea. Annuendo, Luke sfiorò le nocche di Simon con le labbra. «Per me va bene, capo.»

«Prima, però, la colazione.» Simon indicò il piatto e guardò duramente Luke. «Non smetterò di prendermi cura di te. Giusto perché tu lo sappia.»

«Se devi,» sospirò Luke drammaticamente e prese un boccone di uova prima che Simon si mettesse di nuovo a fare il prepotente ed iniziasse a imboccarlo.

Il piatto era quasi vuoto quando l'altro disse: «Sei pronto a tornare a fare il cowboy? Lulu mangia poco. Pensavo che potessi darle un'occhiata prima di chiamare il veterinario.»

Luke aveva spinto via il piatto e si era alzato prima ancora di iniziare a parlare. «Mangia poco? Perché non me l'hai detto? Da quanto tempo sta così?» Le domande uscirono in rapida successione. Dio no, non la sua Lulu, *non ora.*

Simon sollevò una mano. «Calmati, cazzo. È radiosa e felice. Voglio solo che tu le dia un'occhiata.»

Lasciandosi ricadere sulla sedia, Luke prese un profondo respiro. «Non penso che calmarmi sia in programma per oggi.»

«Lo vedo,» rifletté Simon. «Bene, alzati. Hai un ranch da mandare avanti.»

LA PRIMA visita a Lulu rassicurò Luke sul fatto che non stesse per perdere il suo amato cavallo. Al suono della sua voce, la cavalla galoppò attraverso recinto per andargli incontro e spinse il naso impazientemente contro le sue tasche per cercare qualche zuccherino o frutto da mangiare. Gli altri cavalli la seguirono e Luke si trovò circondato a dispensare mele e pacche indiscriminatamente.

Lulu fu sottoposta a un esame più attento quando gli altri persero interesse. Luke la controllò accuratamente, guardandole in bocca e schiacciandole l'addome per un qualsiasi segno di morbidezza.

«Non vedo niente,» disse a Simon, che stava ripulendo le stalle dal letame. «Terremo d'occhio la mia bambina,» cantilenò, strofinando il viso contro il collo forte del baio.

«A volte potrei giurare che ami Lulu più di me,» osservò Simon, guardando il suo compagno con la cavalla.

«A volte è così,» concordò placidamente Luke e sorrise al suo uomo.

Rassicurato, sellò Levi e Del e i due uomini cavalcarono per andare a ispezionare il recinto. Non c'erano stati altri atti di vandalismo da quando sua mamma aveva avuto l'incidente e Luke poteva solo supporre che il buon pastore avesse detto ai colpevoli di starsene buoni per un po'. Non si faceva illusioni, però, sul fatto che si fossero fermati definitivamente.

Il tardo pomeriggio stava diventando sera e faceva ancora abbastanza caldo da poter star fuori senza giacca. Mentre cavalcava, Luke ebbe tempo di pensare e questo non era un bene. La preoccupazione, i morsi della paura dati dall'essere lontano da suo padre, si stabilirono nelle sue viscere e si ritrovò a respirare profondamente l'aria fresca, l'aria del ranch, felice di essere lontano dall'ambiente rarefatto e sterile dell'ospedale.

Non si era reso conto che Simon lo stava guardando da vicino e che non si era mai allontanato da lui mentre cavalcavano.

«Okay, ora basta,» disse improvvisamente Simon.

«Eh?» Luke alzò lo sguardo, confuso.

«Stai pensando troppo,» dichiarò Simon, sporgendosi per un bacio che fu accompagnato da una leccatina e un piccolo morso al labbro inferiore di Luke.

Sospirando, Luke si ritrasse, facendo uno sforzo visibile per rilassarsi. «Mi dispiace, Si.»

«Non devi dispiacerti, capo.» La voce di Simon si era addolcita e i suoi occhi erano caldi mentre indugiavano su Luke. «Voglio solo che stacchi per un po' con il cervello.» Il tono della sua voce cambiò completamente e Luke ne prese nota.

«Hai qualcosa in mente, cowboy?» Luke guardò il suo uomo, leccandosi le labbra, notando il rossore spargersi sul collo di Simon e i suoi occhi spalancarsi mentre seguiva il movimento della lingua di Luke.

«Ah-ha.» La voce di Simon era un ringhio basso e prolungato che arrivò dritto all'uccello di Luke.

«Me lo vuoi mostrare?» Luke poteva ringhiare allo stesso modo e aveva davvero, davvero bisogno di smettere di pensare.

Simon scivolò giù da Del e fece cenno con il capo a Luke di fare lo stesso. Lasciando entrambi i cavalli legati a terra e al pascolo, si spostarono poco distante. Luke fu strattonato fino a quando si trovò completamente aderente al corpo solido del suo uomo. Le mani di Simon gli presero le natiche, lo attirarono con forza e la sua lunga coscia si spinse tra le sue gambe. Ansimando per la pressione contro il suo sesso, Luke si aggrappò ai bicipiti di Simon, spingendosi in basso contro la sua gamba, cercando un po' di sollievo dalle sensazioni esplosive che stavano crescendo dentro di lui. A quel ritmo, Luke non sarebbe durato che qualche minuto.

Cercò di ritirarsi, ma Simon non lo lasciò andare, anzi lo attirò più vicino a sé, spostando la pressione della gamba fino a trasformarla in una deliziosa agonia sotto i suoi testicoli.

«Sto per venire,» grugnì Luke, sapendo che non aveva una dannata possibilità di resistere fino a quando Simon fosse entrato in lui. Era stato al limite per troppo tempo.

«Fallo,» ordinò Simon, «poi ti scopo fino a farti uscire di testa.»

Nonostante le sue proteste precedenti sui comandi che Simon gli dava, Luke fece come gli fu detto e i suoi fianchi sussultarono senza sosta mentre la pressione iniziava a farsi un po' troppo intensa. Non aveva ancora finito di pulsare nei boxer che Simon era già in ginocchio e gli stava sbottonando i jeans, abbassandoglieli alle caviglie insieme alla biancheria. Luke sussultò quando sentì le sue labbra contro la propria asta, quando percepì la lingua di Simon leccargli via il seme appiccicoso e succhiargli la punta fino a farglielo tornare duro.

Mugolii fuggivano dalla gola di Luke mentre protestava per la sensazione un po' troppo intensa della bocca di Simon attorno al proprio sesso. Simon allentò la pressione, ma non lo lasciò andare. Una delle sue mani scivolò sul sedere del suo amante e le sue lunghe dita si insinuarono fino a premere contro la sua apertura. Luke cercò di allargare le gambe per dare a Simon più accesso, ma i jeans aggrovigliati attorno alle caviglie gli impedivano di muoversi.

Simon spostò una mano verso la bocca di Luke perché questi potesse succhiargli le dita. Il suo compagno le afferrò e le succhiò così forte che fu il turno di Simon di mugolare. Ne infilò uno in lui e il bruciore fu troppo. Ma era bello. Era così *fottutamente* giusto.

«Di più!» ordinò Luke.

Seduto sui talloni, Simon guardò in alto, verso di lui. «Prepotente.»

La luce del giorno stava svanendo e Luke ricambiò lo sguardo. «Voglio di più,» enunciò chiaramente.

Un sorriso malefico si aprì sul viso di Simon. «Ogni tuo desiderio è un ordine.»

Un altro dito entrò e fu bellissimo, un terzo e Luke si stava inarcando, sollevandosi sulle punte.

I suoi testicoli erano pieni e contratti, la mano di Simon gli teneva lo scroto mentre lo tormentava, scopandolo con le dita. Luke sapeva che sarebbe venuto nuovamente, nonostante stesse facendo del suo meglio per trattenersi. Non c'erano pensieri nella sua testa se non il desiderio urlante di *venireadessocazzo*! Le sue unghie erano affondate tra i capelli di Simon e doveva essere doloroso, ma il suo uomo continuava a mantenere la pressione sul suo sesso e sulla sua prostata.

Simon si ritrasse. «Dai, *baby*,» cantilenò roco, «voglio vederti venire.»

«*Cazzo, cazzo, cazzo*.» Luke cercò di far entrare aria nei polmoni ma non riusciva a ricordare i dettagli di come respirare quando ogni parte del suo corpo e della sua mente erano concentrati su quell'ineluttabile piacere.

«Fallo!» gli ordinò Simon e si tuffò di nuovo verso il basso.

L'orgasmo fu come un fuoco che serpeggiò lungo la sua spina dorsale e, quando finalmente Luke riuscì a venire, il suo seme fu ingoiato dalla bocca vogliosa di Simon.

Due orgasmi da sbattere via il cervello dopo, le gambe di Luke non riuscirono più a sostenere il suo peso. Simon lo afferrò mentre si accasciava al suolo e lo manovrò fino a farlo sedere tra le sue gambe, con la schiena contro il suo petto. Luke era ansimante mentre si calmava, la pelle sudata sotto la camicia. Passò un po' di tempo prima che si rendesse conto della pressione insistente contro il suo fondoschiena. Certo, Simon non era ancora venuto. Consapevole delle dita che gli passavano nei capelli umidi, aprì gli occhi assonnati e vide Simon che gli sorrideva.

«Ti senti meglio?»

«Hmmm,» annuì Luke, troppo sconvolto per fare altro.

Simon si agitò sotto di lui. «Ora è il mio turno.» Non era una domanda.

«Non penso di riuscire a venire di nuovo,» biascicò Luke, ancora inerme e non certo di riuscire a muoversi.

Ammiccando con le sopracciglia, Simon replicò: «Vuoi scommettere?» Quella era definitivamente una sfida.

«Non potrei semplicemente dovertene una?»

Sorridendo, Simon si mosse in modo che Luke fosse sdraiato sull'erba con le foglie che gli solleticavano la schiena. «Tu stai sdraiato, *baby*, e lascia fare a me.»

Luke gemette ma lasciò che Simon gli togliesse i jeans e gli stivali. Gli sollevò la camicia in modo da poter affondare il viso contro il suo stomaco e posare dei baci sul tragitto che scendeva verso il suo sesso flaccido. Nemmeno Simon con i suoi poteri magici poteva far sì che quella bellezza si risollevasse di nuovo. Estremamente consapevole di aver appena descritto il proprio uccello come una *bellezza*, Luke arrossì intensamente.

«Stai facendo pensieri sporchi, cowboy?» chiese Simon sollevando il capo.

«Più che altro strani,» ammise Luke, arrossendo ancora di più.

Simon sospirò. «Il tuo cervello sta *ancora* lavorando?»

«Non proprio.» Luke si mosse in modo che le sue gambe fossero avvolte attorno a Simon, per attirarlo più vicino.

«Ho bisogno di togliermi i pantaloni prima di scoparti,» gli fece notare il suo uomo.

Luke se n'era più o meno dimenticato e il denim dei jeans di Simon strofinava fastidiosamente contro il suo membro sensibile. Sibilò quando l'altro si mosse.

Mettendosi in ginocchio, Simon si aprì i pantaloni e li fece calare alle ginocchia. Armeggiò con qualcosa nella tasca, e fece quello che sembrava uno sguardo trionfante quando trovò la bottiglietta di lubrificante.

Luke lo osservò mentre si ungeva il sesso duro e arrossato con un rapido passaggio di mano. Notando il suo sguardo d'intensa concentrazione, capì che Simon riusciva a controllarsi solo grazie alla sua forza di volontà. Una malizia perversa gli fece alzare le gambe in modo da esporre completamente la sua apertura, ancora gonfia e dilatata dalle dita di Simon.

Un suono strozzato gli disse che il suo messaggio era arrivato forte e chiaro. «Cazzo.» Simon si leccò le labbra. «Devo entrarci ora.»

«Fallo.» Luke usò le dita per allargarsi.

«Sì.»

Respirando rapidamente e superficialmente, Simon si protese in avanti, una mano sul fianco di Luke, e si spinse in lui. Il corpo di Luke gli si chiuse attorno ed entrambi gemettero mentre i loro corpi scivolavano uno contro l'altro.

Con la mano lubrificata, Simon accarezzò lentamente l'asta del suo uomo, memore di quanto fosse ancora sensibile. Luke si morse il labbro, ma non lo fermò perché onestamente la sensazione era incredibile, anche se non gli stava tornando duro.

Il movimento era lento e ondulatorio, uno strofinio contro la sua prostata, poi Simon si ritraeva lasciando a Luke una sensazione di vuoto.

«Mi scopi o vuoi fare una torta?» lo stuzzicò Luke.

Le labbra di Simon si contrassero, ma obbedì con un movimento un po' più intenso dei fianchi, un tocco più deciso sul suo sesso e una torsione sulla punta.

«Cazzo!» Spingendosi in alto con il bacino, Luke chiese di più. Semplicemente di più.

Sapeva che questo avrebbe fatto impazzire Simon. Era pronto a venire ancor prima di entrare in Luke.

Simon si chinò a sussurrargli nell'orecchio. «Hai ripreso le forze, cowboy?»

«Perché?» chiese Luke con sospetto.

Lo sguardo che il suo amante gli restituì era distintamente compiaciuto. «Perché voglio scoparti fino a farti uscire il cervello dal cazzo.»

Luke spinse di nuovo verso l'alto. «Meglio che ti dai da fare, allora.»

Avrebbe dovuto saperlo, pensò, quando Simon si portò una delle sue gambe sulle spalle e cominciò a scoparlo a morte. Luke si artigliò inutilmente alla terra mentre l'altro pompava dentro di lui e tutto il suo mondo si concentrò sui pochi centimetri di carne nel suo sedere.

Guardare Simon perdere il controllo era magnifico. Il suo viso era arrossato, gli occhi chiusi e i tendini del collo spiccavano in rilievo.

«Dai, Si, lasciati andare,» lo incoraggiò Luke.

«Tu per primo,» ribatté Simon.

Luke voleva deriderlo, ma improvvisamente il suo canale si stava stringendo e lui stava venendo di nuovo, niente di più di qualche goccia sulla mano di Simon, mentre il suo sedere veniva riempito di calore grazie al trionfante e rumoroso orgasmo del suo uomo.

Questa volta fu Simon a collassare, con il sesso che ancora pulsava dentro Luke mentre giacevano nell'erba, respirando affannosamente come dopo una corsa. Luke gli accarezzò teneramente i capelli umidi di sudore.

«Meglio?» chiese improvvisamente Simon, dalla sua posizione sopra il petto di Luke.

«Un po',» concordò Luke e gli baciò la sommità del capo. Aveva bisogno di stare lì, solo per un po', sulla sua terra, con il suo uomo.

Quando i due uomini tornarono verso casa a cavallo, Simon disse: «Domani dovremo dare di nuovo un'occhiata ai pascoli sul retro. Pete non ne è soddisfatto.»

Luke annuì. «Okay. Hai parlato con Lil?»

«Sì. È pronta a spostare il bestiame quando lo siamo anche noi. Sai che è stata contattata per iniziare un programma di allevamento nella zona?»

«Chi l'ha contattata?» Luke si accigliò, pensando ai proprietari terrieri locali. Molti di loro non avrebbero nemmeno parlato di affari con lei dopo che il marito di Lil era morto.

«Un consorzio che include *Stevenson and Childes*.» Simon sbuffò divertito e Luke si unì a lui. Erano proprio i tizi che avevano detto a Lil chiaramente che avrebbero fatto affari solo con uomini.

Luke finì per appoggiarsi debolmente contro il collo di Levi, con lo stomaco dolorante per le risate. «Cosa... cosa ha risposto?»

«Vuoi la versione professionale o quella vietata ai minori?»

«Linguaggio forte?»

Simon fece fare a Del un passo di lato, in modo da avvicinarsi a Luke. Si chinò per un bacio prima di rispondere: «Ha detto loro che avrebbe fatto affari solo con uomini veri, non stronzi che avevano minacciato lei e i suoi soci in affari. Questa è la versione gentile.»

«Oh, cavolo.» Luke sussultò. «Non si è messa in una buona posizione. Sono dei pesci grossi rispetto a noi.»

«Dice che torneranno, cappelli in mano, e mi ha detto di dirti di aspettarti presto qualche chiamata.»

Luke sollevò un sopracciglio. «Non so se essere grato a quella donna o averne paura.»

«Entrambi,» concordò Simon. «Non vorrei mai che mi prendesse in antipatia. È un osso duro.»

Uno sbadiglio improvviso colse Luke di sorpresa e vide Simon che lo osservava.

«Che ne dici di una zuppa, un bagno e poi a letto?»

«Mi sembra ottimo,» disse Luke, «se ci sono anche un po' di coccole incluse.»

Sorridendogli, Simon annuì. «Penso che si possa fare.» Fece una pausa. «Sdolcinato!»

«Il tuo,» lo corresse Luke.

«Il mio,» strascicò Simon, guardandolo da capo a piedi con uno sguardo che gli avrebbe fatto tirare l'uccello se ci fosse stata una remota possibilità che funzionasse ancora.

Quando arrivarono allo stabile, il cellulare di Luke suonò, e lui notò subito il nome di Lisa sul display. Immediatamente la tensione tornò violentemente nel suo corpo. Guardò il telefono, incapace di rispondere, impaurito da ciò che poteva sentire.

Senza dire nulla, Simon gli prese il telefono di mano e guardò il display.

«Ehi, Lisa,» la salutò.

Luke scivolò giù da Levi e lo portò verso la stalla. Slegò i lacci della sella, la sollevò e la tolse, cercando di non ascoltare la conversazione che stava avvenendo fuori. In tutta onestà era praticamente un monologo. Simon non aveva detto molto di più di qualche *sì* e *no*. Luke alzò lo sguardo quando l'altro entrò nel fienile, cercando disperatamente di decifrare l'espressione sul suo viso. Il cuore gli batteva forte nelle orecchie mentre Simon si avvicinava.

«Va tutto bene, Luke. Va tutto bene. Tuo papà si è svegliato. Voleva solo farci sapere che hanno ridotto i sedativi e che parla. Voleva sapere come andava il ranch e se c'erano problemi.»

Luke chiuse gli occhi contro le lacrime di sollievo *fottuto* e si sentì attirare contro il corpo solido di Simon. Il suo compagno gli stava parlando, parole senza senso che non riusciva a sentire. Tutto ciò che percepiva erano le forti braccia di Simon che lo stringevano e un rumore statico nella mente che gli diceva che il suo papà non era morto. Suo papà non era morto.

«Non è morto. Pa' è vivo e vegeto,» lo rassicurò Simon.

Afferrandogli la nuca, Luke lo attirò in basso per un bacio confuso e umido. «Ti amo,» mormorò contro le labbra di Simon. Percepì – più che vide – Simon roteare gli occhi.

«Beh, *ovvio*!»

CAPITOLO
VENTIQUATTRO

LUKE stava parlando con Greg del programma di allevamento quando sua mamma entrò con un giovane sconosciuto estremamente attraente alle calcagna. Era di poco più basso di Luke, con la carnagione scura ed enormi occhi di un marrone liquido. Luke dovette costringersi a distogliere lo sguardo per evitare di venire beccato mentre lo squadrava.

Alzandosi dalla sedia, Luke baciò Pamela e squadrò la propria madre con occhi inquisitori. Pamela si voltò e sorrise al giovane.

«Noah Taylor, questo è mio figlio, Luke Murray.»

«Luke, questo è il pastore Taylor. È il predicatore del St. Marks.»

Luke era nel mezzo del movimento per tendere la mano quando elaborò quello che sua mamma aveva appena detto e s'irrigidì, non sicuro di voler stringere la mano al pastore.

«Piacere di conoscerti, Luke.» Il pastore Taylor ignorò la crisi di Luke e fece un passo avanti per stringergli la mano.

Sua mamma lo aveva cresciuto insegnandogli a essere gentile, così Luke, con riluttanza, completò il movimento prima che lei potesse rimproverarlo e scosse la mano del pastore, fresca e asciutta.

Chinando il capo, Luke disse: «Pastore.» Ritirò la mano non appena riuscì senza sembrare rude.

«Noah, ti prego,» insistette l'uomo. «Non amo particolarmente le formalità.»

Pamela guardò il figlio. «Ho incontrato Noah all'ospedale. Era venuto a far visita a uno dei fedeli della sua chiesa. È stato abbastanza gentile da parlarmi quando ero sconvolta,» spiegò lei. «È venuto a trovare Greg ogni giorno da allora.»

«Molto gentile da parte tua,» lo ringrazio Luke brevemente. Proprio quello di cui aveva bisogno. Un altro predicatore nelle loro vite.

«Ma' si è presa cura di me da allora.» Noah gli sorrise, ignorando il suo tono asciutto, e si avvicinò a Greg. «Buongiorno, Greg. Come stai?»

Ma? Le sopracciglia di Luke si sollevarono per la sorpresa. Nemmeno Pastore Jim aveva mai chiamato sua madre in modo diverso da Pamela o Signora Murray.

«Sto bene, grazie, Noah,» rispose Greg un po' tremolante. Luke era preoccupato perché sembrava un po' a corto di fiato oggi, ma le infermiere gli avevano assicurato che lo stavano tenendo sotto controllo.

Noah corrugò le sopracciglia, ma non alluse a niente, disse solo che si era fermato dopo aver fatto visita alla signora McKay.

Si scoprì che la signora McKay era una conoscente di Pamela che aveva un debole per la creazione di maglioni di lana extralarge caratterizzati da colori folli e imbarazzanti. Noah era il destinatario di molti di quei maglioni, visto che la signora McKay sentiva il bisogno di mostrarsi materna verso di lui. Gli aveva regalato un maglione verde acido e uno rosa ciliegia che dava un'emicrania istantanea a guardarlo. Sua madre gli aveva proibito di indossarlo a meno di cinquanta miglia da dove si trovava lei, il che era un problema visto che viveva solo a dieci miglia di distanza e a alla signora McKay piaceva fargli visita ogni tanto e vederlo con addosso quei maglioni.

«Non dirlo a Mama, altrimenti mi disconosce.» Noah si mise l'indice davanti alle labbra.

Risero tutti, compreso Luke. Noah Taylor era

estremamente interessante e per niente come Luke si aspettava che fosse un predicatore.

Pamela sorrise felice e si sedette vicino a Greg. «Pensiamo di andare a St. Marks quando tuo papà uscirà da qui.» La donna picchiettò sulla mano del marito.

«Se mai uscirò,» borbottò l'uomo. «Potrei uscire con i piedi davanti.»

«Zitto, Greg. Non dire queste cose.»

Pamela sembrava turbata e Greg le batté piano sulla mano in un gesto di scuse. Luke si morse il labbro. Suo papà faceva sempre più commenti del genere e quell'umorismo macabro cominciava a irritare tutti.

«Non andrai da nessuna parte fino a quando non sarai venuto a sederti per ascoltare uno dei miei sermoni,» gli disse Noah fermamente. Greg gemette, spezzando l'improvvisa tensione.

«Pensavo di aver finalmente finito di sentire quegli sproloqui prolissi.»

Noah sembrò oltraggiato. «Devi sapere che i miei sermoni non sono sproloqui.»

«Ma sono prolissi?» intervenne Luke.

«Forse un po',» ammise Noah. «So che mi devo fermare quando il nostro organista si addormenta.»

Un'altra risata e Luke si rilassò ancora un po'. Doveva ammettere che Noah era piacevole.

«Quindi ti vedremo al St. Marks prossimamente?» Il pastore spostò improvvisamente l'attenzione su Luke, che si sentì intrappolato sotto lo sguardo intenso dell'uomo.

«Io... ehm... non penso.» Luke scosse il capo. Non aveva un gran desiderio di rifare quell'esperienza.

«Ma Luke...» iniziò sua madre, con l'ovvio intento di discutere, ma Noah alzò la mano, sorridendo per farle capire che non voleva essere sgarbato.

«Tua mamma mi ha detto dei problemi che avete avuto.»

Luke lanciò un'occhiataccia a sua madre. Non aveva

bisogno che uno sconosciuto fosse al corrente dei suoi problemi, uomo di Dio o no. Lei non restituì lo sguardo e Luke sospirò tra sé e sé. «Sì, beh, capirai che non sono ansioso di ripetere l'esperienza.»

«Non avresti quel problema alla mia chiesa. Noi accogliamo tutti, indipendentemente da chi sono,» gli disse Noah, con gli occhi calorosi e compassionevoli.

Luke sbuffò cinicamente. Non riuscì a evitarlo nonostante sua madre avesse aggrottato le sopracciglia. Ad ogni modo, Noah non sembrò offendersi.

«Posso capire le tue riserve, Luke, ma è vero.»

«Ero il benvenuto nella mia vecchia chiesa prima che arrivasse il nuovo pastore e facesse rivoltare i miei amici contro di noi.»

Noah aggiunse. «L'ho sentito dire. Intendi te e Simon?»

«Sì,» annuì Luke. Il pastore non sembrava particolarmente inorridito dal fatto che stesse parlando con un uomo gay, ma dopo gli ultimi mesi, Luke non era sicuro di cosa aspettarsi quando parlava con qualcuno, che fosse un amico o uno sconosciuto.

«Mi pare di capire che state insieme da molto tempo.»

«Dieci anni.»

«Si sono messi insieme al college,» aggiunse Pamela, sorridendo affettuosamente al figlio.

«È meraviglioso. Molte relazioni non durano così tanto.»

Fu il turno di Greg di sbuffare. «E non li hai ancora visti insieme, Noah. Sono ridicoli quando sono insieme. Non puoi nemmeno immaginare quante volte li ho beccati...»

«Pa', non penso che il pastore abbia bisogno di sentire queste cose,» lo interruppe Luke frettolosamente, con le guance in fiamme, sotto lo sguardo divertito di Noah.

«Beh, io sì,» insistette Greg cocciutamente.

«Luke e Simon sono come due sposini,» aggiunse Pamela, rivolta al predicatore, e Luke gemette, sperando che qualcuno gli sparasse lì sul posto.

«*Mamma*!»

Noah rise e gli diede una pacca sul braccio. «Non preoccuparti. I miei genitori sono imbarazzanti allo stesso modo. Mia mamma ha ancora le fotografie di me nella sua pancia.»

«Vedi!» esclamò Pamela trionfalmente. «È nostro diritto e nostro dovere come genitori imbarazzare i nostri figli.»

Luke fece un rumore che indicò la sua disapprovazione. O almeno sperava che fosse così.

«Comunque,» iniziò Noah, «niente di tutto ciò dovrebbe impedirti di unirti a noi al St. Marks.»

«Mi spiace, Pastore… Noah,» si scusò rapidamente Luke, «Non ti conosco. Sembri una persona tollerante, ma siamo passati attraverso parecchie *stro-sess* problemi negli ultimi mesi che mi dureranno per una vita intera. Non ho voglia di ricominciare da capo da un'altra parte.»

«Non ti succederebbe nella mia congregazione,» insistette Noah.

«Non puoi saperlo,» protestò Luke, cocciuto.

«Sì che posso. Ho diverse persone e coppie gay nella mia congregazione.» Noah rise mentre Luke lo guardava a bocca aperta.

«E agli altri non importa?»

«Perché dovrebbe?» Noah sembrava confuso.

«Perché questa zona non è propriamente nota per il suo atteggiamento cordiale verso tutto ciò che è finocchio,» rispose duramente Luke.

Noah mise una mano sulla sua spalla e lo guardò attentamente. «Luke, io sono gay e non mi interessa se sei gay o etero. Sei il benvenuto nella nostra chiesa.»

Luke sbatté ripetutamente le palpebre. Poteva

giurare che il pastore gli avesse appena detto di essere un finocchio. Forse il coniglio di Pasqua era Babbo Natale sotto mentite spoglie. Forse gli unicorni erano veri dopotutto. Forse...

«Figliolo?»

Luke guardò suo padre.

«Zitto. Noah ora penserà che sei pazzo oltre che gay.»

Arrossendo di nuovo, Luke guardò Noah che stava annuendo.

«Sì, l'hai detto ad alta voce.»

«Devo davvero piantarla con quest'abitudine,» mormorò Luke a se stesso.

«Allora, ci vediamo domenica prossima?»

Non era proprio una domanda, era più un'affermazione. Luke aveva la sensazione che questo ragazzo non accettasse che il *no* a volte potesse anche essere rivolto a lui.

Sua mamma sembrava felice e Luke sapeva che sarebbe stata entusiasta di averli tutti riuniti la domenica, come una volta. Luke voleva far felice sua madre, ma non era sicuro di voler tornare in una chiesa per questo. Oltretutto doveva discuterne prima con Simon. Erano davvero bravi a *discutere* le cose.

L'ultima cosa che si sarebbe aspettato era di vedere Marion Benson che entrava, accompagnata da Jeannie. Le due donne si fermarono poco dopo la soglia, ovviamente incerte su come sarebbero state accolte. Marion evitò lo sguardo di Luke, ma sua figlia gli corse incontro per abbracciarlo e baciarlo.

«Ehi, tu,» lo salutò e poi lo abbracciò di nuovo.

Sorridendo contro i suoi capelli, Luke la strinse in un abbraccio. Non vedeva Jeannie da quando si era trasferita a Dallas con suo marito e i bambini. Erano cresciuti insieme ed era stata praticamente la sua migliore amica al liceo.

«Ehi, tu,» la imitò lui, «cosa ci fai qui?»

Jeannie fece un passo indietro e si ravviò i capelli. Il movimento sollevò il suo top attillato sopra la pancia e Luke si rese conto che era di nuovo incinta. O quello o aveva mangiato parecchi pasti sostanziosi.

«Mamma mi ha detto di Greg. Ehi, Pa', e noi che pensavamo di venire a trovare te. Luke, cosa ci fai qui? Non dovresti essere al ranch?»

«È quello che continuiamo a dirgli,» sottolineò Pamela e allargò le braccia per un abbraccio. Jeannie la strinse con attenzione, notando il gesso.

Marion stava ancora incerta sulla porta. Luke improvvisamente si ricordò che i suoi genitori non sapevano nulla della discussione che lui e la sorella avevano avuto con i Benson dopo l'incidente, anche se entrambi sapevano che avevano chiesto a Luke di non tornare al negozio quando tutti i problemi erano iniziati.

«È un piacere vederti, Marion,» la salutò, a bassa voce.

La donna esitò e poi rispose: «È un piacere anche per me, Luke.»

Tutti si guardavano l'un l'altro, come se non fossero sicuri di cosa fare. Noah fece un passo avanti e offrì la mano a Marion.

«Salve. Mi chiamo Noah. Sono il pastore del St. Marks.»

«È un pastore?» chiese lei, incredula, e Luke avrebbe voluto colpirla solo per quanto mostrava di essere bigotta.

Noah le sorrise apertamente. «Ebbene sì, lo sono. È il mio bell'aspetto e il fascino che la rende insicura?»

Marion cercò di ricambiare il sorriso, ma vacillò, e in quel momento Luke vide un altro lato di Noah.

«Possiamo sederci e parlare con calma da qualche parte?» suggerì il giovane.

Lei annuì e lui la guidò fuori dalla stanza, lasciandosi dietro gli altri a fissare la porta con aria confusa.

Jeannie scosse il capo. «Mia mamma è così sin dal giorno del tuo incidente, Ma'. Le farà bene parlare con qualcuno di chiesa.»

«Non con il suo pastore?» chiese Luke amaramente.

Lei fece spallucce. «Hanno lasciato la congregazione. Non molto tempo fa, solo poche settimane.»

«Cosa?»

«Sì. Mamma ha avuto una discussione con Mary. Non sono sicura riguardo a cosa. Lei e papà non sono andati a messa domenica scorsa ed è stata la prima volta da che mi ricordi. Era davvero sconvolta, ma non ha voluto dirmi quale fosse il problema.» Jeannie guardò Luke con un'espressione astuta. «Tu sai cosa sta succedendo?»

Improvvisamente Luke si sentì molto stanco. Aveva davvero voglia di tornare a casa da Simon. «Dai, Jeannie, non dirmi che non hai sentito.»

«Sì, ma pensavo che sarebbe passato in fretta. Mi dispiace tanto, Luke. Sarei dovuta intervenire.»

Pamela le arrivò alle spalle e la circondò con il braccio ferito. «Eri a Dallas, tesoro, con tuo marito e i bambini. Non c'era niente che potessi fare.»

Jeannie sembrava comunque preoccupata. «Avrei dovuto discuterne con loro.»

Nonostante Luke fosse d'accordo, sapeva anche che sua madre aveva ragione. Non c'era niente che avrebbe potuto fare per far cambiare atteggiamento ai suoi genitori. Le tese la mano. «Va tutto bene, Jeannie. Ma' ha ragione. I tuoi genitori non avrebbero ascoltato. Credevano nel loro pastore.»

La porta si aprì. Luke non si voltò, aspettandosi il ritorno di Marion e Noah.

«Mi stai tradendo, capo?»

Simon! Luke si voltò di scatto e lo vide appoggiato contro lo stipite della porta. Dannazione, com'era bello. Gli ci vollero cinque passi e poi fu tra le sue braccia, con il viso sollevato per baciarlo con tutta la passione che sentiva.

Dietro di sé, sentì Jeannie fingere di vomitare. Alla fine lasciò che Simon si ritraesse.

«Lo prenderò come un no, allora. Ciao, Jeannie.» Simon sorrise alla ragazza da sopra la testa del suo compagno.

«Ciao, Simon.»

«Capisco cosa intendi, Pamela.» Noah sembrava molto divertito. Luke gemette contro il collo di Simon.

«Ohhh, è carino!» Simon mormorò con tono basso nell'orecchio di Luke.

«Chiudi la bocca,» ringhiò Luke, con la voce più bassa possibile. «È un pastore e tu sei mio.»

«Vuoi dirmi che non l'hai notato?»

Certo che l'aveva notato, non era cieco, ma non l'avrebbe detto a Simon.

«Non dovete litigarvi me, ragazzi. Non mi metterei mai in mezzo ad una coppia sposata.»

Luke sentì l'ansimo strozzato di Marion e il gemito dei suoi genitori, ma Jeannie, quella sfacciata, ridacchiò ad alta voce. «Non preoccuparti, Noah. Il nostro Luke è solo un po' possessivo con il suo ragazzo,» Dio, era come avere Lisa lì.

«Lo vedo.» *Oh, quella voce era fin troppo soddisfatta.*

Staccandosi da Simon, Luke guardò verso Noah e Marion. Lei sembrava intensamente a disagio da tutta la scena, ma dietro a quello, Luke riusciva a veder quanto fosse stanca e turbata. Cogliendo il suo sguardo, Marion gli fece un debole sorriso. Lei si voltò verso Noah, che le fece un cenno d'incoraggiamento. Luke riusciva quasi a vedere come la donna si stesse preparando a un compito molto difficile.

Lei si avvicinò fino a trovarsi davanti ad entrambi. «Luke, Simon, voglio scusarmi per il mio comportamento. Non avevamo alcun diritto di chiedervi di non venire più nel nostro negozio. E mio figlio non aveva alcun diritto di minacciare Lil. Dice di non essere coinvolto negli atti di vandalismo. Non sono sicura di credergli, ma so che, se anche ha una boccaccia, non farebbe deliberatamente del male a degli animali e sono certa che non sia stato lui a ferire Tom per incastrare Simon.»

Cadde il silenzio mentre tutti aspettavano la risposta della coppia. Luke capiva quanto le fosse costato e voleva davvero dimostrarsi un uomo adulto, ma Marion e Dave erano stati più che semplici amici. Erano quasi stati una famiglia. Alla fine, però, Simon prese la decisione per entrambi. Superò Luke e attirò gentilmente Marion in un abbraccio.

«Grazie, Marion.» Baciandola sulla guancia si fece da parte, per lasciare spazio a Luke.

Lei lo guardò. Lui annuì e disse: «Grazie per le tue scuse.» Ma lui non sarebbe stato così rapido nel perdonare. Troppo era successo per poter dimenticare solo dopo una richiesta di scuse anche un po' penosa. Avevano attaccato tutto ciò che era prezioso per lui e no, questa volta non avrebbe fatto finta di niente.

Pamela sembrava sul punto di dire qualcosa, ma Greg attirò la sua attenzione. Marion fece un passo indietro con le labbra tremanti e Jeannie le mise un braccio attorno alle spalle. Noah sembrava un po' triste per la mancanza di perdono da parte di Luke, ma Luke non avrebbe permesso a un ragazzo che conosceva a malapena di farlo sentire in colpa, anche se era figo.

In quel momento qualcuno bussò alla porta e Tommy fece capolino.

«Posso entrare? Oh…» Vide la folla e i suoi occhi si sgranarono quando vide Marion Benson. «Posso tornare dopo.»

Greg gli fece un cenno con la mano. «Entra, figliolo. Cos'è uno in più?»

Tommy si avventurò nella stanza d'ospedale con l'aria parecchio intimidita. I suoi occhi saettarono, soffermandosi sullo straniero nella stanza. Luke lo guardò divertito mentre il ragazzo improvvisamente diventava rosso acceso. Un colpo nelle costole fece alzare a Luke lo sguardo indignato su Simon. Simon fece un cenno verso il pastore. Noah stava fissando Tommy come se fosse un pranzo da tre portate e Noah fosse un uomo affamato.

La bocca di Simon accarezzò l'orecchio di Luke. «Vedi anche tu quello che vedo io?» sussurrò.

Adagiandosi nell'abbraccio di Simon, Luke sorrise: «Sì, lo vedo. Si sono stesi a vicenda.»

«Mi chiedo se si rendano conto di quanto sono ovvi.»

«Probabilmente no.»

La voce di Pamela interruppe i sussurri. «Penso che ora Greg debba riposare. Forse potreste trovare un altro posto dove stare. Non avete un ranch da mandare avanti, ragazzi?»

Borbottando, Greg insistette che stava bene, ma tutti vedevano quanto apparisse stanco.

Chinandosi per baciare suo padre sulla fronte, Luke disse: «Ci vediamo tra un paio di giorni, Pa'.»

«Torna a lavoro. Ci vedremo nel weekend,» gli rispose Greg.

Pamela alzò lo sguardo. «Luke, a Shelley manchi. Perché non vai a salutarla?»

«Lo farò, Ma',» la rassicurò lui.

«Shelley?» Noah staccò gli occhi da Tommy. «Al ristorante?»

«Sì, la conosci?»

Noah sorrise luminoso e i suoi occhi brillarono. «È una delle mie zie. Le faccio sempre visita quando sono qui. Andiamo a trovarla.» I suoi occhi tornarono su Tommy.

«Noi dobbiamo andare,» si intromise Marion. Sembrava emotivamente prosciugata, come se non vedesse l'ora di andarsene.

«Stupidaggini, dovrebbe venire anche lei,» disse Noah. «Più siamo, meglio è.» Il suo sguardo continuava ad andare a Tommy che si stava mordendo un labbro, ma era ovvio che il ragazzo non avrebbe obiettato all'idea di passare più tempo con Noah.

«Non penso che mi vogliate davvero,» commentò Marion, esitante.

«Sì, invece.» Simon le tese la mano. «Andiamo e prendiamoci un po' di caffè decente. Il caffè di Shelley può quasi rendere Luke umano.»

«Devo proprio vederlo,» ironizzò Jeannie. «Dai, mamma.»

Marion guardò Luke. Cosa diavolo poteva dire dopo quell'approvazione unanime? Poteva solo fare l'adulto. «Perché no? Devi provare anche il suo strudel.»

Simon gli posò un bacio sulla testa. «Bravo ragazzo.»

«*Woof!*» sbottò Luke.

Saltò quando uno sculaccione atterrò sul suo sedere.

«I cagnolini cattivi devono essere gestiti con fermezza.»

Ruotando gli occhi, Pamela intervenne: «Ti dispiace, Simon? Non puoi aspettare un po'?»

«Scusa, Ma'» Simon sembrava, a proposito, un cane bastonato.

Si avviarono verso la porta e Luke emise un gridolino quando il suo sedere ricevette un altro sculaccione.

«Dopo,» sibilò Simon e Luke rabbrividì.

Non vedeva l'ora.

EPILOGO

La voce irritata di sua madre disturbò la concentrazione di Luke. «Ragazzi, venite?»

E forse ci riuscirei davvero, pensò, *se tu la smettessi di interromperci.*

Arcuò la schiena mentre una risata silenziosa vibrava contro il suo sesso. Due occhi blu come l'oceano brillarono nella sua direzione, completamente impenitenti, mentre Luke stringeva le lenzuola.

«Luke Murray! Dobbiamo andare! Dove sei?»

Luke aprì la bocca per rispondere. Poi si fermò. Non aveva il permesso di parlare. Se l'avesse fatto, Simon se ne sarebbe andato e l'avrebbe lasciato a un soffio dall'orgasmo. Leccandosi le labbra guardò in basso, implorandolo con lo sguardo di lasciarlo rispondere. Se non avessero fatto in fretta, sua mamma sarebbe salita a cercarli. Oh Dio, vide Simon seguire il movimento della sua lingua, con un lampo di lussuria che lasciò entrambi senza fiato. *Concentrati, tua mamma sta arrivando.*

Ti prego, implorò. Simon fece un piccolo cenno con il capo senza lasciare andare la presa sul sesso di Luke.

«Quasi pronti, Ma',» urlò Luke, «dacci cinque minuti.»

Il sopracciglio di Simon si sollevò. *Oh, davvero?*

Mossa sbagliata. Le mani di Luke afferrarono i capelli di Simon mentre sentiva le dita dei piedi arricciarsi. Sdraiato di schiena sul loro letto, con la maglia sollevata fin sotto le ascelle e i pantaloni calati attorno alle cosce, sua madre che poteva salire le scale da un momento all'altro, e dove cazzo era il suo orgasmo?

«Okay, ma se non scendete entro cinque minuti, andiamo senza di voi.»

«Okay,» ribatté mentre Simon muoveva la testa e glielo succhiava con entusiasmo. Non gli uscì come uno squittio. No, affatto.

«Lascialo andare, Simon!» urlò Lisa.

«Lisa! Non c'è bisogno di essere scortese.»

Luke sentì Lisa sbuffare. «Lo sai anche tu cosa stanno facendo quei due di sopra.»

Luke pensò di morire quando sua madre rispose: «Se lo fanno a bassa voce, non devo pensarci e non dovresti farlo nemmeno tu.»

«*Cazzo fottuto*,» sibilò Luke. La sua famiglia stava discutendo di lui che faceva sesso mentre il suo cervello stava per essere letteralmente aspirato. Sarebbe morto d'imbarazzo e di orgasmo negato, e sua madre e sua sorella avrebbero pianto sul suo corpo se non fosse venuto alla svelta.

Era tutta colpa di Simon. Luke era pronto, vestito con un'elegante camicia verde scuro a righe e pantaloni grigio antracite, si stava pettinando quando Simon era entrato in camera. Fu come se il fuoco si fosse acceso nei suoi occhi. Un secondo prima Luke si stava passando la spazzola nei capelli e un attimo dopo era stato spinto sul letto, con l'uccello di fuori che finiva nella bocca calda e umida del suo amante.

Simon succhiò forte. Era troppo, ma non abbastanza. Luke aveva bisogno, Dio, aveva bisogno di arrivare a un punto ben preciso. Simon aveva una mano sul suo fianco e l'altra avvolta attorno al proprio uccello per masturbarsi. Luke percepì i testicoli ritrarsi e diventare duri e la pressione nella sua spina dorsale intensificarsi. Ce l'avrebbe fatta, vedeva l'orgasmo praticamente danzargli davanti e poi... Luke pensò che sarebbe impazzito per lo sforzo di non far rumore quando finalmente rilasciò i fiotti pulsanti di cui aveva bisogno, inghiottiti dalla gola avida di Simon.

Una delle mani del suo compagno si posizionò sopra la sua bocca e lui gridò in silenzio attraverso di essa, tremando per il sollievo, con il corpo che si tendeva verso l'altro mentre vibrava per la potenza dell'orgasmo.

Luke non si era ancora ripreso da quell'esplosione e lasciò che Simon lo ripulisse mentre risistemava il suo membro nei pantaloni, che si era afflosciato solo leggermente. Si alzò obbediente a un gesto di Simon, così che questi potesse almeno rimetterlo un po' in ordine.

Una risatina interruppe il suo stordimento post-orgasmo. Sua sorella era in piedi sulla soglia con un enorme sorriso beffardo dipinto sul viso.

«Uno pensa che dovresti saperti vestire da solo.»

Troppo beato per preoccuparsene davvero, Luke si appoggiò a Simon, bisognoso del suo supporto. Per una qualche ragione le sue gambe erano molli. «Non hai mai sentito parlare di *bussare*? Stiamo scendendo.»

«Non così, non lo farai.»

Confuso, Luke seguì lo sguardo della sorella. Guardò in basso verso la propria camicia, immacolata dieci minuti prima, ora completamente sgualcita.

Gemendo sonoramente, si tirò il davanti per lisciarlo. «Ma' mi ucciderà.»

«Sì che lo farà,» concordò Lisa, compiaciuta.

Simon lo baciò con uno schiocco. «No, non lo farà.» Si avvicinò all'armadio, ne estrasse una camicia blu scuro, fortunatamente senza pieghe.

«Datti una mossa,» lo spronò Lisa, «altrimenti salirà e ti prenderà a sculacciate se non sei vestito.»

Luke si tolse la camicia rovinata e la buttò nel cesto della biancheria, prendendo quella nuova da Simon e infilandosela rapidamente.

Simon gli si avvicinò per aiutarlo con i polsini e si chinò vicino al suo orecchio per sussurrare: «Più tardi ti spoglio di nuovo e ti lecco quel tuo bel culo stretto.» Lisa probabilmente non era riuscita a sentire quelle parole, ma non mancò di notare il brivido che percorse il fratello.

Alzò gli occhi al cielo. «Siete disgustosi voi due,» li informò.

«Già,» replicò Simon con orgoglio, per niente turbato.

«Ora me ne vado, che siate pronti o meno.» La pazienza di sua madre era finalmente giunta al termine.

«Arriviamo, Ma',» gridò Lisa.

La ragazza lanciò un'occhiata ai due uomini. «Non male, ragazzi, Non male per niente.» Luke dovette concordare con lei. Il suo uomo indossava una camicia rosso scuro e pantaloni neri e sembrava, secondo l'opinione chiaramente di parte di Luke, completamente commestibile.

Simon le fece un inchino scherzoso e i tre scesero le scale, dove trovarono Pamela che stava già aiutando Greg a entrare in auto. Sospirò quando vide Luke e Lisa accapigliarsi fuori dalla porta del ranch.

«Pensavo avessimo superato questa fase vent'anni fa,» confidò a Simon, che stava al sicuro di fianco.

Questi rise di gusto. «Non penso che Luke smetterà mai di comportarsi come un ragazzino. È bello vedere che si divertono.»

Luke si raddrizzò prima che la camicia si sgualcisse di nuovo e baciò il compagno. «Oh, *baby*, mi piace divertirmi.» *E, oh sì, vedeva la promessa negli occhi di Simon.*

Lisa gemette. «Qui non puoi. Sei in pubblico, ricordi?»

Luke rise allo scandalizzato: «*Lisa Murray!*» di sua madre.

«Entra in auto, prima che tu possa dire qualcosa di cui potresti pentirti davvero.» Luke la spinse gentilmente verso la portiera del veicolo.

Si erano messi d'accordo per andare con un'auto

sola. Simon voleva guidare ed era più facile per Greg entrare e uscire dal posto del passeggero, quindi Luke si schiacciò tra la sorella e la madre.

Il viaggio durò quasi un'ora anche perché quel giorno le strade erano particolarmente affollate. Era inevitabile, pensò. Tutti si muovevano per andare in chiesa o per fare visita a qualcuno.

Mentre si avvicinavano alla cappella, Luke vide Tommy che gli faceva cenno dal marciapiede. Gli stava indicando un posto nel parcheggio che sembrava essere già pieno zeppo. Simon svoltò con l'auto e trovò Tommy in piedi accanto a un posto vuoto. Era molto premuroso da parte loro. Greg non era ancora in grado di camminare troppo a lungo senza stancarsi.

Uscirono dall'auto e Greg accettò la mano di Simon. Stava ancora recuperando dalla sua operazione, ma Luke vedeva miglioramenti ogni giorno.

«Iniziavo a pensare che non sareste venuti,» disse Tommy. «Mi stavo attirando delle occhiatacce perché proibivo agli altri di parcheggiare qui.»

«Simon ha dovuto insegnare a Luke come vestirsi,» lo informò Lisa con uno sguardo divertito sul viso quando quello di Tommy diventò rosa acceso. Luke avrebbe voluto strozzarla.

«Ora *basta*, Lisa,» le disse Greg fermamente, «non è il momento di iniziare un'altra discussione.»

«Scusa, Pa',» replicò lei e il suo tono contrito venne smentito dal suo sguardo malizioso.

Sospirando, Luke prese posto accanto a Simon. Amava il fatto che Lisa fosse tornata per le vacanze, ma ora desiderava che fosse sulla via di ritorno a scuola. Forse si sarebbe calmata con l'arrivo di Liam e della sua famiglia. Non avrebbe potuto fare quei commenti con il nipotino attorno. Brad imparava ogni cosa.

Tommy camminò accanto a Greg e Pamela, pronto a offrire un braccio, se necessario. Entrando nella piccola cappella, Luke la trovò piena come il parcheggio. C'erano solo posti in piedi, anche se qualcuno aveva tenuto un paio di posti per Greg e Pamela, nei banchi davanti. Rimase sorpreso quando Tommy li esortò ad andare tutti verso i primi banchi.

«Possiamo stare in piedi,» rispose Luke.

«Noah vuole che stiate seduti insieme oggi,» disse loro Tommy. «Vai, c'è spazio vicino a mio papà e mia mamma.»

Lo sguardo di Simon scattò verso di lui, la sua espressione era stupita quando quella di Luke. Gary ed Evelyn erano lì?

Tommy sorrise. «Lo so. Non posso crederci nemmeno io.»

«I miracoli accadono,» disse Simon a bassa voce nell'orecchio di Luke mentre seguivano il ragazzo lungo la navata.

Luke lo sapeva. Suo padre ne era una prova vivente. Ma i genitori di Tommy in piedi in quella cappella erano una cosa alla quale non avrebbe mai creduto se non l'avesse vista con i propri occhi. «Non sono sicuro che sedermi vicino a loro sia una buona idea,» mormorò.

Era troppo tardi per far marcia indietro e scivolò vicino a Lisa e ai suoi genitori, mormorando gli auguri di Buon Natale alla mamma e al papà di Tommy. Entrambi annuirono abbastanza compiaciuti e Luke sapeva che a un certo punto ne avrebbe parlato con Tommy. D'altro canto forse non era necessario, visto che quando Noah uscì per incontrare la sua congregazione, il viso di Tommy diventò sognante. L'espressione del predicatore quando lo vide non era molto diversa. Luke sorrise. Sapeva che Noah stava andando piano per non spaventare Tommy, ma il ragazzo cominciava a mostrare un po' di frustrazione. Aveva la sensazione che a un certo punto, e non mancava molto, Tommy avrebbe preso l'iniziativa e avrebbe portato le cose al livello successivo. Forse era quello che Noah voleva.

Ricevendo un colpo nelle costole, Luke si rese conto che aveva perso la concentrazione e che tutti erano in piedi per il saluto. Arrossendo leggermente, si alzò, cogliendo l'espressione divertita di Noah.

«Sono felice che vi siate uniti a noi in questo giorno speciale,» iniziò Noah e Luke gemette internamente, sapendo che questo era diretto a lui sotto tanti aspetti.

C'era voluto un po' a Luke per tornare a essere un frequentatore abituale della chiesa, nonostante i ripetuti inviti di Noah. In parte, perché non credeva che ci fosse un posto disposto ad accettare lui e Simon per quelli che erano. La sua riluttanza era svanita nel momento preciso in cui erano entrati nella cappella per la prima volta e si ritrovarono salutati con entusiasmo dalla maggior parte della congregazione. In parte, il suo desiderio di evitare le chiese era per un motivo puramente egoistico. Non poteva negare che gli piaceva avere il ranch tutto per loro la domenica mattina, così da poter indugiare in qualsiasi cosa volessero fare.

Noah, però, fu molto insistente e Luke si ritrovò ad andare alla cappella di nuovo ogni domenica, con tutti gli altri lavoranti e un po' di persone della sua città, inclusa Jeannie Benson e i suoi genitori. Noah aveva ringraziato i Murray per aver portato quei nuovi membri alla sua congregazione e alle sue messe. Per Luke erano quelli che erano andati lì con loro che facevano la differenza. Non solo i Benson e Tom Smith con la sua famiglia, ma gente come Macken e Taylor Stephens. Era il loro modo per fare ammenda e diceva di più di qualsiasi scusa verbale.

Noah sollevò le mani per rivolgersi a tutti. «Uniamoci tutti, vecchi e nuovi amici, per celebrare la nascita del nostro Salvatore, Gesù Cristo.» Sorrise e il suo sguardo indugiò sulla prima fila mentre poneva un'enfasi speciale sui *nuovi amici*.

Luke e Simon avevano accettato che alcune persone

della loro città fossero davvero dispiaciute per quello che era successo a loro e al Lost Cow, ma non avevano fretta di ristabilire i vecchi legami. A dire il vero, non avevano idea se i problemi fossero del tutto finiti. I colpevoli degli atti vandalici non erano ancora stati assicurati alla giustizia e il pastore Jackson era ancora al suo posto. Nel frattempo, però, Noah li aveva introdotti a una comunità nuova e più aperta.

Le sue riflessioni furono interrotte quando la mano di Simon scivolò nella sua.

«Sarebbe gentile se tu facessi finta di ascoltare,» mormorò, «altrimenti continuerà a prendersela con te.» Era vero. Noah ne sarebbe stato davvero capace.

Smettendo di distrarsi, Luke restò seduto ad ascoltare il messaggio di Natale, ovviamente espresso con l'inimitabile lungaggine di Noah. Si appoggiò a Simon e non lasciò andare la sua mano.

Qui, non doveva farlo.

SUE BROWN è di proprietà del suo cane e dei suoi due figli. Quando non segue i loro ordini, la potete trovare all'università ad ascoltare conferenze su teologi morti da tempo. Nella sua testa, però, trama su come far finire a letto insieme i suoi cowboy; spera solo che il conferenziere non le faccia alcuna domanda.

Sue scoprì la letteratura erotica gay maschile quando si svegliò e trovò due uomini che si baciavano nella sua serie televisiva preferita. La serie era noiosa, il bacio no. Può essere arrivata tardi, ma ha recuperato il tempo perduto da allora, scrivendo fan fiction fino a quando si è sentita abbastanza coraggiosa da avventurarsi nel mondo delle storie originali.